Rachid Boudjedra

Le vainqueur de coupe

Denoël

Rachid Boudjedra, né en 1941 à Aïn El-Beïda, en Algérie, a enseigné la philosophie jusqu'en 1972. Depuis il s'est consacré à la littérature et au cinéma.

Romancier, il a publié *La répudiation* (1969, prix des Enfants Terribles), *L'insolation* (1972, Grand Prix de *L'Express*), *Topographie idéale pour une agression caractérisée* (1975), *L'escargot entêté* (1977), *Les 1001 années de la nostalgie* (1979, Prix du meilleur roman de langue française), *Le vainqueur de coupe* (1981), *Le démantèlement* (1982), *La macération* (1985) et *La pluie* (1986). Poète, il a publié *Pour ne plus rêver* (1965) et *Greffe* (1984).

Il est aussi le scénariste d'une dizaine de films dont *Chronique des années de braise*, qui a obtenu la Palme d'or au Festival de Cannes (1975), et *Ali au pays des mirages*, qui a obtenu le Grand Prix du Festival de Moscou (1981) et le Tanit d'or du Festival de Carthage (1980).

L'œuvre de Rachid Boudjedra est traduite en une douzaine de langues. Depuis 1982, il écrit en arabe.

Un seul héros, le peuple.
*(Slogan en usage pendant
la guerre d'Algérie)*

1

Toulouse : 0 – Angers : 0

Le premier homme savait qu'il avait rendez-vous à la station Odéon, mais le lavabo le fascinait, minuscule, écaillé avec sa faïence maladive comme peinte d'un teint blafard, avec çà et là, des taches de rouille tel un prurit qui lui aurait poussé au-dessus d'une barbe de quelques jours qu'il n'avait pas eu le temps de raser tant il était harassé par son travail et noué aux tempes par ce rendez-vous qui le martelait depuis avant-hier. C'était bien le lavabo qui le fascinait. Aveugle qu'il était, sans même un miroir au-dessus, fissuré, moucheté par son propre tain qui arriverait à percer l'envers de la plaque polie, comme on en voit dans ce genre de chambre d'hôtel infecte et lézardée avec des interstices courant le long du plafond et suintant le long des murs, sembla- bles à des rigoles de sang s'enchevêtrant dans un tourbillon de lacis verglacé qui débouchaient dans son estomac patiné de glaires, visqueux et rempli d'une mousse, non pas celle du savon qu'il serait condamné à prendre, tout à l'heure, dans sa main gauche, alors que dans la droite il tiendrait le blaireau effiloché et perdant ses poils qui venaient, chaque fois qu'il se savonnait longuement, se mêler à ses propres poils d'un blond dru qu'il fallait raser à l'aveuglette devant cet infect lavabo continuant à l'attirer pour l'instant, orphelin qu'il était

11

– le lavabo – de toute glace ou de toute autre surface polie susceptible de lui renvoyer son image, avec ce beau visage, aux traits d'une finesse de femme, d'autant plus que ses cils étaient franchement trop longs, recourbés et papillonneux comme un satin intermittent posé là, sur chaque œil, pour cacher ce vert d'algue de ses pupilles où il grêle des échardes plombées qui lui donnent des complexes, un surnom et toutes les femmes de la ville qu'affolent non seulement ses yeux de jeune fille mais aussi la régularité des traits, la masse de cheveux blond pâle qui lui retombent constamment sur le front et cette carrure des mâchoires carnassières qui se prolongent dans son corps dont l'élasticité et la violence contenue de la musculature laissent perplexes jusqu'à ses amis. Ils l'avaient longtemps soupçonné d'être un proxénète discret et efficace ou un homme entretenu par des milliers de douairières qui le payaient en espèces cachées, au jour le jour, dans le crin humide et vermoulu de son matelas rayé par les itinéraires de punaises. Au fur et à mesure que le temps s'écoulait en segments filandreux à son poignet où le pouls battait à l'unisson avec sa montre distillant les secondes, il se sentait envahi par le minuscule objet en émail effrangé et posé ainsi au rebord de l'abîme et de la misère qui poissait jusqu'à ses viscères. C'était dimanche. Il lui fallait quand même se lever, bondir vers le lavabo, faire mousser le savon avec la rage de la peur, quitte à ce que le blaireau perde encore une fois quelques poils, et se raser en profitant d'un rayon de soleil et en regardant le rasoir rayer son visage de mousse et de peau, grâce au reflet sur la vitre crasseuse de la lucarne de cette chambre de bonne dont le plafond lui arrivait sur la tête. Il n'ignorait pas qu'il avait rendez-vous à la station Odéon à 9 heures précises. Il avait deux heures devant lui mais la faïence douteuse aimantait son regard, bien qu'il eût émergé du sommeil depuis quelque temps déjà,

12

toujours étonné d'être là dans cet interstice d'espace où une flaque de soleil rongeait avidement le parquet moisi aux lattes disjointes. Il ne savait pas s'il avait envie d'uriner dans le lavabo ou d'y vomir. En attendant de se décider, il restait couché à regarder les traces d'un miroir qui avait été suspendu jadis au-dessus du lavabo, et dont le jaune d'œuf plaqué sur le papier du mur l'enfonçait un peu plus dans son effroi, d'autant plus qu'il s'était coupé du monde et passait son temps à attendre des rendez-vous dans des stations de métro aux heures d'affluence, jusqu'à ce qu'un homme élégant et toujours le même vienne lui dire quelques mots brefs à l'oreille, sans que ni l'un ni l'autre ne s'arrêtent de marcher, sans qu'il ait le temps de voir un visage, un regard complice, une main tendue solidairement. Une voix. Un chuchotement. Quelques secondes. Les femmes le regardaient. Il évitait leurs yeux. Les ordres étaient clairs. « C'est parce que tu es trop beau que tu as été choisi », lui avait hurlé une voix au téléphone un jour d'hiver, un an plus tôt. Il n'y avait rien à discuter. On avait déjà raccroché. Il était resté là, dans cette cabine téléphonique posée au bout du quai d'une gare de banlieue déserte et corrodée par la lèpre de l'hiver. Il s'extasiait. Il exaltait. Il n'allait plus vivre dans la soie. Ni dans le satin peaufiné des peaux de femmes luxueuses. Une joie mêlée de peur le clouait au sol de la cabine. Il avait oublié l'écouteur dans sa main moite, malgré l'accumulation du froid en strates concaves mais la sonorité répétitive de l'appareil l'avait rendu perspicace, et – intuitivement – il s'était mis à démêler les bruits de toutes sortes qui parasitaient le couinement syncopé émis par le combiné, à les débrouiller et les décoder sans savoir les localiser réellement. Il avait jubilé car maintenant il avait un destin et la rumeur de l'histoire qu'il avait jusque-là ignorée, gardée à distance respectable, avait envahi ses neurones et les avait frisés sous forme de circonvolutions à la limite de l'abstraction. Il n'allait plus vivre dans la soie. Ni dans la laine. Ni dans le taffetas. Les rires aigrelets des femmes qu'il avait connues lui parvenaient à travers un brouillard ouaté dont les images érotiques se superposaient à l'intérieur de sa mémoire au-dessus de la mécanique cristalline et acérée des restaurants chics où l'on faisait cliqueter les fourchettes et les couteaux, tinter les verres en cristal, défroisser les longues serviettes amidonnées, entrechoquer les assiettes, pour conforter les clients dans leur confort tiède et mièvre, à l'odeur de réchauds à alcool pour flamber crêpes et bananes... Il était resté là. Son cœur avait rebondi à la manière des balles de tennis qui crépitaient sur les cours internationaux où l'entraînaient les filles à... Images qui venaient se surajouter d'une façon ondulatoire (ondes du désir? Modelés et galbes de centaines de corps féminins?) mais il avait déjà sauté dans l'autre train. Traces sur sa peau – abandonnée maintenant aux punaises du capharnaüm exigu – des seins nus et gonflés de la sève et de la morgue des jeunes filles à peine pubères dont les visages imitent ceux de l'école italienne (il s'était souvent ennuyé dans les musées), avec le nez mince et oblong dont la majesté éclate hors de la toile, les lèvres charnues et quasi transparentes, les cils à peine esquissés, les yeux pudiques au rebord des paupières lourdes de lascivité, et l'ovale à peine tracé par le fusain qui fracasse le jeu d'ombre et de lumière et gomme toute perfectibilité somme toute réductrice, les hanches tavelées de couleurs dégradées à partir de la même teinte bistre, et, grâce à l'outrecuidance de l'encre, la blessure véhémente du sexe en zigzag maladroit et pelu à travers lézardes et sinuosités... Tout cet amalgame de souvenirs et d'instantanés lui transperce les tempes au moment où son propre destin le bouscule et carambole dans sa tête malmenée par la rugosité de la voix anonyme et pêle-mêle s'amoncellent, maintenant qu'il ne va plus vivre dans le coton des femmes et la moleskine des salons – sans discontinuer – ces images placardées dans sa mémoire, inoculées dans ses veines, sous-cutanées et incisées sous sa peau, à tel point que l'air froid de la cabine téléphonique devient moite et surchauffé non seulement grâce à l'exaltation et à la jubilation, mais aussi par la faute du surplus de salacité qui se déverse de l'outre trop pleine de son intériorité goudronnée jusqu'à ce qu'il arrive à Paris, mais, depuis, plastifiée par la vie artificielle de goujat menée jusqu'à ce jour où il pénétra dans cette cabine de banlieue blafarde et entendit cette voix brève, décapant en lui toute la veulerie qu'il avait emmagasinée comme s'il avait voulu se venger du sort que l'on faisait maintenant aux autres, ceux-là mêmes de sa propre race... La sonorité répétitive et morcelée du téléphone n'en démord pas. Il pend à son bras qui finit par s'engourdir et l'oblige à se ressaisir. Une parenthèse ouverte. Une autre fermée. Mais en quittant la cabine, le flash-back sonore, bruité et imagé de son passé strie sa tête d'impressions brèves et drues, et malgré le désordre de ce grouillement intensif émerge à travers l'opacité des jours traversés avec des gestes dont la flaccidité alcaline râpe ses mains, l'idée que, dès lors, il lui a poussé un destin entre les deux poumons. Il savait qu'il avait rendez-vous à la station Odéon. Mais la peur le tenaillait. Envie de vomir ou envie d'uriner ?

Quant au deuxième homme, il ne jubilait jamais. Il n'avait pas de nom non plus. Il apparaissait. Il disparaissait. Au moment opportun. Pas de surnom, non plus. Rien. Même pas une ombre. Il ne parlait pas. Ventriloque, il fallait lire sur ses lèvres, sans trop chercher à regarder son visage terne. Il n'était pas beau. Pas laid. Neutre. Ses costumes, aussi. Il se confondait avec la grisaille de la ville. Ses murs lépreux. Ses cieux plombés. Mais jamais la même cravate. La couleur changeait. Pas la soie. A cause de la tuberculose qui lui rongeait les os bourrés de la laine de la mort, celle qui enrobe les pommes de terre pourries à force d'être enfermées dans des placards tièdes et rances. Il connaissait le métro mieux que sa poche trop encombrée par des tas de paquets de cigarettes, de boîtes de tabac à rouler, de sachets plastifiés de nicotine odorante d'Amsterdam, de boîtes métalliques de poudre noire à priser, de briquets à mèche, de briquets à bille, de boîtes d'allumettes, de pochettes à soufre incandescent et à revers plaqués argent avec des réclames dessus, de pierres de carbure, de bouts de coton imbibés d'essence de paraffine, de débris de quartz, de petites aiguilles de mica et de tout l'attirail d'un fumeur invétéré. Mais il ne fumait plus. Jadis il emmagasinait dans ses poumons la fumée de deux paquets de Bastos par jour. Plus maintenant. Il ne plaisantait jamais. Il se défiait perpétuellement. Se lançait des défis. Tout ce tabac qui gonflait ses poches ne servait qu'à le mettre à l'épreuve. Il changeait de cravate tous les jours. Ses papiers étaient en règle. Pas trop. Pour ne pas attirer les soupçons. Et le métro! Ses coins et ses recoins. Ses issues connues ou camouflées. Ses poubelles numérotées et répertoriées. Ses dédales et ses sinuosités. Ses lignes et ses correspondances. Ses affiches et ses graffiti. Ses hangars et ses correspondances. Ses cabines téléphoniques et ses W.-C. Ses boutiques et ses guérites de gardien. Ses guichets et ses abris de cireur. Ses dépôts et ses débarras. Ses heures creuses et ses heures d'affluence. Son rythme cardiaque et ses pulsations. Ses couloirs et ses goulets d'étranglement. Les chuintements de ses balayeurs et les vrombissements de ses locomotives. Ses femmes énervées et ses hommes blafards. Ses cacophonies et ses stridences. Ses ivrognes et ses clochards. Les grincements de ses portillons et le tric-trac de ses appareils à friandises. Ses pneumatiques gommeux et ses fracas de roues vertigineux. Ses turbulences et ses parasites. Sa flaccidité et son aquatisme. Ses bains de vapeur et ses bains de foule. Son atmosphère caséeuse et son gestuel oiseux. Ses us et ses coutumes. Ses pièges et ses traquenards. Ses effluves et ses puanteurs. Son remous et son aphasie. Son vertige et sa banalité. Et, à nouveau, et surtout : ses portes et ses issues, ses fausses ouvertures et ses vraies sorties. Inventaire implacable. Il en va de même avec le contenu de ses poches qui ne varie jamais : tabac de toute sorte et de toute marque, allumettes de toute forme et de toute taille. Dans ses poches intérieures : ses papiers d'identité, ses feuilles de paye et sa carte de Sécurité sociale, ainsi que les mille francs nécessaires et exigibles par la loi. Côté gauche. Côté droit, le plan du métro. Pièce essentielle de sa propre nomenclature et régulateur précis de sa propre organisation. Il connaissait par cœur les lignes, toutes les lignes, se superposant les unes au-dessus des autres, avec leurs couleurs noires, rouges, jaunes, bleues, rouges (à nouveau), vertes, métallisées, verdâtres, pluvieuses, hachurées, filandreuses, enchevêtrées les unes dans les autres, entrecoupées, entrouvertes, pointillées, saccadées, morcelées, rectilignes, charbonneuses, sinueuses, zigzaguantes, rondes, blouclées, losangées, carrées, rectangulaires, courbées, modulées, modelées, têtues, hargneuses... mais s'arrêtant toujours au bord d'un gouffre invisible où s'accumule une fébrilité intérieure juxtaposée à une mollesse qui détruit – intuitivement pour lui – tout désir de réorganiser une telle matière dont le désordre est la base même de sa minutie et de sa rigueur car il est le seul à en connaître les impasses, les culs-de-sac, les boutoirs et les murs verglacés par la sueur d'une humanité en perpétuelle transhumance et en inlassable nomadisation parce que prise d'une bougeotte irrépressible; alors que lui, gris et blafard, la cravate de soie en évidence, les poches pleines de tabac et les papiers en règle, il déambule calmement parce qu'il sait comment faire pour que, le moment venu, il sache retrouver le centre d'un tel déploiement fastidieux qui ne rend compte que du degré de concavité vital à son sens de la rigueur et à la passion qu'il met dans l'accomplissement de sa mission d'une façon rigoureuse et quasi mathématique. Un peu à la façon de sa mémoire où les faux noms, les faux papiers, les fausses adresses, les faux itinéraires, les fausses routes, les faux pas, les faux billets, etc., sont rangés dans des cases différentes, élastiques et souples, et qu'il peut retrouver, inventorier et codifier lestement, sans perte de temps ni sentimentalisme, même s'il lui faut, pour ce faire, parcourir en tous sens les méandres du temps, même lors d'une erreur ou d'une action ratée superbement, alors que les événements se précipitent et que les membres de sa section (sept personnes en tout) se mettent brusquement à s'affoler, à paniquer, à se bloquer, à s'empêtrer dans les accidents de la réalité car c'est à ce moment que lui trouve toujours le moyen de reprendre le dessus, même à travers un bégaiement ou un miroitement ou un éblouissement de l'histoire deve- nue miroir aux alouettes qui se collent à la glu du ciel selon. Debout à 4 heures du matin. Couché à 1 heure. Trois heures de sommeil. Arithmétiquement. Il n'avait jamais vu un réveille-matin. Organisant son équipe. Sur la brèche depuis un millénaire de jours, il avait à cœur de leur (les étrangers) démontrer que sa méthodologie était d'une rigueur implacable et comptait beaucoup sur leur mépris pour leur tendre des pièges terribles les menant inéluctablement vers leur propre mort, plus que certaine, à travers les vastes réseaux d'une machinerie démoniaque qu'il mettait au point, à la dernière minute; d'autant plus qu'il avait derrière lui cette masse de fantômes calamiteux, avançant par cohortes, grincheux et mal réveillés, toujours l'un derrière l'autre, par méfiance innée, avec souvent, en reconnaissance, quelques-uns des leurs, les moins typés, sorte d'éphèbes capables de se moucher dans le tergal du ciel, afin que cette masse, ces cohortes d'ouvriers, puissent aller pointer à l'usine pour pouvoir survivre et payer la cotisation, marque de toute discipline et fin en soi de toute organisation révolutionnaire. Il avait fallu en menacer quelques-uns au début : les plaquer contre les murs des chambres d'hôtel lépreuses et tirer en l'air. Parfois, il avait même fallu faire un esxemple. Une balle par mouchard. L'Organisation s'arrangeait toujours pour rapatrier le corps. Mais la grande masse avait compris d'instinct. Rien à voir avec les cloportes! Ils allaient au travail avec un nouvel entrain et se levaient à l'aube pour traverser le monde, gardant sur eux une toux capable de graver des cratères dans leurs poumons en papier bulle, rafistolés chaque fois par des mains démunies d'affection et inattentives à leur détresse rêche et frelatée par les odeurs de menthe et de coriandre et d'entrecuisse, flagrant délit de puanteur, du côté des haridelles peintes au musc et au henné avec pignon sur rue (rue de la Charbonnière) et tatouage au-dessous du nombril fléchant le parcours du guerrier vers l'antre fétide où conglutine toute la détresse du monde. Vigilant vingt et une heures sur vingt-quatre. Ne permettant jamais à personne de brouiller ses trois heures de sommeil, il était sur le qui-vive. Ventriloque. Insomniaque. Strict. Il ne jubilait jamais. Arrivait toujours à l'improviste. Se défiait lui-même en transportant une cargaison de tabac, sans fumer la moindre cigarette ni même en avoir l'envie! Chef de section. Donnait les ordres. Veillait sur une trentaine de groupes de choc rigoureusement répartis dans Paris.

19

Le troisième homme, lui, se contentait de les faire exécuter. Il était chef d'un groupe de choc et dirigeait six personnes. Il avait rendez-vous avec eux. Chacun était posté à une station de métro. Le premier devait attendre à la station Odéon, le deuxième à Maubert-Mutualité, le troisième à Mabillon, le quatrième à Sèvres-Babylone, le cinquième à Vaneau et le sixième à Duroc. Dimanche 26 mai à 13 heures. Temps ensoleillé. Température moyenne 25°. Vent fort. La ville est déserte. Les rues aussi. L'autre essayait d'atteindre le lavabo mais la chambre tanguait comme la cabine d'un vieux rafiot. Le premier homme se rappelait la voix anonyme du téléphone « C'est parce que tu es trop beau ». Même pas une glace pour vérifier, mais il savait qu'il devait être bleu, ou gris ou vert. Un malaise incommensurable lui nouait les entrailles et lui couturait les paupières. Il avait l'impression qu'elles étaient tuméfiées comme s'il avait été boxé la veille par un mari jaloux. Ce n'était certainement pas le cas. Il y avait longtemps qu'il n'avait plus humé une peau satinée de femme. Dans le lavabo, une eau lourde comme du mercure gouttait du robinet qui coulait liquide et ravinait d'une traînée jaune l'émail déjà pas mal décati. Lui hésitait. Il avait de la fièvre et son esprit s'enrayait entre sinuosité et bégaiement. Il se méfiait de ses digressions. Il devait être à 9 heures à la station Odéon du métro. Il ne vivait plus au contact des femmes, d'autant plus qu'il avait gommé de sa mémoire toutes les phrases de la tendresse et de la courtoisie. Il s'appliquait à devenir rugueux comme les autres mais soignait son visage. Il savait que l'Organisation l'avait choisi pour son type physique. Dès lors, il s'était en quelque sorte emmuré, et sa langue avait pris l'habitude de buter contre les mots les plus courants. Il ne jouait plus double jeu, avait rompu avec toutes ses anciennes

20

connaissances et changé de quartier. On lui avait ordonné de pousser l'ambiguïté jusqu'à ses dernières limites. L'essentiel était de ne pas trahir et d'exécuter tous les ordres quels qu'ils soient. Aucune discussion n'était possible. Il tentait d'hiberner dans son mal-être et tombait dans une abstraction close sur elle-même. Il allait tous les jours à son travail et essayait de détecter tous les signes dominants et tous les babils. Mais là, il se sentait coincé. Il avait à peine dormi la nuit. Le lavabo avachi continuait à le fasciner. Se lever ou se laisser mourir. Après 9 heures, il était condamné. Sous les nervures bleues de la peur, il percevait les limites d'une confusion verte et une sorte de bruitage parasité. Il se rendait bien compte qu'il était difficile de se débarrasser de ses habitudes. Une année de travail dans l'Organisation n'avait pas suffi. Il s'appliquait à imaginer les mouvements qu'il avait à faire. Il délimitait rigoureusement les structures de la ville mais il se lassait très vite et décidait de la raturer pour laisser une sorte de frimas didactique s'incruster sous ses veines. Il voulut allumer une cigarette mais refusa de céder à la tentation. Il en avait une provision de toutes les marques. Chaque membre du groupe qui avait l'habitude de fumer s'imposait cette discipline. Avoir des cigarettes à portée de la main mais ne jamais se soumettre à la sollicitation. Ses poumons nauséeux restèrent froids. Pourtant l'anxiété exaspérait son besoin de fumée âcre. Il avait de plus en plus de fièvre. Il revenait à la ville dont il essayait de délimiter la topographie. Cela faisait partie de ses exercices mentaux. Il la connaissait mieux que les flics et les chauffeurs de taxi. Des volumes peints au sodium le ramènent à la périphérie. Il faudra qu'il se lève. Qu'il se rase. Qu'il mette un costume impeccable. Qu'il aille à son rendez-vous. L'atmosphère sordide de cette chambre se dilue avec la vapeur du matin. Il se dit qu'il a le temps. 7 h 30 à son poignet.

Fluctuation des mots d'excuses dans sa tête, mais l'écoulement de la peur dans ses veines est encore plus puissant. Odeur d'iode et de sel humide (le pays là-bas et les cités perturbées où meurent des hommes tous les jours, il ne le sait que trop bien alors qu'il ne reçoit plus de lettre de sa famille) et le matin est une charge explosive où la quinte de toux ouvre des crevasses dans sa bouche. Pas question de fumer une seule cigarette comme il n'est pas question de ne pas aller au rendez-vous. Il n'en est pas question! Il se lève. Quitte son grabat et, tout nu, urine dans le lavabo. Il se sent délesté d'un fardeau très lourd, mais la nausée est toujours là mais il bande. Son sexe dur entre les doigts, il reste là, le regard hagard, comme si un corps de femme pulpeuse était à portée de sa main à lui qu'il serre de plus en plus fort comme pour maîtriser non pas son désir – il n'en a pas – mais cette érection inopportune au moment où il a fini par bondir de sa couche visqueuse et moite puant le crin insalubre et humidifié par la sueur des cauchemars de tant de corps qui s'y sont étendus, ont fait semblant d'y dormir, ou de faire l'amour ou de se masturber... Comme s'il y avait donc, à portée de sa main, une femme à la chair odorante et glabre, s'étirant suggesti-vement, quelque peu langoureuse, avec pour corps, un pays, voire un continent de large peine et de chagrin tellement gros, à la chair ferme où les grains de la peau grouillants et fourmillants forment un tissu ou plutôt une surface tissée ton sur ton, lié l'un à l'autre par des cercles concentriques s'éparpillant dans le sens de la largeur, à travers un malentendu affolant le laissant inondé de sueur, le sexe entre les doigts pris de frénésie, oblitérant ses paupières avec des visions sériant l'atmo-sphère épaisse de la chambre où il se croit menacé par le naufrage d'un acte solitaire qui lui répugne, alors que s'accumule dans sa tête tout un bruitage spécifique aux rames du métro où il a déposé tant d'armes dans les

22

poubelles que d'autres compagnons de lutte venaient récupérer dans des journaux sportifs... Déferlement des rails des wagons et de la locomotive, à l'orée de la déliquescence, stridences modulées sur des rythmes de trains qui fracassent l'espace et la géométrie, voix gutturales transmutées par la peur et la reconnaissance, soupirs alanguis, rêvés ou perçus dans des films de dixième zone, bribes de phrases concassées, etc. Et lui, resté là, debout face au lavabo, son sexe dur entre ses doigts, se disant « c'est la peur... C'est la première fois que je vais tuer un homme... Ça ne peut être que la peur... Tant qu'il s'agissait de servir de boîte aux lettres, de passer une arme à quelqu'un d'autre. Mais là! C'est certainement la peur »... Et sur l'écran de son cerveau il sent comme une toile rêche qui se déchire et écorche sa peau : arrogance de l'encre et du sang, du désir et de l'horreur... Ses cris intérieurs portent en eux les traces de la mort et de l'asthme, entre rides et venelles (ruelles étroites de la ville à dédales comme un relent spongieux de l'histoire, avec les portes bleues et les portes vertes et les fenêtres cousues avec le fer forgé où les femmes ne vont jamais jusqu'au bout de leurs corps comme couverts de mosaïques andalouses, avec les repères des premières amours dans la maison de l'oncle qui tenait la comptabilité du père propriétaire du plus grand café de la cité qui monte et descend de la toiture du port à la dentelle des murailles où jadis se profilait l'ombre de la plus grande prison du pays construite par les Turcs puis reprise par les Français qui ornèrent sa cour d'une magnifique guillotine qui, depuis, fonctionne sans relâche) lorsque l'étau de la mémoire coince le songe et le désagrège. Bac mathématiques à dix-sept ans. Fort en math. Fort en gueule. Il levait toutes les filles européennes qui en étaient folles jusqu'au moment où elles apprenaient qu'il ne s'appelait pas Joseph mais Youssef... Pris soudain d'un fou rire hystérique, il se demandait pourquoi il avait traversé la mer pour rester au-dessus d'un lavabo, son sexe dur entre les mains à se dire s'il n'allait pas renoncer à être au rendez-vous de 9 heures, alors qu'il carillonnait les 8 heures du matin à l'église Saint-Séverin. Il était entré dans l'histoire sachant pertinemment que c'est une écritoire pleine d'encre et de sang; et la voix de l'autre au bout du fil dans cette cabine glaciale « Nous t'avons choisi parce que tu es trop beau ». Fin de citation. Comme un goût de limaille de la vie dans la bouche. Depuis le séisme, tous les sismographes se sont emballés et il ne fallait pas attendre que tous les bars ferment pour lever dans l'espace les voiles de l'ivresse. Il avait jubilé dans la cabine téléphonique où il grelottait à travers la résille rance de l'attente... Les ordres n'allaient pas tarder à arriver... La première mission consistait à prendre un revolver dans un café de Barbès et à le déposer dans la poubelle de la station Bir-Hakeim. Il avait ri de la coïncidence. Un nom arabe! Il avait voulu savoir où ça se trouvait. Entre la Libye et l'Egypte. En plein désert.

La violente odeur de moisi vint à bout de son érection, à moins que ce ne fût ce rappel du nom « Bir Hakeim » qui calma son ardeur, ou encore l'eau froide du robinet qu'il fit couler sur son membre pointant droit vers le plafond où les différentes couches de peinture s'écaillaient et dont certaines pendouillaient au-dessus du vide, exhalant un âcre relent de plâtre effrité et d'humidité poisseuse, ou plutôt l'effet des trois actions conjuguées qui le ramenèrent sur terre. A nouveau, le vertige le reprit, ce qui ne l'empêcha pas d'entendre dans le silence du dimanche matin vide et ensoleillé, les voix des occupants des autres chambres de cet hôtel tenu par un sympathisant de l'Organisation. Mélange de mélopées, de chuchotements et de phrases fractionnées et intersectées, sorte de discours que l'on entend dans les meetings avec des mots scandés, mais d'une voix basse dans ce cas, pour ne pas ameuter la police et les mouchards. Il se mit à se raser méthodiquement, faisant attention à ne pas se couper, comme s'il rasait quelqu'un d'autre, faute de glace et parce que la vitre elle-même ne pouvait réfléchir son visage tant elle était sale. Tout en faisant passer le rasoir sur l'écume savonneuse dont sa joue était enduite, il évitait de se laisser tenter par le démon de la lâcheté et de la peur; mais l'idée qu'il pouvait tomber dans les filets scabreux du labyrinthe de la médiocrité ne le quittait pas. Car l'attente – il n'avait toujours pas pris sa décision – l'obligeait à suivre n'importe quelle idée capable de l'éloigner de sa propre angoisse; et cependant, il était convaincu que son visage aux traits si fins ne perdait sa veulerie d'homme trop recherché par les femmes et n'acquérait une certaine noblesse que lorsqu'il avait les tripes nouées et qu'il se détruisait dans sa propre volupté d'avoir peur de lui-même et de ce qu'il était capable de faire. C'est ainsi qu'il s'était comporté avec les femmes avant ce coup de téléphone qu'il avait ardemment souhaité et sereinement provoqué. A sa manière, il avait eu des comportements sadiques avec les filles qui étaient amoureuses de lui car il avait épuisé tous les moyens de pouvoir toujours creuser la distance entre le désir et l'objet désiré. Il décida d'en faire de même avec l'action qu'il devait accomplir, même s'il n'en savait encore rien, tout en pressentant qu'on allait lui demander de se confronter à la mort, aussi bien la sienne que celle de ce qui pourrait être sa cible : une personne humaine.

A la station Odéon, il avait cinq minutes d'avance. Il y faisait chaud. Alentour, l'air était moite et mou, comme embué et poussiéreux. Moiteur et mollesse. Il n'avait plus peur mais l'ensemble des objets qui l'entouraient sentaient la moisissure et se noyaient comme malgré eux dans une pénombre artificielle, affolant les yeux puisque tout se confond et s'enchevêtre autour d'un axe flottant çà et là mais jamais fixe, ce qui donne l'impression d'un désordre incommensurable qui va venir à bout de tout ce bric-à-brac inutile et jeté pêle-mêle dans l'espace qu'il fracture et désarticule et fractionne à l'infini, dans un bouillonnement de la matière, d'autant plus qu'il fait chaud, à l'air libre. (Paris 26 mai 1957. Temps chaud. Température à midi : 25°. Nombre d'heures d'ensoleillement : 12.) Moiteur verticale. Filaments des ampoules tordus fantasmagoriquement. Avant de descendre dans le boyau il avait remarqué que les arbres étaient plus branchus, avec cette profusion de la sève exubérante dont la circulation va dans tous les sens, à travers les artères profondément souterraines éclatant çà et là sous forme de protubérances laineuses qui tissent leurs trajectoires le long des branches gorgées de la pluie de la veille et du soleil de la journée débutant très tôt puisque le soleil s'est levé à 4 h 22 (là-bas aussi. Il se souvenait alors des branches du mûrier qui touchaient – ou plutôt éraflaient – les vitres de la fenêtre de la chambre qui lui avait été provisoirement octroyée à lui seul, et donc vidée de ses autres frères et sœurs, afin qu'il pût préparer tranquillement son baccalauréat... Il avait alors l'impression d'exister concrètement, surtout les longs soirs de l'été quand il travaillait tard dans la nuit, face à cette opulence verte du vieux mûrier qui pénétrait, grâce à ses rameaux abondamment feuillus, dans la chambre, juste contre son visage; ce qui donnait au lieu une atmosphère d'aquarium où nagent des poissons verts, à cause peut-être du vent qui faisait bouger les branches de l'arbre dont une partie envahissait la pièce, d'autant

26

plus que lorsqu'il allumait sa lampe de bureau, une sorte de phosphorescence imprégnait la verdure soudain plus éloquente d'une sorte de verve qui rendait l'air plus embaumé, à la fois, et plus élastique, à cause – bien sûr – de la lumière électrique qui fonçait le vert de l'arbre palpitant sous l'effet du vent qui ne cessait de souffler, très agréablement, durant tout le mois de mai et la première quinzaine de juin, c'est-à-dire juste avant que l'été ne s'installât définitivement et que la canicule vînt dessécher tout, jusqu'à la ville qui perdait ses habitants européens et juifs partis vers d'autres climats lointains mais plus propices, ou bien vers des stations balnéaires de la côte où ils aimaient à se regrouper entre eux, à l'exclusion de tout intrus arabe..., coïncidant – cette période du début du mois de juin – avec la préparation intensive de l'ultime examen qui marquait la fin de ses études dans le lycée où il était l'un des rares Algériens à avoir le privilège de suivre les cours, privilège prolongé par ses capacités en mathématiques, ce que les autres condisciples étrangers considéraient comme une provocation insupportable, d'autant plus qu'il avait la réputation de séduire toutes les jeunes filles européennes...) et qu'il a le temps avant 9 heures du matin, de gonfler les feuilles de son énergie, jusqu'à en éclater dans l'air transformé en bocal où surnage le monde végétal, à l'exception de tout autre monde. Cinq minutes à attendre, et la moiteur ourle légèrement les visages des femmes d'une sueur à peine visible mais qui leur donne des joues translucides, ce qui pourrait expliquer – peut-être – qu'elles soient si légèrement habillées. Quant aux hommes, ils ont déjà tellement bu qu'ils ont l'air d'être sur le point de succomber d'une minute à l'autre à une crise d'apoplexie ou de suffocation. Espaces accumulés, strate sur strate et donnant l'impression de pouvoir glisser l'un derrière l'autre, mais chacun à sa façon et sans aucune symétrie. A 9 heures précises, il le

27

voit qui arrive derrière lui portant un sac de sport. Il
hésite un instant à succomber à la peur, mais soudain il
est submergé par un calme extraordinaire. Sans le
regarder, il l'entend murmurer : « Suis-moi! » Une seule
phrase, à peine audible. Il lui emboîte le pas. Les
femmes transpirent un peu plus que tout à l'heure.
Soudain, à nouveau, la nausée le submerge, l'angoisse
lui remonte dans les narines et c'est à ce moment-là que
la mémoire coulisse et que l'odeur de laine rance
l'imprègne jusque sous les aisselles qui ruissellent en
serpentins sur ses flancs trempés; dès lors l'analogie
olfactive est facile à trouver : l'atmosphère caséeuse et
doucereuse et aigrelette que dégage la station parcourue
à longueur de journée par des milliers d'hommes et de
femmes, avec chacun son odeur particulière, comme
quelque chose d'intrinsèque émanant de sa peau; avec
en outre un mélange de parfums bon marché, de lotions
après rasage, de brillantines, de gominas, de crèmes, de
fards et de poudres multiples; avec aussi tous les
déodorants possibles et imaginables, les odeurs de
pieds, de tissus mouillés, d'haleines fétides ou alcooli-
sées, ou carrément malodorantes... La mémoire dérape
sous l'effet de la peur et lui permet de s'accrocher à un
souvenir de là-bas où l'été, sa mère aidée de ses sœurs
dépiaute les matelas du sommeil, les vide de leur laine
qu'elles lavent à grande eau sur l'immense dalle qui
sépare la porte de la cuisine donnant par-derrière sur le
jardin où le mûrier fait figure d'un ancêtre parmi
d'autres arbres fruitiers, des carrés d'herbes fines et des
parterres de fleurs... Elles lavent la laine qu'elles battent
avec les pieds, des journées durant, alors que lui, bien
avant qu'il préparât son bac, passait ses étés à élever,
dans ses boîtes faites de petites lamelles de bois très fin
laissant la lumière filtrer à claire-voie, des vers à soie
veloutés, aux pattes roses et minuscules, à la peau
rayée, avides de ces feuilles que seul l'unique, l'immense

28

et l'ancêtre mûrier était capable de leur fournir à profusion, de telle façon que ses branches feuillues parvenaient à exploser à l'intérieur des chambres du premier étage de la maisonnette où habitaient ses parents à la nombreuse progéniture... Peur verte... Il lui emboîte le pas et l'exhalaison des odeurs empilées par couches percute la barre de son nez si fin et s'engouffre à travers ses nerfs liquéfiés et congelés à la fois par cet au-delà qui l'attend quelque part, sorte de mécanique dont il n'avait su mesurer, dès le début, ni la perfection ni l'intransigeance, de telle façon que la maison de son enfance se réfracte à travers ses pupilles verdâtres, comme équarries par un rayon de soleil imaginaire. Il continue à suivre l'autre portant toujours son sac de sport où les bosses laissent deviner tout un arsenal d'armes hétéroclites, sortes d'ustensiles très vieux, éraillés et capables de s'enrayer et dont l'utilité consiste à donner la mort... Pupilles équarries donc par un rayon de soleil imaginaire qui rend l'ocre crépi des murs de la maison plus confondu et plus fragile parce qu'il a la fausse impression que tout dépend non de l'architecture mais des couleurs et des odeurs (laine lavée, tomate séchée, viandes tendues sur des cordes à linge, salissures verdâtres des vers à soie qui font de la dentelle avec les feuilles de mûrier, tortues sournoisement alanguies, etc.) comme si elles ont le pouvoir d'agencer les formes et les volumes en sanglant la réalité et le souvenir dans un tracé compact et concassé, rigoureusement délimité et servant de raccourci à toutes les constructions possibles et imaginables, à travers lequel sa ville natale circule devant ses yeux comme projetée sur un écran gigantesque. Et l'autre – le troisième homme – qui continue à avancer tranquillement sans même se retourner pour s'assurer qu'il le suit, portant maintenant son sac de sport en toile bleue, en bandoulière, avançant à grandes enjambées tranquilles, avec quelque chose de

29

félin et de rassurant... Mais lui qui avait pu dominer sa peur dans sa chambre minable, flanchait à nouveau devant cet homme qu'il ne connaissait que de vue, surgissant toujours à la minute précise, toujours très calme et sûr de lui, ne regardant jamais derrière lui, allant droit vers son but, imperturbable, incapable de se rendre compte de ce qui se passe autour de lui, passant devant deux policiers en faction, avec sur son épaule gauche les lanières de son sac de sport bourré d'armes... Il avance derrière comme un automate, le front imbibé de sueur et la peur nouant ses muscles en ressorts grincheux et désobéissants, incapables de répondre à sa volonté tout entière tendue vers ce travail qu'il doit accomplir, cet acte grave mais dont il ne sait rien; fibres excoriées, transformées en plaies ouvertes, à même la peau, à même les poumons devenus des étaux broyant son corps et coupant sa respiration... L'autre toujours imperturbable comme si – avec son sac de sport – il allait tranquillement vers un terrain de football pour passer sa matinée à courir sur le gazon en compagnie d'un tas de copains qui aiment comme lui taper de temps à autre dans le ballon...

2

Toulouse : 1 – Angers : 0

... alors que rien ne le laisse prévoir Bouchouk (n° 11),
sur l'aile gauche, fait une passe en cloche vers le centre, le
ballon roule sur le gazon de la pelouse du stade de
Colombes archi-plein et vient se coller au pied de Di
Loretto (n° 9) qui bien que marqué par Sabroglia et
Bourrigault, respectivement numéros 5 et 6 du S.C.O.
Angers, réussit à reprendre la balle de la tête et à la
passer en retrait à Dereudre (n° 8). Son tir part sec, à
ras de terre et la balle se loge dans le coin gauche du but
angevin. Fragassi, le gardien de but, est médusé. Il pleure
en allant chercher la balle au fond des filets. Dans les
gradins, les supporters de F.C. Toulouse sont en délire.
On est à la 11ᵉ minute du match.

F.C. TOULOUSE : 1 – S.C.O. ANGERS : 0

Le troisième homme assis à l'arrière du taxi écoute le
commentaire du reporter qui a l'air dépité par ce
premier but imprévisible du F.C. Toulouse. Il a la main
gauche dans la poche de sa veste et se réjouit intérieurement. Il est content. Dans l'équipe de Toulouse, il y a
deux joueurs algériens : Brahimi et Bouchouk. Ce

33

dernier leur en fait déjà voir... Il le connaît bien : deux qualités que les autres lui reconnaissent, son intelligence du jeu et la soudaineté de ses tirs... Il a appris le football dans la rue... Le chauffeur se retourne vers lui : « Alors tu es pour qui toi?... On va bientôt y être... Tu as au moins ton billet, car c'est complet... Alors mon pote... Quelle idée d'arriver en retard à la finale de la coupe de France... Moi, si c'était pas ce satané taxi... » L'autre qui s'est débarrassé de son sac de sport, ne répond pas. Il est ailleurs... Certes Brahimi, c'est le meilleur... Et Bouchouk leur a déjà montré ce qu'un Algérien est capable de faire, mais là n'est pas le problème... Ce salaud qui se débine à la dernière minute... Je l'ai toujours dit il est trop beau... Je ne sais même pas ce qu'il fait... Un fils à. Non, c'est vrai, là n'est pas la question... Le chauffeur de taxi est trop bavard. Il l'observe dans le rétroviseur... Qu'est-ce qu'il a à me regarder de la sorte... et l'autre... Beau but pas vrai... Ce Bouchouk... Il est de ton pays à toi hein! C'est pour ça que tu y vas... Mais il fallait t'y prendre plus tôt mon vieux... Il doit y avoir une poule là-dessous. Moi, ma femme, elle trouve ça crétin le football... Je la laisse dire... elle ne sait pas ce que ça rapporte le foot... T'inquiète pas... on va y arriver... il faut pas que ces cons de Toulousains leur en mettent un autre... Tu as déjà manqué le premier but... Ils leur en ont déjà marqué cinq en championnat, alors, tu penses... Il ne faut surtout pas lui répondre... Opiner de la tête... Je n'aime pas qu'il me scrute dans son rétroviseur... Se méfier. Ils sont souvent de mèche avec les flics... Bon Dieu... c'est long! C'est long! Il ne me laisse même pas écouter le reporter qui s'excite plus que tout le monde... T'énerve pas mon pote... T'as de la chance... Il n'y a pas beaucoup de circulation... On va y arriver... Qu'est-ce que tu paries... On arrive avant le prochain but... Remarque, c'est peut-être le premier et

34

le dernier, auquel cas tu as plus qu'à rebrousser chemin... Un match sans buts, ça a l'air de quoi! Quand même y a pas à dire... Ce Bouchouk, il fait ce qu'il veut avec le ballon... Ils sont drôles ces Arabes... ou ils savent tout faire ou c'est des fainéants... C'est pas vrai! Toi, tu m'as l'air sérieux... Où est-ce que tu travailles... Il le laisse parler... On s'approche du stade... Il a toujours sa main gauche dans la poche de sa veste. Complet impeccable. Chemise d'un blanc étincelant... Mais l'autre... Il s'est débiné... Ça va faire mauvais effet sur le groupe... Ce n'est plus mon problème... C'est au chef de section de régler cette affaire et ce con qui n'arrête pas... Ou ils sont intarissables ou muets... Gentiment raciste, en plus... Je le reverrai bientôt ce type-là... Il viendra certainement témoigner et aura sa photo dans le journal... Il ferait mieux d'aller plus vite au lieu de jacasser... Tu sais bien, entre écouter le reportage à la radio et voir le match, c'est pas pareil... Un ballon dans les filets, ça fait du bruit, tu sais... Je crois que c'est ce qui me plaît le plus... Cette musique... Ce froissement... Il ne va donc pas arrêter... Toujours la main sur le revolver... Tout petit... C'est ridicule.. Qu'est-ce que je vais faire avec ça? Il vérifie bien qu'il a son billet et palpe la pochette de sa veste en alpaga... Billet de tribune qu'il a dit... Donc, pas de problème... Et l'autre toujours bavard comme jaloux du reporter qui s'époumone *...nous sommes à la 16ᵉ minute du match, et la pression du Toulouse F.C. est toujours très forte. Les joueurs sont regroupés dans la zone de but du S.C.O. Angers. C'est un vrai ballet. Les hommes de Jules Bigot*, toujours vautré au fond du taxi, entend Bicot... Il s'amuse : Bigot/Bicot... non mais... ce serait trop drôle... où ont-ils été chercher ce mot pour nous l'accoler... Trop drôle *ont l'air de s'amuser dans la surface de réparation de leurs adversaires... Mais attention à la contre-attaque... C'est l'arme secrète des Ange-*

35

vins... Avant le match, leur entraîneur Walter Presch n'a pas caché qu'il jouerait la contre-attaque... Mais en attendant la balle est toujours dans le camp des Angevins. Brahimi orchestre tous les mouvements... C'est vraiment notre nouveau Kopa Ça me renverse... Dès qu'on a du talent on nous récupère... T'inquiète pas mon vieux... Il ne jouera pas encore longtemps pour vous..., *il dribble le numéro 4 angevin Hnatow, se débarrasse de Pasquini, l'arrière gauche du S.C.O., feinte Kowalski, passe au Finlandais Rytkonen, son inter gauche, qui donne en arrière à Bouchouk... Les Angevins sont médusés. Ils regardent jouer leurs adversaires. Di Loretto, l'Argentin esquisse un faux mouvement, Sabroglia tombe dans le panneau et court vers lui... Oh! le joli pont... Sabroglia est de mauvaise humeur. Il est sifflé par ses supporters... L'arbitre britannique M. Clough abat du terrain... Excellente initiative de la Fédération française de football que de faire appel à un arbitre étranger... Cela évite. Mais attention, attention! Brahimi a de nouveau la balle... Superbe changement d'aile latéral dans la direction de Bouchouk, là-bas à l'aile gauche qui fuse et tire. Fragassi arrête difficilement... Ces diables de...* Le taxi arrive maintenant devant le stade...

Se disant tout en suivant l'homme avec qui il avait rendez-vous à la station Odéon à 9 heures précises : ils auraient quand même dû! Ils auraient quand même pu! C'est pas juste... Trop beau! Trop beau! C'est pas un crime quand même. Avançant toujours derrière l'autre avec la nausée qui le reprend, remonte l'itinéraire de sa colonne vertébrale, remplit ses os de la laine de son enfance, celle qu'on lave dans le jardin, derrière la cuisine, ou celle qu'on lui fourrait dans la bouche durant les cauchemars de son adolescence, bourrant sa moelle épinière d'une sueur lourde et épaisse... Mais, c'est trop tard... Tant qu'il s'était agi de suivre la discipline imposée par l'Organisation, collecter les fonds chez les sympathisants français, séduire des médecins femmes pour soigner les blessés, déposer une arme chez une putain de luxe de l'avenue des Marronniers... oui! Mais là... Impression, tout en marchant, que son épine dorsale se remplit de mousse de savon à barbe... Peur... Testicules moites et mous ballottant entre les jambes du destin dans lequel il s'est enfoncé depuis ce fameux coup de téléphone qu'il avait attendu dans une cabine téléphonique posée – comme subrepticement pour tous ceux qui travaillent dans la clandestinité, pour une bonne cause, juste, claire et limpide – au bout d'un quai désert d'une station de gare désaffectée où les trains ne s'arrêtent jamais. Hagard et encombré de son angoisse qui lui barre le plexus, il titube en marchant et se rendant compte tout à coup qu'il n'avait jamais cessé d'émigrer par crainte d'autres vies plus vastes, d'autres lieux où la promiscuité l'atterre... Il avait été élevé dans le coton par une mère savoureuse et de là, il était passé – sans transition – entre les mains satinées et embau-mées d'altières et divines créatures qui l'avaient ramolli, jusqu'à ce soubresaut décisif. Rompu maintenant aux insanités de l'adversité, il n'avait pas le courage de continuer à aller jusqu'au bout de lui-même. Il avait cru après quelques actions de peu d'importance que la pratique politique avait exorcisé ses rêves, l'avait coupé définitivement de ses nostalgies, vidé de ses faiblesses et de ses lâchetés. Il avançait comme à l'aveuglette, mon-tait les marches d'accès du métro Odéon, se retrouvait sur le boulevard Saint-Michel à l'intersection avec le boulevard Saint-Germain, remontait vers la rue Saint-Jacques, noué à jamais, ébranlé par la luminosité de l'air, frappé par la rotondité de l'horloge sacerdotale marquant ses 9 h 3 mn, étonné par la vivacité des arbres

de l'avenue, affolé par leur exubérance non seulement
végétale mais presque minérale... Blafard. La panique à
ras du crâne émettant des éclairs bleus et rouges et
burinant sous sa peau le tatouage dessiné sur le front de
sa mère – toujours à bout de sensibilité, à bout de
forces, à bout de larmes, à bout de rire – il avait l'âme
écrabouillée. Pour la première fois, il se remettait à
regarder les femmes, après un an de discipline et
d'abstinence. (Souvenirs émergeant d'il ne sait où...
Fantasmes concassés resurgis du tréfonds du corps...
Vertèbres se safranant de la poudre du désir... Entre
repli et vulve... Images fulgurantes et intermittentes...
[Je vais mourir...] Son sexe le vaccine au niveau de
l'aine... Entrejambe et enflure de l'encre... Valve et
vulve. Plis et replis. Un orage visqueux bouillonne entre
ses parois intérieures... Frottis des sens et des soucis...
Peau rêche au-dedans, paumes ruisselantes au-dehors...
Le blasphème... Ils auraient dû... Ils auraient pu...
Blasphèmes, à nouveau. Envie de laisser s'échapper ses
cris portant en eux les traces de l'abîme et de l'asthme.
Impression d'étouffer... Ce que les femmes sont belles...
Véhémentes leurs plaies lorsqu'elles écartent les jambes... Il avait pris l'habitude de s'y réfugier. Plaies et
replis. Tatouages marins moussés de l'écume des eaux
femelles et lissés par le mauvais temps de l'être où il fait
constamment froid et humide. Mauvaise lune et toux
sournoise. Pays étrange... Film vermiculé de sa vie se
déroulant à l'envers... Au sortir de l'écoulement et de
l'encre, le violet qui monte à la tête... Diaphragme
pitoyable de sa vie passée, et la véhémence du mûrier au
mois de mai quand la menthe éclate dans la théière et
fume dans le matin lorsque sa mère pétrit la pâte où
lève la levure et parasite les talismans et brouille les
lignes de convergence avec cette suractivité qui l'a
toujours caractérisée... [Je vais mourir...] La bouche
pleine de la limaille de la vie, il remonte les avenues de

38

ses itinéraires multiples... Avait abandonné Polytechnique pour entrer dans l'Organisation... C'est la faute au mûrier... Ses racines sont profondes... Chauffage des viscères dans les cercueils plombés... C'est ainsi qu'un jour de juin 56, on avait ramené le corps de son frère aîné... Inoubliable blessure... Cicatrice profonde... Le cercueil se balançait à une grue du port. Son père jubilait... Retour de l'enfant prodige... qui avait enfreint l'interdiction ancestrale de traverser la mer. Il voulait simplement faire des études de médecine... on le prit en flagrant délit d'aide à l'Organisation... Il opérait dans une cave et couturait les plaies des militants. Arrêté. Torturé. Tué. Son corps mis dans le plomb du cercueil... Resta à se balancer au bout de la grue, au-dessus du port comme pour narguer les flics et les douaniers... La mère en attrapa le diabète... Les femmes sont toutes belles... Décolletés. Echancrures. Modelés des hanches et empreintes sublimes des slips sous les jupes et les robes... Parois intérieures effritées comme les vitraux de la mosquée, le jour où il envoya son ballon dans le ventre de l'Imam... Arrivé là : Polytechnique pour oublier, et toute l'ombre des aisselles charbonneuses et salées pour se reposer des orages. Comme s'il avait laissé sa boussole là-bas plantée dans la glu du ciel où nagent les grosses hirondelles qui butent contre les rideaux de toile grosse et de percale que la mère recoud chaque fois que ces satanés oiseaux du paradis y font des trous, jusqu'à en oublier ses propres paroles... « Où en étais-je? disait-elle... Ah! les hirondelles. Il ne faudra pas oublier de leur donner leur part de millet et d'eau. » Lettres envoyées, écrites entre deux cours ou sur un zinc, ou les genoux d'une amante. Ta lettre est parvenue – répondait la mère – ce matin, enveloppée dans le papier grenat du remords... Je n'aurais pas dû te laisser partir... J'ai peur qu'il ne t'arrive ce qui est arrivé à ton frère. Je vais bientôt mourir... Elle était – elle l'est

39

certainement toujours – superstitieuse et emballait, pour ce faire, tous les sismographes et jetait dans le brasier de son cœur tout le gros sel disponible... Elle disait dans ses lettres : Mon cher fils, lorsque les habits de l'amour se mettent à rétrécir, il n'y a plus lieu de faire la lessive. Ne nous oublie pas! Ta mère qui t'embrasse très fort.) Mais en réalité il ne faisait que se traîner d'une énigme à une autre et sentait ses cellules nerveuses se corroder peu à peu et sa foi dans l'Organisation s'effriter. Il avait peur de mourir... Il suivait toujours l'homme au sac de sport, longeant encore la rue Saint-Jacques jusqu'à la hauteur du 17. C'était un hôtel miteux à l'enseigne pompeuse : LE DJURDJURA. Bill était à la réception et Rosa, sa femme. L'hôtelier avait certainement un surnom. La patronne aussi, mais elle, au moins, était bretonne.

Il y avait cinq hommes qui occupaient la piaule, certainement une chambre de passe car elle sentait le lait caillé, le fruit sur et la sardine pourrie. A leur entrée, tous les occupants de la chambre se levèrent, prêts à affronter n'importe quel danger. Quand il dit : « Ça va les gars, ce n'est que moi et l'Ingénieur! Du calme... », il avait une voix de fillette mais qui ne s'en laisse pas raconter... Ils reprirent aussitôt leur place. Les uns assis par terre, les autres sur le lit et le cinquième, tapi à l'embrasure de la fenêtre aveugle qui donnait certainement sur une impasse. Il avait un œil pointé sur l'extérieur et un autre sur l'homme au sac de sport. « Eloigne-toi de cette fenêtre... Personne ne t'a demandé de faire le guet. Aucun danger ici... Bill travaille avec la flicaille. C'est nous qui l'y avons introduit. Aucun danger... L'Archevêque, tu fais comme les autres et tu t'assois. » L'Archevêque quitta la fenêtre à reculons et avec regret. Il portait au-dessus du crâne une tonsure presque parfaite. Au lieu de s'asseoir, il resta debout, accoudé au lavabo, le regard fouinard et les yeux en va-et-vient entre la porte et la fenêtre... Il faisait chaud. A peine 9 h 30 du matin. Le chef du groupe s'assit le dos contre la porte. L'Ingénieur dit Jo le Savant en fit de même. Il était trempé. Tout le monde était là. Sept hommes dans une minuscule chambre d'hôtel de troisième ordre. Tous avaient des surnoms : Staline était le chef du groupe composé lui-même de deux cellules comptant chacune deux hommes et un responsable. Sept hommes en tout. L'Archevêque était le chef de la cellule n° 1. Vespa était le chef de la cellule n° 2. Jo le Savant dépendait de l'Archevêque, ainsi que Bazoka. Les deux membres qui relevaient de Vespa avaient des surnoms mexicains : Zapata et Yucatan. A cause de leurs yeux bridés, certainement. Personne ne parlait. Staline avait sa sacoche entre les jambes. Elle était en toile bleue comme les sacs de sport de l'époque, larges à la base et rétrécis à l'ouverture, grâce à une grosse ficelle qui, serrée, en permettait la fermeture. L'Archevêque sortit un paquet de cigarettes, très lentement. Il en prit une et la fourra dans sa bouche. Personne ne broncha... Il resta ainsi quelques secondes, défiant l'assistance d'un œil narquois. Staline sans lever la tête avait tout compris. « Tu peux fumer si t'en as envie » dit-il comme s'il se parlait à lui-même. A ce moment Bazoka, d'un geste prompt craqua une allumette et tendit la flamme à son chef de cellule. Celui-ci d'un geste sec, à la fois, et très affectueux, éloigna l'allumette de sa bouche... « Ça va Bazoka », dit-il!

Et ceci : la pièce lambrissée ne gardait plus de son luxe ancien que quelques moulures fendillées et ternes

41

qui n'avaient plus aucune couleur et dont le badigeon s'était complètement érodé au cours des années. Les murs étaient complètement nus. Le lit recouvert d'une couverture dont les motifs nord-africains s'étaient estompés à tel point qu'on aurait pu lui assigner n'importe quelle origine : Ouzbékistan, Caucase, Arménie, Mandchourie, Mongolie, Syrie, Irak, Perse, Anatolie, etc. Il n'y avait ni armoire ni placard ni glace. A part le lit, la chambre était vide, un peu – peut-être – à cause de cette habitude qui veut que tout groupement structuré d'une façon clandestine ou semi-militaire se doit de vivre, de dormir, de s'organiser et d'attendre dans des lieux systématiquement vidés de leurs meubles, de leurs contenus et de leurs objets de décoration; d'autant plus que sur le mur faisant face à la porte, un rectangle plus clair découpait nettement la place où il y avait eu jadis une armoire. De même qu'au-dessous du lavabo, les traces de la glace enlevée étaient visibles (trous, cercle plus crémeux que le reste de la peinture dont avait été enduit l'infecte capharnaüm, clous restés plantés dans le mur, etc.), ainsi que la marque du portemanteau qui faisait une raie avec des arêtes dirigées vers le haut et plaquées sur l'intérieur de la porte. Tous n'arrêtaient pas de regarder le sac de sport (avec des bosses çà et là) avec l'impression que les objets (armoire, glace, images, portemanteau, etc.) que l'on s'attend à trouver dans une chambre d'hôtel ne peuvent absolument pas cohabiter avec des armes (fusils, revolvers, mitraillettes, carabines, etc.) dès lors que la chambre perd sa fonction de lieu où l'on habite, dort, fornique, pour en gagner une autre, plus noble, plus importante, et pour le moins plus dangereuse, celle de base arrière d'on ne sait quelle guerre, celle d'un arsenal où l'on stocke on ne sait quel type d'armes capables à elles seules de façonner très progressivement l'histoire

42

en marche et le destin du monde, au lieu de tous ces objets hétéroclites et inutiles qui ne servent qu'à donner l'illusion et qu'à encombrer les esprits, alors que les armes, au moins! Staline avait toujours vécu ainsi, depuis qu'il était devenu le responsable de ce groupe de six personnes divisé en deux parties de trois; il avait toujours supposé qu'il ne pourrait réorganiser l'histoire, préparer ses coups de main, monter des opérations, que dans des lieux vidés de leur artificialité et de leur décorum. S'il avait gardé le lit, c'est parce qu'il pouvait servir à passer une bonne nuit de sommeil réparateur à la veille d'une grande opération ou au lendemain d'une importante affaire. Il était quelque peu fasciné par l'alchimie des transmutations historiques et voyait dans le déménagement des vieilleries une façon d'évacuer la vieille histoire et de réorganiser les bouleversements impératifs et les déplacements spatio-temporels. Mais en réalité il avait besoin de place pour ses six hommes. Un gros coup était en préparation. A 13 heures, chacun sera à son poste, muni de toutes les directives nécessaires, mais il n'était que 10 h 30 et le groupe ne devait quitter l'hôtel qu'à 12 h 30. Il n'avait pas besoin de deux heures pour expliquer l'affaire... Des hommes qui font partie d'un groupe de choc, comprennent très vite... Inutile de faire un schéma... En attendant, il se concentrait ou plutôt essayait de se concentrer sérieusement mais Jo le Savant et l'Archevêque l'inquiétaient. Il sentait que l'un avait très peur et que l'autre était trop imprudent. Les quatre autres hommes restaient placides. Peut-être juste un peu impatients ou plutôt minés par la curiosité : quel type d'armes allaient-ils avoir entre les mains? Pour le reste, ils s'en remettaient à leur chef de groupe et à l'Organisation. Pour l'instant, ils (les sept hommes dont six étaient assis à même le Tapissom plastifié, effiloché, brûlé par endroits, écorné, détaché du parquet en d'autres endroits et le septième debout, une fesse sur le lavabo et l'autre en équilibre, en forme d'arc dont le faisceau se propageait dans le dos puissant) étaient en sécurité car Bill était autorisé à renseigner la police sur des faits réels mais qui n'étaient que petites brouilles et menus détails, et dont elle (la police) ne pouvait, en fin de compte, rien tirer, sinon – au contraire – multiplier les dossiers, ouvrir des enquêtes, pourchasser des hommes qui se trouvaient être soit ses propres mouchards, soit des traîtres à la cause et qu'on liquidait ainsi, grâce à la collaboration directe de ses propres agents. A midi, Staline distribua les armes un peu au hasard comme un tirage au sort. Il enfonçait sa main droite et tendait l'arme à la personne qui était la plus proche de lui. Jo le Savant fut servi en premier. L'Archevêque en dernier. Il en était offusqué mais ne pipa mot. Des petits calibres. Une opération-suicide. Attaquer les rassemblements de parachutistes qui allaient partir vers l'Algérie. Jo avait envie de monter au sommet du mûrier de son enfance tellement il avait peur. Staline expliqua le déploiement : chaque membre devait se poster à une station de métro de la ligne Austerlitz – Porte-d'Auteuil. Jo le Savant, à la station Odéon. L'Archevêque à la station Maubert-Mutualité, Zapata à la station Mabillon, Yucatan à la station Sèvres-Babylone, Vespa à la station Vaneau, Bazoka à la station Duroc; lui-même serait à la station Invalides.

... Plutôt une énorme chape de béton en forme de cuvette où bout la lessive des pauvres. Lui connaissait bien le stade de Colombes, mais l'entrée avec sa petite guérite surmontée de tuiles vertes en forme conique lui rappelait un marabout marocain que son père l'avait emmené visiter quand il était enfant. Il ne comprenait

44

pas cette réminiscence coloniale ou folklorique (le stade portait le nom d'Yves du Manoir et avait été construit en 1923 pour accueillir les jeux Olympiques de 1924, juste quelque dix ans après l'occupation du Maroc) ou hasardeuse tout bonnement, sortie de la tête d'un architecte qui voulait montrer qu'il avait traversé des océans et bourlingué à travers déserts, lagunes, chotts et salines en verre pilé, lézardées de verglas et saupoudrées de sucre cristallisé pour ne pas dire métallisé, voire ripoliné avec des plaques de zinc juxtaposées les unes à côté des autres; et à travers lesquels des hommes portaient avec ferveur d'énormes étendards, simples morceaux de chiffon cloués sur des bouts de bois et qui servent à la procession à avancer à travers vents et marécages pour aller déposer sur le tombeau du saint tout l'argent ramassé sou par sou par la communauté et tant de mètres d'étoffes bariolées en soie, en satin, en taffetas et tant de cierges gigantesques peinturlurés et décorés avec du papier glacé en guise de ruban et tant de kilos de sucre et de thé, récupérées (toutes ces richesses) par les notables en un tournemain. Rien à voir – ces étendards – avec les drapeaux tricolores qui claquent au vent, hissés tout autour de l'immense bâtisse, proprets et lessivés par la pluie de la veille, s'enroulant autour des hampes rouge vermillon, ni avec les gants blancs des policiers postés devant chaque entrée, portant la tenue de parade parce que le président de la République se déplace généralement pour la finale de la coupe de France de football qui a commencé depuis vingt minutes environ et dont il a entendu la retransmission, depuis le début, dans le taxi du vieillard bavard, avec son accent russe blanc et son tutoiement désagréable, retransmission parasitée de toutes les façons par le discours du conducteur, roulant les *r* mais honnête puisqu'il reconnaissait que le premier but de Toulouse avait été fabriqué par Bouchouk, cousu main comme on dit dans le jargon footballistique du pays là-bas; là-bas où on n'arrête pas de dépêcher des soldats de tout genre (paras, zouaves, commandos, infanterie, aviation et même marine). Tout cela se bousculant dans sa tête comme les événements se sont télescopés depuis ce matin; et le voilà catapulté devant l'énorme stade au tintamarre assourdissant d'autant plus que l'écho grossit les voix, les répercute et les ramène à leur point de départ, mais là n'est pas le problème. Il a toujours sa main gauche dans la poche de son veston et entre les doigts de sa main droite il exhibe son billet sous le nez du factionnaire, à l'entrée principale du stade dans lequel la foule vocifère, déferle puis s'apaise, et qui donne accès à la tribune officielle où il doit être placé pour accomplir sa mission. Mais le surveillant le renvoie à la porte d'entrée des gradins; et lui se disant « ça alors, ils se moquent de moi, pourtant ils ont bien précisé que c'était un billet d'accès à la tribune d'honneur... Ça va pas! Ça va pas! Est-ce une façon de me mettre à l'épreuve... Pourquoi je dis " ils " d'ailleurs... C'est plutôt lui. Toujours là au moment où on désespère de le voir... Pas de nom. Pas de surnom. Et l'autre, Jo l'Ingénieur dit le Savant qui n'était plus à la station Odéon à 13 h 15... Je sentais qu'il avait la trouille et me voilà dans de beaux draps... Ils l'ont choisi à cause de sa gueule. Il faut quand même y entrer... La journée est fichue! J'aurais préféré être avec mes hommes... Mais il fallait bien remplacer ce salaud de Jo... Après tout, cela fait si longtemps que je n'ai pas vu un match de football... Il y a Brahimi et Bouchouk dans l'équipe de Toulouse... Ça vaudra le spectacle. Mais alors pourquoi m'a-t-il raconté des salades? Je ne pourrai quand même pas le tuer des gradins s'il est assis dans la tribune officielle! Avec ce revolver de fillette par-dessus le marché... Là, vraiment, ils exagèrent... C'est quoi au juste cette affaire? Une mise à l'épreuve...

Une erreur de calcul et d'appréciation... Une punition...
Et si c'était une récompense... une gratification de la
part de l'Organisation (section spéciale) ».

Il entre par la porte qu'on lui indique du doigt.
Monte un escalier. Débouche sur les gradins, dans le
tournant. A sa gauche, la tribune d'honneur grouillante
de monde et de policiers. Il croit qu'il ne pourra rien
faire. Pourtant. S'assoit. Regarde le terrain. Reluque le
chronomètre du tableau lumineux qui marque 22 minutes. Score : Toulouse F.C. : 1, S.C.O. Angers : 0. La
pelouse verte. Les maillots blanc et bleu de Toulouse et
les maillots tango d'Angers. Il cherche dans la mêlée ses
compatriotes : le 7 : Brahimi. Le 11 : Bouchouk. Il se
sent ridicule avec son petit revolver dans la poche, assis
entre deux supporters tout ce qu'il y a de plus français
et, du coup, il se demande ce que font ces joueurs
algériens dans une coupe de France, alors que là-bas le
sang coule dans les caniveaux... Originaire de Bône
(comme une carte postale imprimée sur sa peau, coupée
en deux par la Seybouse. Rive gauche. Rive droite. Les
Français d'un côté. Les Arabes de l'autre. Cours Bertania avec platanes luminescents et jeunes filles hâlées par
le soleil des plages se tenant par la main, montant et
remontant l'immense allée à la recherche du fiancé
idéal, et au bout l'église ridicule, sertie d'enluminures
d'un autre âge et la gare, de style saharien alors que le
pont accable de ses câbles et de sa câblure l'espace
taraudé à vif, sorties tout droit (la gare et l'église) d'un
rêve colonial brumeux, à l'odeur d'absinthe et de
jujube, en dehors du temps et de l'histoire avec, domi-
nant le tout, la cathédrale Saint-Augustin et la vierge en
stuc qui bénit la ville lorsque le sirocco souffle et que
sur l'autre rive s'embrasent les bidonvilles), il était allé

jusqu'au Brevet qui ne lui avait servi à rien puisqu'il allait se retrouver manœuvre à vingt centimes de l'heure chez Durafour. Impossible de vivre lui et sa vieille mère avec un tel salaire journalier. Il prit le bateau et échoua à Strasbourg où, en voyant la cathédrale, il fut secoué par un énorme fou rire, tant les colons avec leur réplique bônoise lui apparaissaient minables et sans aucune imagination... En désespoir de cause il s'assoit et regarde le match, voulant tout oublier de cette journée où il devait diriger son groupe de choc pour attaquer la caserne des paras, place des Invalides, et se retrouve à regarder un match de football dans un stade archicomble (43 125 spectateurs 17 977 750 francs de recette. Toulouse joue avec le vent dans le dos après avoir gagné le toss. Le président de la République, malgré les charges écrasantes qui pèsent sur ses épaules du fait de la crise ministérielle, assiste au match. Conditions météorologiques : Soleil généreux. Vent moyen. Terrain en excellent état) où – sur le terrain – les joueurs s'acharnent à se passer le ballon, tandis que lui s'acharne à scruter ces corps bigarrés qui forment des faisceaux de couleurs presque irréelles et cependant irrécusables, à cause peut-être de ces demi-teintes, de ces reflets moirés et de cette partie presque blanche du terrain où le soleil tape dur, découpe les joueurs ou les morcelle selon les coloris des maillots, des shorts et des bas (torses, épaules, cuisses, ventres, jambes, etc.) alors que dans les deux autres parties du terrain où l'ombre gagne chaque minute quelques centimètres, les corps sont presque transparents et rétrécis par l'effet oculaire comme une mise au point qui est mal réglée, et donne l'impression que les formes sont à demi mangées, effilochées sur leurs extrémités, floues dans leurs mouvements, comme fantomatiques à cause des contours estompés où les traits ne sont plus rigoureusement et strictement délimités, ce qui permet aux volumes d'apparaître moins saillants quand en réalité, la frénésie des joueurs et leur engagement athlétique sont les mêmes au centre du terrain flambant blanc de chaux et aux deux extrémités gauche et droite... Bien que. Pourtant, il est vrai qu'à l'approche des buts les athlètes augmentent leur vitesse, changent brusquement la cadence, tandis qu'au milieu du terrain, ils ralentissent le jeu pour organiser le mouvement d'ensemble que les stratèges (les deux numéros 7) Brahimi d'un côté et Le Gall de l'autre, mettent au point d'instinct et à l'intuition, comme deux joueurs d'échecs qui tâtonneraient dans le vert.

C'est-à-dire qu'en partant de la droite du terrain – du côté des buts d'Angers gardés par Fragassi – s'étend, en direction du centre marqué par un gros rond chaulé et contrastant avec le mousseux du vert gazonné, un réseau de lignes en damier, toujours dans les verts, mais passant du foncé au clair et *vice versa,* selon que l'on va de gauche à droite ou de droite à gauche, dû – le réseau – certainement à la tondeuse que l'on passe tous les jours pour entretenir la pelouse, surtout la veille des grandes rencontres. Toute cette étendue est délimitée non seulement par le tracé blanc du terrain mais aussi par les piquets rouges des quatre coins d'angle, par les deux juges de touche qui courent comme des damnés et dans tous les sens, selon le bon vouloir des joueurs et enfin, par les ramasseurs de balles en survêtement flamboyant... Maintenant qu'il se remémore tout cela, il se rend compte qu'aucun détail ne pouvait lui échapper surtout pas les millions de combinaisons de trajectoires que le ballon avait parcourues et qui s'accumulent dans sa tête en un enchevêtrement de lignes profondes et parallèles pour ainsi dire, comme des rails intérieurs heurtant les joueurs perturbés dans leur concentration et absorbés par ce morceau de cuir rempli d'air qui les rend calamiteux et aveugles, imprégnés qu'ils sont par un rituel de gestes et de mouvements dont les éléments sont tendus vers un seul but : la cage où les gardiens font le va-et-vient à travers un cycle infernal qui les fait ressembler à des gorilles balayant le sol de leurs énormes mains gantées, à demi courbés, à demi accroupis, dans l'attente de la détente qui les fait se dresser au-dessus de tous les autres joueurs svelte et aériens, ébène et liquoreux à cause de leurs tenues toutes noires et de la sueur qui les imbibe jusqu'à la racine des cheveux brillant de gouttelettes miroitantes sous le soleil, lorsqu'ils quittent brusquement la zone d'ombre pour aller rattraper le ballon et relancer le jeu.

Bientôt lui n'aurait plus rien à perdre. Il aurait oublié jusqu'à son surnom de Staline et tous les surnoms des autres membres du groupe de choc, y compris de celui qui avait trahi : Jo! Il aurait donc accompli soigneusement et jusqu'au bout sa mission. Tiré un seul coup. L'autre se serait affalé dans une mare de sang : il ne pourrait plus parader dans les tribunes officielles lors des finales de la coupe de France. Terminé. Lui n'aurait même pas à confirmer à quelqu'un que sa mission avait été accomplie. Après son arrestation, il dormit quarante-huit heures. Personne n'osa le déranger. En attendant d'être jugé, il se mit à faire dérouler sur les murs douteux de sa cellule de la prison de Fresnes, le film de cette fameuse journée du dimanche 26 mai 1957, ponctuée par les neuf buts qui avaient été marqués par les deux équipes adverses et par un coup de feu tiré à travers sa poche et atteignant sa cible, sans coup férir.

Quant à l'autre, le premier homme, surnommé Jo dit l'Ingénieur dit le Savant dit le Polytechnicien dit le Beau Gosse, initialement chargé d'exécuter la mission, il avait disparu, s'était comme évaporé entre 12 h 45 et 13 h 15, à la station Odéon. Peur verte?

3

Toulouse : 2 – Angers : 0

Mais lui était assis dans cette foule grouillante, chauffée à blanc, gesticulant et portant de petits drapeaux aux couleurs des deux clubs engagés dans une terrible bataille sur le terrain, qu'ils – les spectateurs – agitaient désespérément n'ayant plus de mains libres pour applaudir, encombrées qu'elles étaient par les canettes de bière, les sandwiches, les insignes cloués ridiculement à des petits bâtons non moins ridicules, les instruments à vent possibles et imaginables (fifres, trompettes, orphéons, sifflets, doigts, soufflets, sarbacanes, flûtes, etc.) et toutes sortes de tambours, de tambourins, d'objets hétéroclites capables d'émettre des sons et de faire du bruit et du charivari, n'ayant plus de voix pour hurler leurs encouragements, leur colère, leur enthousiasme, leur dépit, aphones, cacophoniques, trempés de sueur, électrisés et brûlant à petit feu dans la cuvette de l'énorme stade fermé à toute brise et à tout vent, exhalant des odeurs de bière rance et d'alcool fermentant dans leur bouche, corrodant leurs viscères et macérant leurs muscles, leurs graisses, leur peau, se levant, s'asseyant, à la moindre alerte, interpellant les joueurs par leurs prénoms ou par leurs surnoms comme s'ils les connaissaient intimement, s'ils avaient leurs entrées dans leurs vies particulières, les admonestant à la moindre faute, les déifiant à la moindre feinte, ou passe latérale, ou zigzag, ou petit pont, ou démarrage en trombe, ou changement d'aile, ou jonglerie clownesque, puis tout de suite, les vouant aux gémonies, dès qu'ils étaient dépassés par un adversaire, feintés, cloués sur place, ridiculisés, acculés, pressés, pressurés... Le vacarme devenait intolérable et grossissait en vagues concentriques se déplaçant des gradins à bon marché où le défoulement est plus authentique et plus hystérique à la tribune d'honneur où un silence glacé régnait dans une atmosphère protocolaire et désuète : la gent politique du pays était là à s'ennuyer mortellement, à faire semblant, à applaudir d'un air pincé, à se pincer le nez à cause de cette odeur de marécage humain dont les effluves lui parvenaient de tous les côtés... Le tableau d'affichage qui s'élève au-dessus de la masse de béton marque la 23ᵉ minute et toujours le même score. Il est assis dans cette foule merveilleuse et fraternelle, misérable et agressive, vulgaire dans tous les cas de figure, époumonée, hystérique et, en fin de compte, solitaire, dérisoire et pitoyable, parmi tous ces gens oublieux des journées de travail fastidieux, de la routine, de la fatigue, du mépris et de l'exploitation, oublieux de la brisure qui se fait à l'intérieur d'eux-mêmes, dans les profondeurs où personne – et surtout pas eux-mêmes – n'a le droit de s'enfoncer, envoûtés par l'addition de tous ces amalgames, mélanges, enchevêtrements, imbrications, amoncellements et accumulations divers d'un même et unique phénomène collectif de foule en délire, les dépassant bien sûr et dont ils ont une vague conscience implicite, sachant d'instinct que toute l'énigme de l'environnement houleux dont ils sont les victimes expiatoires, débraillées, dépenaillées, désordonnées, déboussolées, dérangées, démesurées, a son secret dans cette interférence diabolique entre les choses, les joueurs, les couleurs, les bruits et les spectateurs. Trop démantibulés, équarris, écrasés, étouffés, fiers de leur drapeau, de leurs colonies, de leur pays et de leurs richesses culinaires et vinicoles, prêts à servir de porte-drapeau, de supporters intarissables et de chair à canon pourrissant dans les contrées lointaines où les déserts les dessèchent avec une rapidité faramineuse, où les montagnes les engloutissent avec une célérité incroyable et – surtout – où les mirages les affolent en un tournemain. Il s'inscrit dans tout ce mouvement, parmi ces êtres à la merci de leurs chefs, ces objets qui rutilent au soleil de la pelouse, ces phénomènes occultes dont il est, comme eux, la victime toute désignée : tout un code de connexions qu'il n'arrive pas lui-même à déchiffrer malgré ses certitudes, sa sérénité et son revolver enfoui dans son énorme main d'ouvrier plombier toujours posée – la main – à l'intérieur de la poche gauche de sa veste, mais qu'il pressent comme inscrit irrémédiable-ment dans le mouvement d'un mobile imaginaire qui, parcourant une courbe fermée, repasse successivement par les mêmes points, n'en finit pas de passer et repasser et dont il sait – confusément – qu'il est la définition même de la révolution dont il n'est qu'une particule microscopique jetée là parmi des milliards d'autres particules virevoltant comme des grains de poussière dans le soleil blanc qui se déplace à l'heure qu'il est minute par minute vers la gauche du terrain et qui lui coulent – les minutes – dans les veines, goutte à goutte, en un mélange de peur et de jubilation, de stupeur et d'exaltation. Les lignes formées par les têtes des spectateurs, les arcs de béton de l'architecture spatio-linéaire du stade comme des cordes se chevau-chant les unes les autres et comme des rails se réfractant à l'infini, le renvoient aux traces intérieures incrustant sa chair et la cicatrisant par tant de mépris et de morgue coloniale, aux douleurs de l'histoire se dérou-lant les unes dans les autres et ponctuant les différentes révolutions, insurrections, révoltes, jacqueries, rébellions, depuis (1830) en passant par (1849, 1871, 1881, 1911, 1945 et 1954), aux ecchymoses abstraites des humiliations stratifiées et accumulées durant tant d'années, gonflant brusquement sous la levure de la haine, aux cercles du temps colonial éclatant en mille segments, aux géographies et géométries des pays occupés se déglinguant brutalement, aux pans entiers de l'histoire se fissurant, s'effritant, se défonçant, se couvrant des champignons moussus et vénéneux de la catastrophe imminente dont il n'est qu'un accélérateur d'autant plus ébahi qu'il lui est difficile d'admettre la désaffection à la dernière minute de Jo dit l'Ingénieur, dit le Savant et – aussi – de mettre de l'ordre et du sens dans toute cette hallucinante combinatoire qui l'oblige à faire irruption dans l'histoire ensanglantée des peuples. Il est toujours assis sur les gradins du stade rempli de ses 43 125 spectateurs payants, sans compter les invités, les officiels, les policiers, les organisateurs et – bien sûr – les inévitables resquilleurs attirés par de telles occasions mirifiques, avec son petit revolver de poupée qu'il serre de plus en plus à l'intérieur de la poche gauche de son veston d'alpaga impeccable, taillé sur mesure et payé évidemment par l'Organisation, dont il ne comprend – de cette combinaison – ni les tenants ni les aboutissants concrets et réels, décisifs et sanglants, mais qu'il intuitionne mollement comme dans un rêve à demi pelucheux, humide et moite et abracadabrant qui le réveille toutes les nuits durant ses trois pauvres heures de sommeil et ne cesse de le tourmenter et de l'épouvanter parce qu'il y voit en transparence les signes inéluctables qu'il va un jour ou l'autre être dépassé par les éléments qu'il ne veut pas cesser de mettre en branle depuis deux ans exactement, à l'époque où il avait adhéré à l'Organisation, refusé les palabres des réunions des cellules politiques et demandé à être affecté à un groupe de

58

choc (2 cellules de 3 personnes = 6 + 1 [le chef du groupe] = 7) dont il va devenir le patron, avec toujours dans son dos une sorte de démiurge triste et impassible qui sait surgir au moment opportun pour lui donner les ordres et disparaître comme par enchantement. Il s'agit de l'un des responsables de la Section spéciale qui chapeaute tous les groupes de choc et dont le réseau n'arrête pas de s'étendre à tout le territoire français, comme un tissu invisible qui se relâche chaque jour un peu plus. En réalité, il craignait que ses multiples mises au point ne puissent jamais endiguer ou simplement atténuer les débordements de cette mécanique irréversible, ne fût-ce que le temps qu'il reprenne ses esprits et fasse le bilan de son passé, de son présent et de son avenir, pour savoir et comprendre – non le sens de cette révolution à laquelle il a appartenu dès le début – mais celui de ce vertige, de ce tourbillon et de cette tourmente qui engloutissent tous ses mouvements, ses moindres gestes et jusqu'à ses rêves embrumés et embués par le cristal de l'histoire et de la mémoire qu'il a de sa ville natale, par exemple... (Ville jaunâtre coincée entre une mer bleue et sa cohorte de collines poussiéreuses portant au-dessus de leurs crêtes des palmiers rabougris que l'on voit dessinés sur les couvercles des boîtes en carton servant à contenir des dattes Nour de Tolga dont la saveur est de réputation mondiale ou des loukoums crayeux et nécessairement exotiques, ou des halvas dites turques ou syriennes selon le pays où on les fabrique, à base de grains de sésame et de sucre et d'autres ingrédients vaguement naturels, ou bien portant des vierges en plomb ou en stuc, des Marie-de-la-mer larmoyantes, à l'opulente poitrine et aux yeux tournés vers l'océan, protégeant ainsi de leurs regards les pêcheurs souvent d'origine sicilienne ou maltaise, ou bien encore cet énorme gâteau communément appelé cathédrale Saint-Augustin, et qui surplombe la ville comme un décor douteux en carton-pâte où se mêlent tant de styles abracadabrants où chaque émigrant doit retrouver une part de l'église de son village sarde ou andalou ou sicilien ou grec, méridional en tout cas. Ville jaunâtre avec un port minuscule où ne croisent dans sa rade que quelques bateaux chétifs, agrumiers, phosphatiers, etc., rangés sagement avec leurs câbles et leur mâture sans trop d'envergure, mais sauvés, *in extremis,* par les vergues entrecroisées s'étalant telle une percale au-dessus de la baie, des docks étriqués tombant en ruine, des coupoles de mosquées honteusement éparpillées dans l'ocre dentelé de leur couleur; dessinée un peu naïvement, sans aucune imagination architecturale, aux murs lépreux et gangrenés par l'acide de cette violence contenue, qui explose de temps à autre spontanément, mais qui est vite réprimée par les soldats sénégalais, les zouaves et les spahis, prêts à commettre des crimes, à provoquer des bains de sang, à étouffer férocement tout ce qui peut porter atteinte à l'opulente richesse de l'arrière-ville : la plaine fertile et argileuse et le sous-sol riche en minéraux de toutes sortes... Mais la ville, elle, toujours jaunâtre, plombée et vite devenue le repaire des voyous et des proxénètes ayant pignon sur le cours Bertania, dans un mélange oiseux et agressif de races arabe, italienne, espagnole, levantine, etc.) où il n'avait jamais pu trouver de l'embauche malgré son C.A.P. de plombier et qu'il avait dû quitter pour Strasbourg où il fut avalé par l'usine (avec ses laminoirs pivotant sur leurs cylindres hérissés d'acier, tournant en sens inverse et broyant le métal, l'aplatissant, l'étirant dans la chaleur desséchante qui transforme les narines en une plaie sèche et douloureuse, le bruit de ses masses d'acier écrasées et jetant des étincelles, ses hauts fourneaux dévorant le coke et le charbon et qu'il faut alimenter sans cesse, ses machines compliquées contre lesquelles il faut mener une course effrénée, répétant les mêmes gestes, les mêmes mots qui écorchent la tête, ses contremaîtres à l'accent de traîtres – à l'instar de l'autre trônant au milieu de la tribune d'honneur, assis à côté du président de la République française, habillé de façon traditionnelle, la tête entourée de mille bandelettes de son *chèche* immaculé, portant burnous et bottes sahariennes, faisant semblant de s'intéresser au match alors qu'il ignore jusqu'aux règles du jeu, tout comme tous ces officiels d'ailleurs, à bedaine, à gousset, à grimace – passés de l'autre côté de la barrière, ses horloges prises de susceptibilités mathématiques, ses appareils à pointer, ses brimades, ses salissures, ses fatigues, ses peines, ses chagrins, ses solitudes, ses nuisances, ses bruitages, ses maladies, ses racismes, ses rancœurs, ses mépris, ses blessés graves, ses morts à peine comptabilisés) où il avait risqué de laisser sa peau et découvert avec des camarades de travail ce qu'est la politique, l'histoire et surtout le moteur essentiel qui fait fonctionner ces notions abstraites : l'action, la pratique révolutionnaire, la lutte, etc., où il craignait tous les jours de perdre ses doigts, ses mains, ses bras, ses jambes, son crâne, ses poumons, ses lambeaux de chair restés accrochés à un cylindre ou à une bielle, où il avait appris à boire et à fumer et à se passionner pour les livres politiques, les revues révolutionnaires, les problèmes nationalistes... Et comme cette usine ne lui plaisait pas trop, il la quitta pour aller s'essayer à jouer au funambule jusqu'au jour où il faillit chuter du haut d'une grue, avec ses mains gercées par le gel de l'hiver alsacien mises en avant pour lui éviter d'instinct de se fracasser la colonne vertébrale sur le béton qu'il avait coulé lui-même la veille dans son désir de bien faire, à la fois, et de saboter le chantier infect sur lequel allait être érigé un ensemble de clapiers pour y fourrer des hommes exploités comme lui et noyant leur impuissance et leur chagrin dans les brumes de la bière et de

61

l'alcool. Aussi décida-t-il de laisser tomber Strasbourg et partit dans un train de nuit pour Paris.

Il était là, tranquille, quelque peu méprisant pour cette foule en délire et regardait les mouvements d'ensemble des deux équipes, rassuré peut-être par son revolver et ce calme qui fluait sous ses veines comme de l'eau glacée. L'équipe de Toulouse est toujours à l'attaque. Il a envie que l'un des Algériens marque un but, deux buts, trois buts... Pour qu'ils comprennent que nous sommes capables de tout... Même de tuer... L'acier de son revolver froid sous ses mains fraîches, malgré la chaleur étouffante. Peur glacée. *Toulouse attaque par Brahimi...* Lui se disant : « un vrai stratège ce bonhomme de Brahimi... Ils ne le verront pas longtemps sur leurs stades... C'est même la dernière fois... » Mais il n'était pas sûr... Ce n'était pas son secteur... La politique... Il avait choisi l'action... *qui démarre une action comme un distributeur de cartes qui connaît son affaire, passe à l'autre ailier, le Finlandais Rytkonen (n° 10) qui passe à Bouchouk (n° 11) qui redonne grâce à un tir croisé à Brahimi qui redémarre, fonce tout seul, arrive dans la surface de réparation, passe à l'Argentin Di Loretto (n° 9) bien placé à son poste d'avant-centre, qui shoote, mais Sabroglia surgit d'on ne sait où et met en corner, alors que Fragassi le goal d'Angers court derrière son ombre, abandonnant ses buts. 24ᵉ minute. Corner en faveur de Toulouse Football Club. Di Loretto tire le corner très court sur Rytkonen lequel, dans un balancement houleux, feinte deux adversaires et passe tranquillement à Bouchouk démarqué, mais ce dernier rate son tir, vite récupéré par son compère Dereudre (n° 8) qui lobe Fragassi et marque sous son nez et à sa barbe...*

Lui, content. Se refuse à la transe. Se réjouit pour ses deux compatriotes. Prélève dans son répertoire-florilège un air de musique andalouse qui lui monte à la tête, se souvient du chanteur juif Raymond exécuté par l'Organisation parce qu'il continuait à ramollir les masses. Il avait tous ses disques. Dommage! Mais il avait été averti trois fois... Il fallait donner l'exemple. Coupé net, sa rengaine dans sa bouche *(grain de beauté sous le nombril et le tatouage à fleur de sexe et l'aine calligraphiée par le désir de l'amant qui en aime une autre...).* Un vrai chantre Raymond! Les ordres étaient stricts. Le peuple mis en berne. Le chant tari. Même les oiseaux ne pleuraient plus au crépuscule. Interdiction de rouvrir les bordels fermés sur ordre de l'Organisation. Les maquereaux mis au pas. Les prostituées transformées en boîtes aux lettres. Alcool, kif et cigarettes prohibés. Une discipline de fer. Raymond avait voulu crâner. Il comptait certainement sur sa popularité. On n'y pouvait rien. La règle s'appliquait à tout le monde. Toute condamnation à mort, après les trois avertissements de rigueur restés sans effet, était immédiatement exécutoire... C'est pourquoi il était là... dans ce stade archi-comble et au comble du délire... Effets secondaires de la guerre révolutionnaire... Raymond tué à contrecœur... restait sa voix *(le tatouage sous le nombril et la deuxième femme de mon mari me rendent la vie amère...).* Etat de guerre. Etat de siège. Générations sacrifiées, anéanties, ravagées... A travers le chant, il y a la mort et la transe... Il se sent bien dans sa peau se disant, « je n'ai rien contre Raymond, d'ailleurs je ne l'ai pas descendu... Je n'ai rien contre le Bachagha non plus. Il est peut-être sympathique mais il a pris le train à l'envers et il est têtu... ». Pitre ou pirate? Il n'en sait rien. La houle grossit. Le tableau de marquage scintille et sous l'effet de la magie le 1 devient 2. Toulouse : 2, Angers 0. Après tout, pourquoi ne pas être content. Mais lui est irrémédiablement condamné! Comment faire? Je ne vais quand même pas tirer de si loin. Impossible. Attendre. Regarder ce foisonnement de couleurs. Ce n'est pas tous les jours qu'il fait beau à Paris, métropole historiquement aimantée qui participe à la rapine du monde alors que nos colons n'ont même pas l'envergure d'être de vrais bâtisseurs de cathédrales. Gare de Bône. Délire pitoyable, comme un amalgame d'architecture soudanaise et de gratte-ciel new-yorkais, le tout débouchant sur une sorte de boîte de sardines dont l'embout jouerait le rôle de minaret squelettique. Rire ou fou rire ou colère rentrée? Toutes ces réactions sont temporairement balayées par les dorures du concert de voix, d'instruments à vent, de cymbales et de mains crépitantes. Folie de l'orchestre et du chœur vocal qui reproduit une atmosphère terriblement gélatineuse où la sauvagerie humaine laisse libre cours à son itinéraire et à ses destins et prolonge infiniment le mélodrame footballistique. Des hommes pleurent. Des femmes s'évanouissent. Lui. Placide! Mais la fêlure s'élargit au fur et à mesure que le temps passe et que dans sa tête s'ébauche le dessin, le schéma, le fusain du déroulement des actions – rares – et qu'il va numéroter. Outre les évidentes implications de l'histoire dont il est devenu le maître et l'esclave, il accepte de supporter les clameurs du public qui décrivent avec des mots qu'il ne connaît pas très bien et qui n'ont rien à voir avec sa propre langue, le délire de ces foules déchaînées. Lui, a besoin de se résumer. Quel jour sommes-nous? (26 mai 1957. Dimanche.) Qu'est devenu Jo? (Ce n'est pas ton problème. C'est celui de l'Organisation.) Un maître mot : attente. Pourtant, il se sent fatalement parcouru par l'élan de la vie. Tout le reste n'est que ballet plastique à ne pas confondre avec la maîtrise de l'action. Le match n'est qu'un prétexte. Une anecdote. Certes bariolée, mais qui a ses limites. Car l'essentiel est ailleurs. Il se rend bien compte que ce n'était pas de sa faute à lui, Mohamed Sadok dit Staline, chef d'un groupe terroriste et plombier actuellement employé sur le chantier de la future centrale nucléaire de Saclay, si le mouvement de l'histoire avait pris une telle amplitude, l'avait mis dans sa mouvance, avait appareillé en l'emportant à travers remous et méandres, couches limoneuses et lacis de sang, alluvions de fleuves et affluents, grondement des eaux sales de l'histoire ululant dans ses vertèbres, parcours vaseux et itinéraires d'argile chargés de tant de signes, d'actions, d'exaction, de pendaisons sur place publique, d'expropriations extravagantes, de crimes douteux, d'assassinats à froid, de tueries mortelles, de blessures d'amour-propre; tout cela depuis son enfance dans les quartiers indigènes de Bône, n'a pas cessé d'imbiber sa moelle comme un papier de soie froissée par la rumeur du sang craquelant les veines verglacées, jusqu'à transformer l'horizon natal de son paysage mental en bouillie télescopée et broyée, à travers particules de lumière et pastilles de poussière; tout cela – encore – imbibé de l'haleine boueuse de la Seybouse, fleuve et segment cadastrant son monde depuis l'enfance aux mouettes guettées le long du bassin du port, en plein hiver, lorsque le climat lagunaire devient par trop insalubre et transforme les bronches en papier buvard et les paupières en ganglions scrofuleux et purulents. Hivers du pays natal, du côté de la côte, entre fleuve bourbeux et mer opaline, avec cette vapeur d'eau à tordre comme une lessive trempée dans l'eau moisie de la souffrance et de l'humiliation, avant que les bateaux lèvent l'ancre ou hissent voile et toile goudronnée, laissant les gens du pays en train de faire

65

la queue dans les petits matins brumeux des bureaux d'embauche. « Non, se disait-il, se répétait-il : il n'est pas question de se sentir coupable. Une seule balle. C'est la loi dans l'Organisation pour les traîtres. Viser la tempe. » Et à nouveau la mémoire coulisse pendant que le match continue à se dérouler. Voix du speaker. Score toujours inchangé en faveur de Toulouse. Deux buts à zéro. Vertige de l'histoire qu'il subodorait mais qu'il avait appris non seulement à lire mais à décrypter, à décoder, à travers versions diverses et contradictoi- res... Le pays dévasté. Les Turcs d'abord. Les Français, ensuite! Non... Mille villages réduits en miettes selon les historiographes. Sans oublier les Espagnols, évidem- ment... Encore qu'eux avaient une revanche à prendre. La restitution de l'Andalousie ne leur suffisait plus. Mille villages emportés... par les crues selon la version officielle. Mille tribus tatouées, décimées... par les épi- démies... En fait brûlées vives... Emmurées dans les grottes aux falaises de cristal. Et cette sornette qu'eux (les étrangers) avaient su mater les fleuves, assainir les marécages gluants et insalubres! Des milliers de morts et les portes ouvragées des medersas, des écoles publi- ques, des palais et des maisons avaient été utilisées comme feu de bois par la racaille que protégeait la troupe en goguette. Ceux qui avaient échappé à un tel massacre furent attrapés comme des poissons naïfs dans les gros filets de la stratégie militaire. Taillables et corvéables à merci, ils servirent à creuser des tranchées, à élever des digues, à construire des barrages, à agran- dir des embouchures, à fracasser des montagnes, à creuser des tunnels pour le seul profit de nouveaux colons, voyous des grandes villes lépreuses, assassins épargnés par la guillotine, misérables cultivateurs qui végétaient dans leur poussière, pouilleux des périodes de grandes famines, commerçants ruinés par l'usure et les taux d'intérêt, viticulteurs bouffés par les mites et le phylloxéra, gouapes d'Espagne et du Levant, Juifs de Livourne et de Marseille échappés de leurs ghettos, petites crapules du monde occidental en mal de terres fécondes, anciens révolutionnaires ayant tourné le dos à l'histoire, communards bannis et dérapant sur la cordée de la destinée, toute – en un mot – une humanité boursouflée et hâve découvrit le pays des jacarandas et du chèvrefeuille, des plaines alluviales à blé, à orge et à maïs, des coteaux à vigne et à vignoble, des palais en cristal, du thé à la menthe... Il restait là. Tranquille. Un regard sur le match et l'autre sur les livres d'histoire. C'en était fini de l'étoffe rapiécée du rêve effiloché. On en était à renverser les lampes de chevet du vieux monde. Le cauchemar passé à l'ocre des lagunes et des ravines avait duré trop longtemps. Il était temps de ramener les voiles du zénith, coloriées de brouillard et de vapeur d'eau, de tissus diaprés et de buée. Temps, aussi, de sécher le sang, en utilisant les vieilles médecines, les pistolets et les crans d'arrêt. Loches humides de l'enfance dessinant de longues traces vitrifiées sur le basilic arrosé, entretenu et fertilisé par la grand-mère. Lectures divinatoires du limon accumulé en strates où s'échelonne la structure de l'histoire et la genèse du monde où planent de longs oiseaux allongés qui boivent les paysages de l'apocalypse et de l'ultime déluge... Nous y voilà – se disait-il – après tant de tentatives et de ratages. 1954. Ville natale. Jaune. Palmiers rabougris. Ennui colonial. Bône ne sent ni les épices d'Asie, ni les soieries du Proche-Orient. Et pourtant : grenier à blé. Port marin. Comptoir phénicien. Ville romaine dans Hypône enchevêtrée. Ville arabe : venelles et vulves et valves où l'on brûlait le benjoin du Mali, l'aloès de Madagascar et le soullan du Soudan. Puis, l'arrivée des Turcs. Foisonnement de couleurs, de rythmes, de voix et de bruitages dans le fracas du choc fastueux de la mort quand elle peint la vie au safran du deuil et transcrit le sens de la brisure et le style d'une colonisation impériale. Au tour des Français d'éroder les contours de l'humain, de l'effranger, l'aliéner, le détraquer, ouvrant – ainsi – dans la mémoire des autres habitants du pays restés sur leurs pitons ou au fond de leurs déserts, des brèches béantes sur les parois glabres et polies de la démence froide, glacée, précise et rigoureuse...

... Le Toulouse Football Club était maintenant déchaîné et s'en donnait à cœur joie. Jubilations des poitrines mouillées par les maillots de la gloire, raccourcis fulgurants des trajectoires banales, nouvelles balises et balayage total du terrain, coups de ciseaux, coups de tête, passes rapides, jongleries de clowns, *maestria furiosa,* petits ponts et grandes ouvertures latérales, changements de balle et échanges de place, montées et descentes, mouvements incursionnés, tourbillons sur place, feintes et contre-feintes. Le public n'en pouvait plus. Toujours le même score, et les deux compères latéraux (le 7 et le 11), c'est-à-dire Brahimi et Bouchouk s'amusaient à volatiliser et à mettre en pièces les théories rigoureuses au profit d'un football instinctif où la balle vient au pied du joueur et non le contraire, comme si elle avait été aimantée. Toujours le même score !

F.C. TOULOUSE : 2 – S.C.O. ANGERS : 0

23ᵉ minute de jeu. Toujours calme face à ce déchaînement des passions. Le revolver en sûreté. Se demandant comment il allait faire pour régler son compte à ce vieux Bachagha qui croyait qu'il était facile de narguer l'Organisation, parce que de temps en temps on le plaçait cérémonieusement à côté de leur président de la République et de sa matrone de. Un cafard catapulté artificiellement au sommet des honneurs vaniteux, décoré de mille médailles, acheté pour des sommes fabuleuses, transporté de lieu public en cérémonial républicain comme une momie dans son sarcophage et ses bandelettes successives, sclérosé, minéralisé, gâteux et débile, allant inéluctablement vers sa fin comme ces scarabées qui meurent en se prenant les pattes dans leur propre bave gélatineuse. Condamné à mort. Après les trois mises en garde, avant la mise à mort et l'exécution obligatoire, sacrificielle; pendant que sur le terrain les cercles se rassemblent et se fragmentent avec leurs fanions à porter et les chants à psalmodier de la foule en transe, comme une liturgie métallique dont l'écho se répercute sous une voûte et diaphragme les vertèbres, avec la lumière du jour aplati qui devance les ombres des joueurs envahissants, leur collant à la peau, avec les maillots à qui il ne manque plus que l'essorage qui sert à tordre les muscles et les tendons de ces corps débridés, éclatés, en état d'ébriété ou d'aphasie ou de transe, ou de funambulisme, voire même de somnambulisme, à travers failles et espaces gazonnés, piétinés par les crampons torturés et tenaces dans la clarté qui bouge, frémit, se froisse rêchement, à la limite des drapeaux plantés aux quatre coins du terrain qui claquent comme fanfare assourdissante et raide, comme défi aux fuseaux horaires, aux paradigmes météorologiques, aux paraboles effrangées, avec les lignes du destin, imaginaires et irréelles, comme une dentelle frelatée par l'incertitude, alors que les vaincus se mettent tout à coup à occuper le terrain des vainqueurs; renversement du jeu et de la géométrie périphérique capable seulement de parasiter le réel dont l'altération s'organise sur le principe même du déséquilibre, de l'apesanteur et du délire, alors que l'horloge ne cesse de lui dévorer ses minutes précieuses, pris qu'il est entre le désir de se concentrer, de trouver une solution à cette situation inattendue, imprévisible et de répondre à la question qui, en fait, ne l'avait pas quitté : pourquoi Jo s'est-il rétracté, enfin, propulsé dans l'absence? Un œil sur le terrain et l'autre sur la tribune où, par intermittence, lui apparaissait le buste de l'homme qu'il devait tuer, selon les divers mouvements des officiels assis dans des fauteuils profonds aux dorures rococo et aux sièges enveloppés de velours rouge, et qui, de temps à autre, se penchait obséquieusement du côté du chef de l'Etat, le visage à moitié mangé par l'énorme chapeau de son épouse aux rebords interminables surmonté d'une petite voilette et d'un ruban noué, représentant certainement un oiseau, ou une fleur, ou une plume, quelque chose de saugrenu en tout cas et qu'il ne pouvait pas discerner distinctement de si loin, d'autant plus qu'il était gêné par les cheveux gonflés d'une jeune femme assise un peu en biais et par la nuque bourrelée d'un homme à la carrure imposante et athlétique, posté derrière le fauteuil de la principale personnalité de cet aréopage vieillot, guindé, avec quelque chose d'inutile, un garde du corps certainement. Puis il entendit son voisin pousser un cri alors que le reste du public retenait son souffle, parce que – certainement – il devinait que l'une des équipes était en position de marquer un but mais il ne regardait plus le terrain et concentrait son regard sur la tribune officielle bourrée à craquer de hauts fonctionnaires, d'officiers ployant sous leur autorité et leurs décorations, de vieilles comtesses lézardées par les intempéries des siècles qu'elles avaient traversés de bout en bout, de belles femmes au dos bronzé et dénudé qui devaient certainement s'ennuyer à mourir mais qu'excitait – évidemment – l'idée qu'elles étaient dans les arcanes du

70

pouvoir, tout près de la puissance et de l'argent, venues
là certainement avec leurs époux pour jouer leur rôle de
potiches, de plantes décoratives, d'objets clinquants et
luxueux et permettre aux maris, jeunes loups aux dents
acérées et aux cheveux cosmétiqués, de se faire une
place dans la diplomatie, l'administration, les affaires,
etc.

Se demandant qu'est-ce qui pousse un homme à
trahir et surtout qu'est-ce qui pousse un autre à refuser
la trahison et à s'ériger en justicier, pris soudain d'une
envie de se raconter, c'est-à-dire de reconstituer pour sa
propre gouverne, pour avoir une vision claire des
choses qu'il va faire et des actes qu'il va commettre et
des mouvements qu'il va imaginer, schématiser, avant
la réalisation de son projet; c'est-à-dire encore, de
recombiner au moyen d'équivalents verbaux une vague
idée qu'il veut réaliser coût que coûte, comme s'il avait
peur de se retrouver, avant que le coup de feu ne parte
et n'aille fracasser la tempe de cette pauvre chose
humaine enroulée dans ses vêtements amples et son
burnous de laine sauvage, devant une appréhension qui
n'a rien à voir avec la peur mais avec l'idée que le geste
qui consiste à tirer une balle de revolver sur une cible
noyée dans une masse de 43 125 spectateurs, de quelques centaines d'officiels et d'invités, de quelques dizaines de préposés à l'organisation, de vingt-deux joueurs,
de l'arbitre et de deux juges de touche, sans compter –
évidemment – les inévitables resquilleurs beaucoup plus
nombreux – certainement – qu'on ne le croit dans ce
genre de manifestation où le service d'ordre est renforcé
et toutes les issues sont sévèrement gardées, ne va pas –
le geste – laisser dans son esprit plus de traces qu'un
rêve qu'il serait incapable de reconstituer; à moins que

ce ne soit l'envie de se sécuriser qui l'amène à penser de telles choses, espérant qu'une fois mise sous forme de récit intérieur, de mots bien à lui, son action allait gagner en envergure, exister par elle-même, sans qu'elle ait besoin de ses gestes, de ses mouvements, de son imagination à lui seul, avec son corps usé par la plomberie et desséché par la flamme des chalumeaux, avec sa carcasse fragile et sa petite taille; comme s'il voulait ainsi expectorer toute cette violence, accumulée non seulement depuis le déclenchement de l'insurrection ou depuis son adhésion au groupe de choc et à l'Orga-nisation, mais depuis beaucoup plus longtemps, depuis son enfance, ou peut-être bien avant encore, avant même qu'il n'ait compris qu'il était un exilé dans son propre pays, un marginal dans son propre bidonville, un rejeton de la société coloniale dont les aberrations le consumaient. Le crépuscule d'été commençait à s'épais-sir à travers la laine veinée de son drap, bien avant que la nuit tombe et bien avant la fin de la première mi-temps, puisqu'il n'était que 17 h 12, qu'on en était à la 23e minute de jeu (score toujours inchangé : Tou-louse : 2, Angers : 0), que les joueurs sur le terrain continuaient à faire des tours et des détours, alors que lui baignait dans une sécheresse à laquelle contribuait – pour une large part – sa propre maigreur d'ouvrier exploité, cependant que le soleil qui inondait mainte-nant les gradins lui faisait entrer de l'énergie sous la peau, ce qui le rendait immobile et plus que cela : il allait la véhiculer – cette énergie – à travers sa propre transparence et la transparence de l'acte qu'il allait commettre – découpé maintenant en mouvements suc-cessifs, détaillés jusqu'au moindre geste, concassé en éléments concordants, incisifs et précis – et l'amener comme malgré lui jusqu'au point final de son aplomb, de son orgueil et de sa lucidité. Bien que sa raison déboussolée fît de temps à autre des ratés, il continuait à fonctionner en lui-même d'une façon rutilante à la fois, et discrète, comme s'il avait installé dans son corps tout le plomb de l'équilibre que l'on a tendance, généralement, à vouloir fourrer à l'intérieur de la cervelle. L'énorme quantité de cercles, d'ellipses, d'ovales qui s'additionnaient devant ses yeux sur le terrain, s'ouvrait en spirales, immergées autant que gommeuses et caoutchoutées, dans les couches successives de son être ébloui par la jubilation de l'action et envahi par la sérénité de la certitude alors que les équipes continuaient leur incessante et folle gestation giratoire. Il était quand même sûr que l'autre – l'adipeux, scrofuleux et horrible Bachagha – ne reprendrait jamais connaissance jusqu'à sa mort ni ne reverrait son éternité, tatoué définitivement sur la tempe, si tant est qu'il aurait à passer par les phases successives du coma et de l'agonie. En attendant, toujours le même score. Le speaker d'un transistor voisin s'éraille la voix en répétant que le résultat est inchangé et que le Football Club de Toulouse mène par deux buts à zéro. Buts marqués, le premier, à la 11e minute par Dereudre (le n° 8) et, le deuxième, à la 24e minute par le même Dereudre qui porte toujours le maillot n° 8.

4

Toulouse : 3 — Angers : 0

Etendu sur sa couche le prisonnier n° 1122 attendait d'être jugé. Branle-bas dans la maison carcérale à son arrivée où on avait déménagé les meubles et les prisonniers pour lui octroyer – à titre gracieux – la cellule la plus isolée et la plus étanche, certainement parce qu'il connaissait la plomberie. On avait transféré un vieux monsieur aryen, spécialiste de génocides antérieurs qu'il avait perpétrés en toute conscience, avec minutie, et tortionnaire avide de gourmandises et de sucreries. Quartier de haute surveillance. Cellule où Pierrot le Fou avait gravé ses derniers poèmes d'amour avant d'être guillotiné, et occupée depuis cette décapitation célèbre dans les annales juridiques par le vieux nazi vexé qu'on le changeât de place tant il s'était habitué à son petit espace tranquille où il passait ses journées entre des lectures typiquement hitlériennes et le thème musical de Lili Marlène pour céder son lieu privilégié à un Sémite de pure race arabe. Sarcasmes de l'histoire et débordements de la folie bureaucratique d'un monde carcéral non pas à l'envers, mais clos hermétiquement sur sa propre préfiguration des destinées humaines où les contradictions n'ont pas lieu d'être, ni les étonnements. Entre Pierrot le Fou, délinquant certes génial mais de droit commun, et le vieillard allemand qui avait

tout le temps un bonbon à la bouche, il avait fallu
s'arranger pour glisser le prisonnier n° 1122 qui n'avait
fait qu'exécuter un traître dont les exactions commen-
çaient à devenir problématiques. Chamboulement des
horaires et déménagement délicat d'un vieux photogra-
phe compliqué à moudre les nostalgies liliennes. En
somme, le 1122 était un hôte de marque dépassé
tellement par les événements qu'à son arrivée dans
l'ancienne cellule de Pierrot le Fou, il dormit ses
quarante-huit heures à poings ouverts. Il eut tout de
suite la considération de ses geôliers, des matons de la
prison, de ses cafards, de ses voyous, de ses condamnés
à mort et des membres de sa propre Organisation qui
avaient été galvanisés par son arrivée, fêtée triomphalement alors qu'il roupillait son soûl, hors de portée,
visionnaire et d'une superbe arrogante et clinquante.
Mohamed Sadok, dit Staline. Né en 1931 à Bône
(Algérie). Ancien membre des S.M.A. (scouts musulmans
algériens). C.A.P. de plomberie. Arrivé en France pour la
première fois en 1955 (le 3 mars). A séjourné à Strasbourg avant de s'installer à Paris. Travaillait à Saclay
jusqu'à son arrestation. Domicile fixe : *Hôtel Djurdjura*,
17, rue Saint-Jacques (Paris 5e). A accompli son service
militaire en 1949 à Bône. A organisé alors qu'il était
sous les drapeaux une grève pour protester contre le
départ des soldats indigènes en Tunisie. Envoyé dans
un bataillon disciplinaire à Tlemcen en 1950. Nie toute
participation à une organisation terroriste. Déclare
avoir agi de sa propre initiative et reconnaît avoir tué
d'une balle calibre 7,35 le Bachagha Mohamed Chekkal
au stade de Colombes le dimanche 26 mai à 18 h 7. Fin
du rapport établi par le commissaire de police local.
Fait à. Le. Etendu sur sa couche, le prisonnier n° 1122
occupait la cellule n° 63 de la prison de Fresnes, dans le
quartier de haute surveillance où ne sont logés que les
condamnés à mort, en attendant que s'ouvrît son

procès. Dès qu'elle apprit l'arrestation de son fils sa mère, vue l'ampleur de la calamité, commença d'abord par s'évanouir puis alla s'installer sous le néflier où elle se décida, au lieu de pleurer et de se lamenter, à se rendre compte de l'importance de son enfant, aîné et unique, et se mit à attendre le fameux cercueil plombé que beaucoup de ses voisines, de ses proches et jusqu'à ses vagues connaissances, avaient déjà reçu. Maintenant qu'elle ne quittait pas le néflier qui prenait ses racines dans le zinc du bidonville où s'élevait sa bicoque contaminée par la proximité de la Seybouse, elle s'organisait pour elle-même, au-dessus des circonvolutions meurtries de sa vieille mémoire imbibée de misère et de dur labeur, tout un jeu de miroirs et de tiroirs, de scènes d'attendrissement théâtralisées, tragiquement, de menus souvenirs et gestes de son fils qu'elle n'avait pas encore fini d'élever qu'on le lui avait déjà pris, encaserné, puis emmené à Tlemcen, à l'autre bout de sa géographie personnelle qui ne pouvait imaginer d'autre monde au-delà des limites du bidonville qu'elle n'osait jamais franchir, même les jours où son unique vache faisait des siennes et s'échappait pour aller boire l'eau de l'oued; mais comme elle craignait ce monde étranger qui se profilait de loin dans son agressivité, elle s'asseyait sur une pierre en attendant le retour de la capricieuse et laiteuse Rabha. Sinon, elle avait assez à faire à l'intérieur de ce cercle filandreux et stigmatisé que constituait cet assemblage de baraquements hétéroclites creusés dans le zinc, le manganèse et la tôle ondulée; elle était toute la journée partie à cavaler derrière sa vache qui était la seule de tout cet agglomérat de déchéance humaine et loqueteuse à vivre librement, sans entrave ni corde ni licou, et derrière le temps qu'elle n'arrivait jamais à contenir dans ses limites strictes, puisqu'elle n'avait pas le pouvoir de limiter la géographie à un bornage infranchissable. Elle s'occupait – en plus de sa vache – à laver le linge des autres, à rouler leur couscous et à cultiver deux mètres d'un jardinet rétif et pentu et broussailleux que lui avait légué son mari, avec ce fils unique, qu'elle n'avait pas eu le temps de voir revenir de la caserne qu'il était déjà parti sur un bateau qui ne pouvait le lui restituer que mort à l'intérieur d'un cercueil plombé. Son fils, dès que l'on apprit la nouvelle, devint le héros du bidonville, de la ville, du pays. Les femmes arboraient son portrait dans un médaillon qui pendouillait entre leurs seins et les hommes découpaient ses photos dans les journaux qu'ils ne savaient pas lire...

La vieille Messaouda Sadok, depuis l'arrestation de son fils, déployait son amnésie sur les modules du temps. Ses cheveux, jusque-là noirs malgré son âge respectable, avaient blanchi sous la neige du chagrin, mais comme elle avait décidé de braver le deuil, elle les enduisait – paradoxalement – de henné qui safranait ses tempes et la racine de ses cheveux lorsque la réfraction de la lumière segmentait d'une façon crépue ses mèches embroussaillées qui donnaient à sa rébellion la majesté du mépris. Elle avait décidé de ne pas pleurer et ne quittait son néflier que pour s'entourer de ses objets pouvant lui rappeler de loin ou de proche l'odeur de son fils et sa respiration quand le sommeil le terrassait. Dans sa bicoque, les choses, les ustensiles, les daguerréotypes de ses ancêtres et les photographies de son mari et de son enfant semblaient aller, naturellement, comme d'eux-mêmes, au-devant de leur adéquation à l'espace, car depuis ce dimanche 26 mai (où les seuls voisins qui possédaient un vieux poste de radio antique et parasiteux occupant à lui seul toute leur mansarde et qui pouvait servir aussi bien de lit pour les enfants qui couchaient dans ses entrailles que de table à manger ou de lampe de chevet lorsqu'on lui coupait la voix et qu'une fois le quinquet éteint, on pouvait écouter les bruits de la mer, à la lumière faiblarde de ses centaines d'ampoules en tungstène embrasé, telles des lucioles squelettiques noyées dans l'opacité du grand monde qu'il – l'appareil de radio – était censé contenir), le temps pour elle avait fui sa successivité, sa chronologie et ses intersections pour se mettre au diapason de sa tyrannie, égouttée latéralement dans les lavabos de l'histoire, émincée d'une façon glauque et essorée à la manière des linges usés jusqu'à la trame qu'elle avait l'habitude de laver pour pouvoir manger, parce qu'elle n'avait pas à défier les horloges qu'elle ne savait pas lire et dont il n'existait que deux ou trois exemplaires dans cet immense cloaque humain où les méandres de l'histoire avaient parqué cette sous-humanité communément appelée indigène par l'administration coloniale. Messaouda se refusait à échanger son personnage, ce que lui proposaient avec une grande et familière cordialité les autres mères du quartier, comme pour déplacer de cette façon leur extraction asymétrique et les lamentations de leur transhumance et de leurs déménagements ininterrompus à la fois et irréels. Les ombres et les vivants ne prenaient pas plus d'ampleur que par le passé, même le jour où un épicier maladroit lui vendit de l'alun figé dans sa cristallité dans un papier journal où s'étalait la photo de son fils. Leur émergence dans sa mémoire, maintenant qu'elle ne quittait pratiquement plus le néflier collectif qui poussait sur une placette sordide et poussiéreuse, ouverte à tous vents et à toute marée caséeuse, n'avait rien d'une subversion de souvenirs ratissés par la douleur et le désespoir, mais l'iconographie de ses ancêtres, les portraits des compagnons du prophète naïvement fusainés sur le papier glacé de la piété et les photographies de ses trois hommes, dont deux étaient déjà morts, et l'autre se préparant à le devenir, continuaient à avoir dans sa vie un profil qui transcendait leur conjoncture actuelle fragile et poreuse; et malgré une vision lagunaire, elle ne les percevait jamais comme des ombres mais comme des réalités inépuisables et inusables quoi qu'aient laissé les traces du temps, quelle que soit la future décision du bourreau. Staline lui, avait tout de suite écrit qu'il était fier de son nouvel uniforme de bagnard, de son matricule n° 1122 et de sa cellule n° 63 bien que faisant des cauchemars et voyant dans ses rêves l'homme qu'il avait exécuté se plaindre qu'il avait trop froid dans son cimetière français et qu'il aimerait qu'on aille lui chercher son burnous d'hiver. Il terminait cette première lettre à sa mère en évoquant à son intention l'époque où il restait assis sur le seuil de leur bicoque pour regarder la nuit tomber, jusqu'à ce que la cloche du sommeil vienne carillonner ses airs à la fois cauteleux et laineux. Il la renvoyait ainsi à l'année 1940, lorsque son père mourut pour la France dans la boue des Ardennes alors qu'il n'avait que neuf ans et que la mélancolie de trente jours successifs de pluie avait glaisé ses petits pieds toujours nus, quoi qu'il fît et quel que fût le temps : aller à l'école ou jouer à la toupie. Elle l'embrassait alors pour ne pas porter le deuil de son mari et profitait de l'ombre plombée due aux intempéries pour refouler ses souvenirs et ses larmes que l'infinité de son orgueil ancestral rendait monstrueux aux yeux des autres veuves qui avaient tout fait depuis 1911 avec l'insurrection de Tlemcen, pour empêcher leurs maris et leurs fils de tomber dans les rets de la conscription gauloise. Alors qu'au fond, elle refluait de sa mémoire tout ce qui pouvait faire reculer le temps et la ramener aux années précédentes, et tout ce qui pouvait gonfler les évocations et la renvoyer à des visions où se dévoilent des corps mutilés et embourbés dans les argiles mouvantes de ces plaines immenses où elle croyait que le ciel retombait toujours sur le limon des terres tellement il est gris et pluvieux. Maintenant que la France allait lui tuer son unique fils après avoir planté le squelette de son mari dans les marécages de l'Est et abattu son communiste de frère en pleine effervescence du basilic, le temps pour elle s'était transmuté en une cagoule d'où sortaient des paroles étouffées qui lui proposaient l'immortalité et ses bienfaits. Elle avait déjà passé la médaille, dont avait été décoré son mari à titre posthume, au cou des vaches successives qu'elle avait élevées, en guise de cloche et s'apprêtait en attendant le verdict, si un jour quelqu'un commettait l'erreur de commémorer l'acte de son fils en lui envoyant le revers de la médaille de son époux, à en faire autant et de même! Elle n'était pas en effet de ce genre de femmes qui affectionnent les colifichets. Elle ne voulait pas d'un insigne qui ne servirait qu'à pétrifier les événements et geler les traces du vivant. Ce qu'elle voulait maintenant c'était un fils vivace et bourré de vie dont le rire tinterait comme des perles contre ses propres vertèbres, à défaut de réclamer le retour miraculeux de son mari et de son frère dont on avait perdu jusqu'à la poudre des os. En attendant l'ouverture du procès où elle n'avait pas envie de mettre les pieds malgré les exhortations de ses voisins et celles de l'Organisation, le temps se craquelait dans sa bouche et les événements se traînaient à travers les espaces fendillés de son ossature déglinguée, de guingois, tout en gibbosités et en arêtes, en glace et en verglas. L'ordonnancement du temps s'était réinséré selon les modulations des joueurs de cartes et de tarots, silencieux et lents qui s'installaient en face d'elle dès le lever du jour, précocement, pour lui tenir compagnie, alors qu'elle s'était déjà assise dès l'aube sous la racine carrée et noueuse du vieux néflier. Elle était émue par la rareté de la conversation de ces vieux joueurs, attentifs à sa détresse et trop fiers pour l'importuner de leurs chapelets ou de leurs mots de consolation ou de leurs versets coraniques spécifiques à la notion de patience ou de leurs lamentations geignardes sur l'inéluctabilité de la mort et sur l'immortalité des martyrs, sachant eux – les vieillards – les plus dignes qu'ils étaient mal placés de répandre de telles insanités sur son malheur alors qu'ils étaient arrivés à proximité des calendes fatidiques et n'avaient plus à perdre l'impétuosité qui grondait encore dans le corps de son fils annelé de ses vingt-cinq années. Personne non plus n'osait lui rapporter le raffinement des détails concernant l'héroïsme d'autres révolutionnaires ou insurgés contre la domination étrangère depuis 1830, en passant par 1849, 1871, 1881, 1911, 1945 et 1954. Elle ne voulait pas réunir trop de fantômes : les deux siens lui suffisaient amplement et tout le monde lui donnait raison. L'Organisation lui faisait parvenir les lettres de son fils, l'argent nécessaire à sa survie et un émissaire qui vint un jour lui annoncer que le chef de la garnison la soupçonnait de cacher des armes et qu'il fallait qu'elle quitte le néflier pour faire l'accueil nécessaire à ce sbire colonial et à ses crapules. Un lieutenant d'artillerie baragouinant l'arabe et passé certainement par l'école des officiers des affaires indigènes, un certain La Chaumière, se présenta chez elle avec trente soldats imberbes et demanda la permission de fouiller la bicoque. La voix de Messaouda cingla son visage plus durement qu'une gifle; on aurait cru qu'elle sortait d'une gorge de cuivre et d'un larynx en métal rutilant. Toute la soldatesque était au garde-à-vous devant ce monument de la dignité et de l'orgueil : « Ici, vous êtes chez vous, dit-elle, mais pas pour longtemps. Faites vite! » Seul le lieutenant comprit la verdeur d'un tel propos. Il se sentit frotté de l'intérieur avec du sable et du citron comme il avait vu qu'on faisait pour nettoyer les cuivres dans le pays. La troupe fut gênée en perquisitionnant de déranger l'agencement des rares meubles et de souiller cette propreté intolérable des lieux. Ils mirent la main sur la substance du verre qui protégeait les photographies et son envers, tâtée comme pour en faire surgir les mauvaises intentions de ceux qui étaient représentés dans les trois photographies : celles du père, du frère et du fils. Mais le lieutenant les admonesta, terrorisé qu'il était par l'accumulation des volumes de lumière et d'ombre sur le vieux bois du coffre et de la table basse. Les trois mètres de plantes et d'herbes furent sondés à l'aide d'un sismographe et les canaris des voisins eurent le sifflet coupé par l'odeur de caserne que trimbalait la troupe à l'intérieur de ses bottes. Quelques poules rachitiques et la vache, décorée de l'insigne honorifique de la bravoure et qui n'était pas de fugue ce jour-là, furent dérangées dans leurs habitudes étroites et les enfants du voisinage arrêtèrent net leurs gloussements lorsqu'ils virent qu'en plus de leurs armes à feu, les soldats portaient des sabres. Messaouda se proposa de leur offrir de la limonade pour étancher leur soif. Là, encore, le lieutenant comprit qu'elle voulait dire qu'elle était disposée à leur servir son urine dans laquelle elle aurait versé au préalable un quintal de mort-aux-rats et un autre de cristaux pour la déjaunir. L'officier des affaires indigènes avait vu juste en refusant de trinquer avec la mère du héros malgré la sécheresse de juin qui enfiévrait son gosier. Au fond, il n'était pas fier et son arabe approximatif prolongeait son cauchemar. Il allait s'en aller lorsqu'un chat casse-cou se jeta sur son visage et le lacéra. D'un coup de sabre, l'un des soldats trancha net l'animal en deux parties distinctes. Messaouda ne perdit pas son calme et félicita l'intrépide pour la rapidité de ses réflexes. L'officier écorché vif ne supporta pas le sang du chat qui coagulait déjà le haut de son uniforme. Il se précipita vers la porte de la mansarde où le peuple silencieux lui fit, et à ses soldats, une haie de silence et de glace mortuaires.

Cette nuit, le prisonnier halète furieusement mais sans aucun sujet d'inquiétude ni aucune cause de remords, loin de toute agonie et de tout naufrage, et il suffisait de voir par quelle pâleur et quelle nervosité réagissait le juge d'instruction chaque fois qu'il croyait deviner dans la voix du prévenu un désagrément, une insinuation ou une humiliation qui se cacherait dans sa langue ou ses yeux ou sous sa peau et qui sous-entendrait quelque rabaissement de son rang de magistrat, de sa hiérarchie et de son orgueil. Lui tenait bon, malgré l'humidité de la nuit ou du jour, les sursauts de toux qui le secouaient maintenant qu'une fois son devoir accompli, il s'était donné l'autorisation de remplir ses poumons de l'équivalent en fumée de trois paquets de cigarettes arrivés du pays où la vente d'un tel produit avait considérablement chuté et où la Régie des tabacs était sur le point de déposer son bilan, non pour tromper l'angoisse, mais dans l'attente qu'il aille très bientôt, vers la guillotine, avec le luxe en plus, de repousser l'aide du bourreau au moment où il lui mettrait ses sales pattes sur sa chemise impeccablement blanche. Au fond, il ne cessait de vivre dans la fièvre du stade où il avait accompli sa mission : grondements des ovations et du sang en circulation dans ses artères, volupté subversive d'entendre les gardiens se plaindre auprès de lui, de la pluviosité suffocante de ce mois de juin, heures passées à regarder les poissons-voile de son imaginaire nager dans la diversité affolante de leurs nuances chatoyantes et tissurées, ondoyantes et hachurées, éclatements des joies diffractées de ses états dédaigneux comme sertis de neiges légères, surprise et stupéfaction entremêlées et nouées au niveau de son plexus comme une obturation de son propre génie ou sagesse ou sagacité ou clairvoyance ou blocage de ses sens comme congelés par un calme inexplicable qui hiberne en lui depuis son arrivée et l'amène presque à consoler le juge d'instruction qui s'empêtre tellement dans ses dossiers, dans ces noms gutturaux, qu'il ne sait plus comment orthographier, à être indulgent et amusé par les récriminations de ses gardiens envers leurs chefs hiérarchiques, à avoir un peu pitié du désespoir de son propre avocat qui se morfond dans son impuissance à sauver la tête de son client. C'est-à-dire sa tête à lui qui, lorsque venait le sommeil, dormait profondément ses douze heures alors que l'un des geôliers gros bougre boursouflé d'alcool et de mauvaise viande, se plaignait d'insomnie tenace. Il ne comprenait pas l'étonnement des autres, encore qu'il ne cernait pas non plus tout à fait d'où lui venait cette sérénité, cette placidité, alors qu'il ne pensait pas une seconde qu'il était devenu un héros. De quoi d'ailleurs ? Il dormait ses douze heures. Lisait pendant des heures. Faisait sa gymnastique tous les matins et ne voulait même pas faire appel à la facilité de quelque soutien spirituel ou religieux, car il ne savait pas vraiment s'il croyait ou s'il ne croyait pas. Il tombait dans le puits ténébreux et bruiteux du sommeil qu'il pénétrait à travers les tissus de la couverture nord-africaine dont les motifs avaient été gommés avec le caoutchouc du temps, et la trame défibrée, bouillie à travers les fils des longues nuits passées dans cette chambre d'hôtel sordide où il n'habitait plus mais qu'il avait gardée pour réunir les hommes de son groupe et pour avoir un domicile fixe, hôtel tenu par le fameux Bill, infiltrant la police des renseignements généraux et profitant de son rôle pour berner quand même l'Organisation et maquer les filles et prélever les dîmes.

Il savait quand il dormait comment doser ses rêves pour ne pas tomber dans la voyance de l'extravagante extra-lucidité de ceux qui sont très proches de la mort, ni dans les traquenards de ces croupes navigables dans la stratosphère de l'Eros, puisqu'il n'était pas sans savoir que jamais il ne pénétrerait plus une femme, ni n'enfoncerait les torches de sa passion furibonde et furieuse dans des vagues à l'alacrité peinte au sodium des canicules intérieurement vaginales, ni ne retiendrait son souffle au-dessus des gouffres glabres des hanches et des cuisses élevées au-dessus de la calcination végétale comme d'antiques armures, ou d'antiques cuirasses ou d'authentiques murailles, ou de simples voiles marine, en toile de chintz et en toile goudronnée, ni n'injecterait sa sève dans la blessure du monde à la fois son origine et son désastre, sa soudure et son démembrement. Des autres cellules, des voix lui parvenaient qui, elles, ignorent comment doser le rêve et s'agglutiner entre les membranes dilatoires du sommeil, mais se rabrouent dans la gadoue des sens et des désirs, hallucinés par d'épouvantables représentations au lieu de délimiter le corps à ses propres contours, de le limiter dans ses simples rouages et de le limer dans ce qu'il a de plus désespérant et de plus pitoyable, d'effacer ses protubérances débordant d'excréments, de vomissures, de sperme et de l'encre indélébile de l'exil en dehors de soi-même. Lui savait se reposer, reprendre souffle, se concentrer et alors ne fusent que rêveries enfantines : envols de phalènes mouchetées au rebord des lampes à carbure montées sur socle de cuivre massif; déversements d'hirondelles dans la cour de la mansarde où il lui suffisait d'ouvrir les narines pour sentir qu'elles allaient guetter les mouettes du fleuve; lignes de convergence entre l'écume de la mer et la mousse du jardin; portiques hantés par une vague image du père; attentes grelottantes à travers les réseaux frais de l'adolescence; parties de football où les nuages ont un sens; ânonnements des tracts du vieil oncle malicieux; amitiés ouvertes sur des mots qui s'embuent dans les bouches des copains pris d'ivresse au moment où leurs verres s'échouent entre leurs mains naufragées dans l'exil des chambres à punaises où ils trempent leur foi dans le formol du temps froid et congelé de leur mémoire à rebords de zinc glaireux; camarades fermés sur leur absence et perdus à soliloquer dans les salles d'attente des gares que sont devenus leurs yeux; pérégrinations nostalgiques à travers les dédales de l'école primaire où l'affolaient, très jeune, les broderies multicolores des atlas sur lesquels il promenait le doigté de l'index; réminiscences d'une merveilleuse institutrice qui voulait qu'il enlevât son béret en classe, ce qu'il n'avait jamais voulu faire, lui menant une guerre d'usure jusqu'au jour où, la sachant malade, il cassa sa tirelire, acheta une dizaine de roses et alla sonner crânement à sa porte, la bouleversa parce qu'il avait été le seul à penser à aller lui rendre visite; elle se réconcilia du coup avec lui et l'autorisa à garder son béret sur la tête jusqu'au jour où il se décida à arborer le drapeau blanc de la soumission et de l'obéissance en se rasant le crâne et en se décidant à l'exhiber, dorénavant tel qu'en lui-même, sans rien dessus; femmes aimées tendrement, à tâtons d'abord, parce qu'il n'avait pas l'habitude, puis sérieusement, à travers les sédiments coagulés des veines qu'il s'était ouvertes, un jour de grand chagrin d'amour, le premier et le dernier, puisque, ensuite, il entra dans l'Organisation et tira le verrou sur les boursouflures de son cœur, à tel point que quand il rêvait de cette femme, il n'arrivait plus à se rappeler son prénom : Céline ou bien Aline... quelque chose de semblable en tout cas, et avec laquelle il avait vécu quelques mois de bonheur intense et ombrageux et ouvragé, durant lesquels elle lui avait appris à pianoter sur un vrai piano à queue, et que du coup, il s'était décidé à l'initier à la calligraphie selon les préceptes de son défunt maître coranique et, par ailleurs, spécialiste dans l'écriture cabalistique, la composition des talismans et la rédaction des lettres pour les analphabètes du quartier; Céline ou Aline adorée à travers la métallurgie des chambres rouillées par l'obscurité du jour plombé gris immobile où elle s'endormait derrière un paravent japonais, les genoux entre les seins dans une perfection de l'ellipse; lieux où il avait bourlingué et renversé la vapeur du temps modulé en espaces violets et cicatrisés; premières grèves politiques au sein même de l'armée, parce que les autorités coloniales projetaient d'envoyer ses compatriotes en Tunisie; passion qu'avait sa mère d'élever des canaris qui trouaient ses sommeils de la stridence de leurs babils (alors que la prison suinte la peur et que l'angoisse d'un prisonnier éclate brusquement vers 3 heures du matin et le réveille en sursaut et il se dépêche vite de revenir aux cages où sa mère donnait des cours de musique aux nouveau-nés); années de misère passées à Bône, à Strasbourg, à Paris, usé de toux et de tatouages mais le fou rire à fleur de peau malgré les lamelles dans le poumon gauche et les blasphèmes cousus dans la poche droite, avec les amulettes qu'il acceptait de porter pour faire plaisir à Messaouda qui, à chacune de ses visites, jetait derrière lui au moment du départ, des jarres d'eau, afin de hâter son retour... Ainsi, il avait l'art de doser ses rêves et lorsque de temps à autre le Bachagha qu'il avait liquidé entrait dans sa cellule pour lui emprunter un burnous d'hiver, en poils de chameau, il savait trouver en lui le ressort pour le mettre délicatement à la porte et déployer des lignes d'horizon à large amplitude; alors vite, il allait avec quelque envergure se réfugier dans les rues satinées de son enfance où les tissus tavelés, les soieries diaprées, les velours damascènes et les percales persanes le protégeaient du frimas et des froissements dans les tranchées obscures où s'agite le fantôme friable de son père. Enfin quand la cellule devenait trop étroite, il dérivait vers les ports sublimés de sa jeunesse, avec leurs implications tacites de câbles et de mâts où les gréements fracassent le zénith et fracturent les fenêtres du songe et de la liberté.

Mais il passait aussi ses nuits de sommeil à revivre en dormant les péripéties de cette journée qui allait changer le cours de sa vie. Football resté comme un souvenir accroché quelque part entre ouvertures et déviations du ballon. A ce moment la cellule n'était plus rien. Ce n'était plus nulle part. Amnésie des doigts qui ont tenu le revolver. Fracture de la mémoire sur l'acte de la mort et le terrain n'était plus qu'un espace très clair, comme une gaze transpercée et végétale sur laquelle courent les vingt-deux joueurs et les trois hommes de l'arbitrage. Le tout sur fond sonore et bruitage insupportable d'autant plus que le coup franc tiré à la 28e minute par Bouchouk l'obsédait plus que le reste, car c'est à ce moment-là que la roue avait tourné et qu'il s'était décidé à tuer. A condition que l'Algérien Bouchouk, de son prénom Hamid et portant le numéro 11 du Toulouse F.C., marque... *Donc 28e minute de jeu, l'arrière droit Kowalski (n° 2) du S.C.O. Angers essaye d'empêcher Bouchouk de passer et, ne pouvant rien faire d'autre, le crochète. Bouchouk tombe. L'arbitre anglais M. Clough siffle la faute indiscutable de Kowalski sur*

91

Bouchouk, à une trentaine de mètres des buts gardés par Fragassi qui a déjà encaissé deux buts, a même pleuré après le premier que lui avait marqué Dereudre sur passe de ce même Bouchouk dont les démarrages aussi imprévisibles que vertigineux avaient créé le désarroi dans le camp d'Angers. Le stade retient son souffle. Le public a peur. Les joueurs du S.C.O. n'en mènent pas large. Bouchouk prend son temps, pose très calmement le ballon sur le sol face aux buts de Fragassi qui gesticule pour mettre en place ses arrières, en l'occurrence Kowalski (n° 2) à qui il doit en vouloir car il sait qu'on ne crochète pas Bouchouk impunément, et Pasquini, l'arrière gauche (n° 3), tandis que le capitaine et arrière central Sabroglia (n° 5) essaye par son calme de maîtriser la situation. D'ailleurs tous les joueurs du S.C.O. Angers sont remontés pour protéger les buts de Fragassi, à l'exception de Loncle le numéro 11 et de Tison, l'avant-centre au numéro 9, lourd de responsabilités. Loncle est un spécialiste de la contre-attaque. Bouchouk ne se presse pas. Guerre des nerfs. Usure de la bonne guerre. Le numéro 11 toulousain recule et attend le coup de sifflet de l'arbitre anglais, parfait jusque-là, n'intervenant que très peu tant d'ailleurs la correction des joueurs est exemplaire et facilite la tâche de nos trois hôtes britanniques. M. Clough donne le signal à Bouchouk l'inter-gauche, actuellement en position d'inter-droit. Il tire directement et ne fait confiance qu'à son flair dans ce paquet composé d'au moins dix-huit joueurs. La balle fuse. Elle est magistralement brossée. Fragassi s'élance vers la droite mais la balle dévie vers la gauche. Le gardien de but d'Angers est trompé par la trajectoire et ne peut arrêter le projectile qu'au fond des filets. Magnifique but de Bouchouk, ce diable d'homme qui creuse l'écart pour le Toulouse Football Club. Le score est maintenant de trois à zéro en faveur des blanc et bleu...

ROUSSEL (1)

BOUCHER (2)   PLEIMELDING (5)   NUNGESSER (3)
                     (capitaine)

BOCCHI (4)   CAHUZAC (6)

DEREUDRE (8)   RYTKONEN (10)

BRAHIMI (7)   BOUCHOUK (11)

                     DI LORETTO (9)

*(Le Sporting Club olympique d'Angers
aligne lui, la composition suivante :
entraîneur WALTER PRESH)*

FRAGASSI (1)

KOWALSKI (2)   SABROGLIA (5)   PASQUINI (3)
                      (capitaine)

HNATOW (4)   BOURRIGAULT (6)

SCHINDLER (8)   BIANCHIERI (10)

LE GALL (7)   LONCLE (11)

                      TISON (9)

... C'est lourd. Très lourd. Toulouse a beaucoup de chance de remporter la coupe 1957. Les supporters du club toulousain sont en transe. Il y en a même qui s'évanouissent. Ils sont vite transportés vers le centre de soins du stade... le public en a pour son argent. Les joueurs du F.C. Toulouse viennent congratuler Bouchouk qui reste calme. Imperturbable. Les joueurs angevins vont-ils craquer devant cette machine perfectionnée qu'est l'équipe toulousaine? C'est fort possible. Fragassi est atterré, médusé, sans réflexe. Quant aux supporters angevins, ils ont perdu leurs voix. Une véritable extinction. Donc Toulouse : 3, Angers : 0. Remise en jeu pour Angers au centre du terrain. Tout le monde est à sa place. J'en profite pour vous redonner la composition des deux équipes, pour ceux de nos auditeurs et de nos téléspectateurs qui ont pris le match en cours de route : le Toulouse Football Club qui mène largement à la marque par trois à zéro est habillé en maillots blanc et bleu. Culottes bleues. Bas bleu et blanc. Voici la composition de l'équipe, entraînée comme vous le savez par Jules Bigot...

... Remise en jeu par Tison qui passe à Le Gall. Balle latérale de Le Gall en direction de Bianchieri mais Pleimelding, l'arrière central de Toulouse, intervient et récupère la balle qu'il met entre les pieds de Brahimi qui.

A condition que Bouchouk marque le coup franc... Il ne sait même pas si, à l'époque, il était sérieux. Et voilà que Bouchouk marque! Moi aussi, je réussirai mon coup. Et l'autre avec ses cravates de soie. Il en est agaçant. Pourquoi cette erreur de billetterie? J'aurais mieux fait d'être avec mon groupe... On est fous d'attaquer un rassemblement de parachutistes avec six hommes très mal armés. Mais l'Organisation a ses raisons. Pourvu que l'Archevêque ne fasse pas de faute... Trop nerveux et trop imprudent. Je préfère Vespa. Etincelant. Il faudra compter avec Zapata et Yucatan, de vrais tireurs d'élite. Mais avec ces joujoux de fillettes! Quant au Bachagha, c'est réglé... Je verrai comment. Au moment opportun. Vingt-neuf minutes de jeu. Seize minutes avant la mi-temps. Sans compter les temps morts! Le soleil tape dur... Je l'ai en plein dans les yeux... Du calme. Le sort en est jeté... D'ailleurs que Bouchouk marque ou pas, cela ne changera rien. J'ai promis à l'Organisation. Personne ne m'a obligé. Pourquoi avaient-ils décidé que ce serait Youssef qui ferait le coup... Trop belle gueule et trop de surnoms. Comme si un seul ne suffisait pas. Jo! L'Ingénieur. Le Savant... Il a eu la trouille... Une façon de le mettre à l'épreuve et il me laisse tomber ce salaud... Je n'ai plus à y penser... soleil plein la gueule. Il est comme rayé et le terrain est blanc. Les signes montent de derrière le stade. Maisons et usines. H.L.M. et pavillons lépreux. La ville de Colombes derrière. Elle baratte la toile avec ses signes opalins et craquelle l'ocre du cadastre... A tel point qu'il a la tête vide comme une gourde à fond de goudron en peau de chèvre du pays (soirs irrigués de menthe et d'origan dont la saveur lui pique les narines. Etoiles fermentées de la levure du pain que sa mère pétrissait tous les matins. Temps de l'enfance fomentée d'encre et de chicanes avec la belle institutrice corse : Mlle Peretti. Peaux innervées de sel après les baignades dans le bassin interdit du port. Rues peintes au cumin lorsque les odeurs de sardines frites dans l'huile baignent tout le bidonville. Calligrammes forgés au *calame* au-dessus de la tempe de la mère et sur les planches coraniques. Quartiers interdits aux Arabes et aux sacrilèges. La mer, elle, veille avec les cils de l'insomnie...) et qu'en portant sa main droite (la main gauche n'a pas quitté sa poche) devant ses yeux pour se protéger du soleil qui l'empêche de regarder les évolutions des joueurs, il voit, à travers ses doigts, le diaphragme de son propre destin.

5

Toulouse : 3 – Angers : 1

Ainsi les images qui défilent, s'accélèrent, se ralentissent, chutent dans le puits de la mémoire qui s'éteint momentanément et remontent vite à la surface en bulles pouffant à travers l'eau saumâtre de la solitude capitonnée, enfermée sous cloche, aseptisée, mise sous vide impressionnant, se projettent – les images – hors de la cellule pour s'ouvrir sur des patios échancrés et plus que jamais dominés par les jeux, les joutes et les rituels ludiques de l'eau, de la prétérition et de la répétition, inaccessibles à toute oreille non habituée, se mêlant à d'autres impressions hors patios, ablutions, récitatifs et balancements extasiés, le fracassant à nouveau dans ce métro devenu le lieu privilégié par excellence pour les rendez-vous, les passations de pouvoirs, les distributions de tracts, les redistributions de tâches; et l'organisation des traquenards, la mise au point des pièges, la mise en ordre des embuscades, l'exécution des traîtres, la cachette des armes, la réception des ordres sous forme de mots comme pris à la gorge, cailloux de silex, grains de chapelets, pastilles de soleil diaphragmées à 20, 22, pépites de lumière à travers les paupières, visions sériant la nappe d'air résineuse et condensée autour de son naufrage nocturne, cailloux tintant dans le carillon aigu de son crâne transpercé par le sifflement du silence à ses oreilles, soupirs alanguis des corps au bord de la déliquescence et de l'effritement, vrilles des phrases obtuses, tourniquets des phonèmes concassés et émiettés, burins des chiffres et des codes complexes, parasites des soliloques fastidieux, grouillements des calligrammes hachés, transcrits, syncopés, balancés, etc., effacés par endroits, reconduits en d'autres endroits. Puis à nouveau, ruelles et venelles et l'odeur de l'encens entre alcôve d'odalisque et lecture coranique. Le Bachagha baignait dans une mare de sang et les flics tombaient sur le terroriste à bras raccourcis mais trop nombreux, trop nerveux, trop peureux pour l'atteindre, lui, les laissant faire, sortant indemne, sans une égratignure, jusqu'à ce que la voix du chef, le Préfet de police en personne – il le saura plus tard – leur hurle qu'il le veut vivant et du coup stoppe le début du lynchage et arrête net leurs instincts meurtriers de horde de chiens dressés pour être sifflés et tenus en laisse. Le Bachagha, lui, a la tempe à jamais étoilée. Vidée de son sang et de sa cervelle, brouillant le sol, éparpillée sur le bitume, qui n'allait plus servir à rien si pour autant elle avait pu un jour lui servir à quelque chose sinon il aurait eu assez de jugement et de discernement pour savoir qu'on ne peut pas échapper à l'Organisation, même lorsqu'on a le privilège d'être reçu dans les cabinets ministériels, invité à la table des seigneurs de l'alfa et du vignoble, assis à côté du président de la République... Vision sanglante qui lui rappelle les noces du bidonville, et à nouveau, il trempe son doigt dans l'encre opaque des seiches affolées qu'il traquait sous les eaux de l'enfance. (Ici les lettres prennent feu. Apprentissage de la calligraphie d'ordre divin. Les arabesques forgent les fenêtres et empêchent les femmes d'aller au bout de leurs sexes. Souvenance de patios de mosquées visitées beaucoup plus tard, quelques mois avant d'entrer dans l'Organisation... Eté passé à retrouver ses racines...

100

Périple entre Bône et Tunis, puis Le Caire, puis Damas et retour par Fès. Il n'y avait plus rien à voir chez lui... La horde avait transcendé la sauvagerie... Les Turcs d'abord et les Français ensuite. Il connaissait la mosquée de Tlemcen à l'époque où il avait été éloigné de sa ville natale et expédié de l'autre côté de son moi familier et nodal, dans un bataillon disciplinaire. La meilleure école de patriotisme... Avait été déçu par ses coupoles et son *mihrab* et dont l'ensemble avait été fondé par Abdelmoumène. Décida d'aller à Tunis où la Zitouna en ombre portée le laissa quand même sur sa faim car il se la remémorait beaucoup plus vaste, plus mélodieuse, plus poutrée, cinétique et tapissée en épaisseurs profondes de laine millénaire. Mais il y trouva les candélabres de ses rêves et les lustres de son imaginaire, comme un envahissement aveuglant et agressif de réfractions se multipliant à travers les siècles-lumière et revêtant des tranches extatiques de civilisations méridionales, voire septentrionales. Puis Le Caire, et El Azhar où son père fit une courte halte, témoignage éloquent et saisissant, érigé au milieu de la famélique ruine du quartier populaire de Saïda Zayneb et Khan El Khalil, et bancs diversifiés de tant de dynasties soumises au livre et tentées de déboulonner les pyramides, entre Fatémides et Charkasses, entre Mamelouks et Khédives, ennemis de tout désordre qui instaurèrent la tradition de décapiter leurs ennemis dans l'immense cour rendue maintenant à la profusion du chaos et à la lèpre de la mendicité. Puis, dans la mosquée des Omeyades, la plus belle à son avis, joyau serti de ses souks et de ses enluminures où l'histoire engouffre ses victoires et ses cortèges funèbres et accumule ses opulences et ses rituels rendus émouvants par la confusion des genres. Mosquée des Omeyades bâtie sur les ruines d'une église byzantine dont les traces, sauvegardées par un malicieux architecte, cinglent le côté droit de la cour

101

aux marbres d'alun et de neige carbonique. Enfin Fès et la mosquée Quaraouine où la mousse du bois vermoulu et patiné par les siècles l'emporte sur toute forme de dentelles plaquées sur portiques et cloîtres, sur fontaines et cours des miracles où les aveugles font la loi grâce à leurs liturgies vocales, satinées de miel et de ferveur. Sang déversé. Retour du voyage. Une fois entré dans l'Organisation, il ne pouvait qu'aboutir à cet itinéraire de ce qui gicle, tourne, se fige, coagule, dessine l'étoile et révèle le désordre qui s'empare de l'autorité répressive... Bras paralysé par la crispation de la main serrant le revolver une heure et demie durant. Membres coupés par la charge féroce, mais son ossature fragile tient le coup et il en sort indemne et orgueilleux du sang qui tourne dans le corps exsangue du Bachagha étendu... Noces du bidonville et école coranique où la transition de l'un à l'autre, le passage sont faciles à trouver, s'imposent derechef : l'encre qui sèche comme sang de jeune fille dont il se souvient parce qu'elle fit la nuit de ses noces un esclandre décisif... grenade éclatée de son sexe fracturé au cours d'une nuit violente et veines ouvertes au moment où le mari ronfle satisfait. On la trouva morte dans les linceuls de l'absence et personne n'osa brandir les draps de la virginité parce qu'on ne pouvait plus savoir entre le sang des veines et celui de l'hymen, lequel était le plus vrai. Il était enfant. A peine dix ans. Le père de la mariée la renia à titre posthume et sa mère s'interdit de mettre les pieds au bain maure du coin. Elle ne pouvait – morte honteusement – prétendre à aucune enluminure. A peine une sépulture, à la sauvette, dans un cimetière pentu qui dévalait vers la mer, grâce à un croque-mort qui avait le sens du sacrilège et de l'humanité. Mais l'imam refusa de lire la lecture sacerdotale en criant à l'hérésie et au renversement des temps. Le mari, au contraire, n'eut rien à déplorer. Il écrivit vite au

102

village avec l'encre opaque du **smagh** qu'il cherchait femme nouvelle, à son goût, en demandant au maître d'école de lui calligraphier sa demande, avec pour plus de sûreté, l'arbre généalogique de ses ancêtres. Le vieillard qui avait l'habitude de telles missives en profita pour émigrer dans les circonvolutions et les méandres de l'écrit limoneux car il avait érigé la calligraphie selon les modes musicaux de la psalmodie. Il avait son style à lui, trait et sens du mot, loin de tout rabâchage et de toute jactance. Il était fou. Tout le monde le savait. Mais personne n'osait le lui dire en face, ou avoir l'audace de ne pas lui confier ses enfants, ou avoir le courage de ne pas lui confier l'écriture, aussi bien des talismans que des lettres plus pragmatiques. Il était unique dans sa façon de remodeler, à travers son écritoire personnelle, ces parts de vie qu'il fabulait, sublimait, au lieu de les raconter, car il rechignait devant la facilité et jubilait dans l'extase du dessin gravant les parchemins de l'indicible où sont broyés, macérés, pulvérisés toutes les généalogies, tous les fils conducteurs, toutes les trames de la narration, toutes les traces du texte. Le sens des phénomènes lui importait peu, il insistait surtout sur le corps du calligramme enluminé dans le sang de la matière dont on faisait l'encre et qu'il allait chercher très loin dans les marécages où plus d'un fou a déjà laissé son corps. Ne demeure que l'incision du papier par le burin de la fantaisie, le problème de la fidélité au sens et à l'exactitude des choses formulées n'a pour lui que peu d'importance. L'essentiel était ailleurs, fait d'un mélange de connivence, de roublardise et de raffinement complice. Le maître s'approprie le signe et balance le sens dans les poubelles de l'anecdote, d'autant plus que l'instrument qui véhicule son dire est une sorte de bistouri en roseau qui coupe dans la chair vive de l'histoire, meurtrit les mots, les ouvre, les ferme, les ligature et les suture afin que toute sa tension n'aboutisse qu'à l'organisation d'un réseau aussi dense que possible et aussi compact de signes et de lignes qui tiennent du délire plus que de l'art épistolaire, sorte de profanation à ses yeux du sacrement de la parole et avilissement de la logorrhée divine...)

Repu de tranquillité, il n'en croyait pas ses yeux à l'émergence de ce tas de souvenirs qu'il croyait à jamais enfouis dans les replis de son corps. Mais il était maintenant assiégé par le ruban jaunâtre sur lequel il regarde défiler la procession de ses fantômes depuis longtemps oubliés. Villes visitées. Suicide de cette jeune voisine la nuit de ses noces. Vision du maître d'école et calligraphe patenté. Jaillissement d'architectures de mosquées superposées. Ruban jaunâtre donc qui se déroule comme un scarabée impérialement déployé mais pris d'un tic surchargeant sa démarche et la maniérant, à travers dédales et patiences, à travers lunes et poissons de la cosmogonie astrale lorsque sa mère s'installe dans la cour de la maison, fait fondre du plomb, l'immerge dans de l'eau glacée et lit l'avenir sur les écailles et les aspérités du vertige. Recroquevillé maintenant sur lui-même, insensible aux tropismes en papier glacé, vivant au-dessus de la sphère humaine, prêt à tout, susceptible seulement lorsqu'il pense à la défection de Jo l'Ingénieur et à cette histoire de billet de gradins, alors qu'on lui avait promis un billet donnant accès à la tribune d'honneur... Sinon, le calme plat. Le ruban des souvenirs jaunis et la viscosité qui imprégnait l'air de sa cellule par la faute de ce mois de juin moite et pluvieux et caniculant à des 35° à l'ombre. Au fil des jours il avait l'impression que la réalité devenait chaque fois un peu plus spongieuse mais ses vitres intérieures ne s'embuaient pas. Au contraire, elles continuaient à être cinglées par la bourrasque de sa volonté de fer à ne pas tomber dans le piège de la mort, de la superstition.

sûr qu'il irait debout à la guillotine et qu'il ne leur donnerait pas l'occasion de l'y traîner. Il n'oubliait pas son groupe segmenté en deux cellules de trois membres prêts à tout et décidés à en découdre. Il était pris de tendresse et avait décidé un matin en se réveillant que Jo l'Ingénieur avait certainement des circonstances atténuantes et qu'il n'avait pas à le juger avant de savoir exactement ce qui s'était passé ce dimanche 26 mai 1957 entre 12 h 45 et 13 h 15, à la station de métro Odéon. L'attaque contre la caserne des parachutistes avait été annulée, et il savait que ce n'était que partie remise. En attendant, son groupe poursuivait ses activités terroristes et opérait un peu partout dans la région parisienne. Vespa l'avait remplacé à la tête de l'équipe et deux nouvelles recrues étaient venues compléter l'effectif après son arrestation et la disparition de Jo dit le Savant qui avait laissé tomber l'Ecole polytechnique, la peau satinée des femmes et les menus plaisirs de la vie pour habiter une mansarde et se changer en manœuvre dans une usine de banlieue, afin de donner le change à la police et pouvoir entrer dans la cellule dirigée par l'Archevêque. Zapata avait été désigné comme chef de la cellule n° 1 et l'Archevêque continuait à commander la cellule n° 2. Par l'intermédiaire de son avocat, il avait beaucoup de nouvelles qui lui parvenaient codées et lui rappelaient toujours les calligrammes de son vieux et catarrheux et ronchonneux maître d'école. Ainsi la cellule n° 1 sur laquelle veillait Zapata était constituée de Yucatan, évidemment fidèle au poste, et d'une nouvelle recrue connue sous le surnom d'Ali-l'Indochine, tandis que la cellule de l'Archevêque était composée maintenant de l'inévitable Bazoka et d'un autre homme surnommé Philippe le Dingue. Le groupe ainsi reconstitué relevait de l'homme sans nom et sans couleur, dont le seul signe distinctif à l'œil nu était cette manie qu'il avait de porter toujours des cravates en soie, jamais de la même couleur. Lorsque la prison devenait oiseuse, à l'heure de la promenade qu'il passait dans une toute petite cour carrée séparée de la cour commune par un mur très haut, il se demandait si son chef direct avait vraiment un visage. Il essayait de se le rappeler. En vain. Il s'énervait alors et se consumait quelques instants dans ses solutions aqueuses, sillonnait ses propres artères, roulait dans ses propres veines, pleuvait dans ses mots propres, s'éventrait dans les zébrures de l'oralité et soudain était pris par l'irrépressible envie qu'un oracle vienne lire de toutes ses forces dans les lignes de sa main. Faiblesse momentanée. Hantise des visages des autres : l'Archevêque avec sa tonsure islamique comme s'il portait sa circoncision sur son crâne! Vespa passionné de mécanique et de vélomoteurs qu'il utilisait pour distribuer ses tracts, ses mots d'ordre et ses paquets piégés. Zapata aux yeux bridés de Chinois frotté d'Inca, joueur invétéré d'échecs et parieur insatiable sur les chevaux de course malgré l'interdiction décrétée par l'Organisation empêchant quiconque de pratiquer les jeux de hasard, les paris et l'usure. Yucatan, ex-boxeur, ex-proxénète, ex-psalmodieur de Coran à la mosquée de Paris, usé par tous les revirements et les tatouages qui blasphème maintenant et ne croit plus en rien sinon dans l'Organisation dont la structure complexe et souterraine, compliquée et clandestine, le fascine, et qui crache chaque fois qu'il passe à travers les arêtes du temps entre un minaret et une coupole. Bazoka toujours frileux, engoncé hiver comme été sous une tonne d'habits : plusieurs pulls et quantité de chemises, plusieurs pantalons et une paire de caleçon long en pur coton du Bengale, avec un problème insoluble pour les pieds qu'il n'arrive jamais à réchauffer malgré des chaussettes de laine qu'il porte superposées les unes sur les autres et dont le surnom lui avait été octroyé parce qu'il rechignait à utiliser des revolvers ou des mitraillettes ou des carabines et ne cessait de seriner la même rengaine selon laquelle il suffirait qu'on lui donne un bazooka pour pulvériser Paris et la France tout entière et qu'après cela tout le monde pourrait aller se coucher, faire la sieste et rentrer au pays pour brandir les drapeaux de l'indépendance. Puis Jo! Jo dit l'Ingénieur, dit le Savant, et devenu énigme. Il se faisait du souci pour lui. Où pouvait-il être? Il ne pourrait échapper à l'Organisation ni à la Section spéciale ni au groupe de choc ni même à la cellule à laquelle il appartenait. Il n'arrivait pas à le voir dans la peau d'un traître. Il était très beau. Justement. A une certaine époque, l'ordre était venu de descendre le Gouverneur devenu dans leur code secret Berthy la Demi-Heure, à cause de son fameux quart d'heure qui les faisait tant rire. Une grosse affaire : descendre le gouverneur général de l'Algérie colonisée. L'Organisation l'avait filé, suivi, répertorié. Il avait une maîtresse dans le 16e arrondissement. Une poule chétive aux grands yeux. On avait demandé à Jo de la séduire pour pouvoir accéder à celui qu'ils appelaient Berthy la Demi-Heure. Jo n'avait eu aucune difficulté. Il se faisait passer pour un Irlandais. Elle en tomba amoureuse et plaqua son amant de gouverneur général. L'affaire était dans l'eau. Jo avait été consterné. On avait perdu la trace du bonhomme qui se méfiait beaucoup, changeait de voiture quand il était à Paris six fois par jour, changeait de domicile, autant que l'autre – le chef de la Section spéciale –, de cravate, autant dire tous les jours. Pour se racheter, il avait proposé d'abattre le directeur du journal *L'Echo d'Alger,* un certain De Serigny. La Section spéciale donna son accord. Alger s'y opposa pour des raisons de conjoncture. Jo resta bouche bée. Au fond il n'avait jamais eu de chance... Restait Blachette, le seigneur de l'alfa et du vignoble. Restait Soustelle qui pleurnichait sur la disparition des Incas

107

mais avait perpétré un véritable massacre durant son règne algérien. Jo voulait se rattraper. Il avait même décidé de tuer la maîtresse de Berthy la Demi-Heure, cause de tous ses malheurs. Il en avait perdu le sens de l'humour. L'Organisation lui intima l'ordre de laisser tomber. Mais l'autre se raccrochait à lui. Elle était amoureuse. A la limite Jo était vexé. Il se trouvait trop beau et se sentait déconsidéré par une telle passion d'une femme qu'il trouvait laide. On se moquait de lui dans le groupe. Un jour, il raconta que la poule en question lui parlait beaucoup de la lenteur génésique de son ex-amant. Elle l'avait surnommé Robert les Trois Quarts d'Heures car il lui fallait tout ce temps-là, beaucoup d'efforts et de sueur pour arriver à ses fins et conclure... Fous rires de potaches à la détente facile et à la discipline coriace... Chahuts ininterrompus d'hommes confrontés quotidiennement aux jeux de la mort... Jo était beau et il pleurait à force de rire, avant de finir son histoire. L'Archevêque qui était le moins malin n'avait jamais compris ce que cela voulait dire quand Jo racontait que le Gouverneur mettait tant de temps pour conclure... Conclure quoi? disait-il anxieux. L'on redoublait de fous rires. Il se vexait. Sa tonsure s'empourprait. Il claquait la porte et s'en allait. C'est à ce moment-là que Zapata l'imperturbable le surnomma : l'Archevêque dit la Conclusion...

... Bianchieri le n° 10 du S.C.O. Angers parvient enfin à conclure! Nous sommes à la 35ᵉ minute de jeu. Ce but relance le match. Le score vient de changer. Quelle avalanche! Nous ne sommes qu'à la 35ᵉ minute de jeu et déjà quatre buts de marqués. Donc Toulouse Football Club : 3, Sporting Club Olympique d'Angers : 1. Toulouse va-t-il se laisser rattraper... Pourquoi pas? Les

dieux du football sont tellement imprévisibles. Donc, but de Bianchieri qui vient de marquer après un long échange de balles et une descente éclair des Angevins. Sabroglia a passé à Kowalski qui lui remet à nouveau la balle. Sabroglia passe sur sa gauche à son arrière Pasquini qui croise sur Hnatow, le demi-droit de l'équipe d'Angers fait une passe latérale à Bourrigault, son homologue de gauche qui rate la réception : Bocchi le demi de terrain toulousain essaye de récupérer la balle mais l'ailier Schindler surgit comme un diable de sa boîte, dribble Pleimelding le capitaine de Toulouse, avance balle au pied, cherche un partenaire démarqué, trouve Le Gall, le numéro 7 qui fait une petite passe à Bianchieri bien placé, qui, du gauche, lobe deux défenseurs toulousains et marque pour son équipe. Il était temps. On s'acheminait vers un Trafalgar angevin. Trois buts, c'était trop lourd. Angers donc réduit l'écart.

F.C. TOULOUSE : 3 – S.C.O. ANGERS : 1

*Les supporters de Toulouse n'en reviennent pas de ce crime de lèse-majesté. Ils doivent penser qu'il s'agit là d'une erreur de l'arbitrage ou d'une faute de goût... Quoi qu'il arrive maintenant et même si leurs favoris gagnent, les **aficionados** des bleu et blanc voient leur joie gâchée par ce but. Mais, attention, je vois là-bas, Bianchieri qui donne l'impression de vouloir récidiver, mais non! Boucher dégage la balle qui va en touche. Touche pour Angers, jouée par Cahuzac le numéro 6. Schindler lui n'a pas l'air d'être dans sa meilleure forme physique. 36e minute de jeu. Encore neuf minutes, avant la fin de la première partie. Quel match endiablé! Quatre buts marqués après trente-cinq minutes de jeu. Schindler effectue la remise en jeu. Tison récupère la balle. Il fonce vers les* buts de Roussel qui vient de goûter au gazon du stade Yves-Du-Manoir où se déroule cette finale de la coupe de France. Le but de Bianchieri donne des ailes à Angers. Tison garde la balle, essaye de percer mais l'étau toulousain se resserre devant les buts gardés par Roussel qui n'a pas eu beaucoup à faire aujourd'hui, excepté le but qu'il vient d'encaisser il y a quelques minutes. L'entraîneur du S.C.O. Angers hurle ses directives. Ce but a l'air de l'avoir galvanisé lui aussi. On ne l'avait pas beaucoup entendu. De l'autre côté Jules Bigot est imperturbable. Il mâche tranquillement son chewing-gum. Sur le banc des remplaçants toulousains, il y a trois joueurs : Rossini, Lautrec et Firmin. Les remplaçants d'Angers sont : Dupont, Daguerre et Bugeot. Tison tire et Roussel s'élève dans les airs au-dessus de tout le monde et récupère la balle avec facilité. De toute façon, le tir de l'avant-centre angevin n'avait rien d'inquiétant. 35e minute de jeu. Roussel dégage son ballon. Pleimelding est à la réception. Il passe à Brahimi avec douceur. Le capitaine de Toulouse a très envie de gagner la coupe. Il nous a déclaré tout à l'heure dans les vestiaires avant le début du match que le trophée était un cadeau symbolique qu'il aimerait offrir à sa maman pour la Fête des mères. C'est gentil ça de la part de Pleimelding, l'arrière central. Le match se poursuit et je m'empresse de fermer cette parenthèse affectueuse. Si la maman de Pleimelding nous entend, elle doit être bien contente d'avoir un fils si bien intentionné. Revenons au match. On a l'impression que les joueurs sont fatigués et qu'ils attendent la mi-temps, ça ne saurait tarder. Il y a exactement quarante-deux minutes que l'on joue à mon chronomètre. Le panneau d'affichage indique le même temps. Encore quelques minutes à jouer. Toujours le même score : Toulouse : 3, Angers : 1. Les joueurs toulousains essayent de geler la balle. Les supporters d'Angers sifflent. C'est de bonne guerre quand on mène par trois buts à un. Brahimi passe à Bouchouk qui

110

jongle un petit peu avec le ballon, repasse à Dereudre.
Passe transversale de Dereudre à Di Loretto quelque peu
démarqué. Le joueur argentin temporise. Kowalski veut
lui subtiliser le ballon mais n'y arrive pas. Finalement Di
Loretto renvoie en arrière à Rytkonen qui envoie la balle
en touche. Les quarante-cinq minutes réglementaires sont
maintenant terminées. M. Clough fait jouer les arrêts de
jeu. Il y en a eu très peu et cela grâce à la correction des
vingt-deux joueurs qui sont tous à féliciter. Vraiment, une
très belle finale. On s'achemine vers le mi-temps, et le
score est toujours inchangé : trois à un, en faveur de
Toulouse bien sûr...

Il pleut sur la prison de Fresnes et la pluie enroule
frileusement ses mots. Il se souvient de la voix du
speaker plus que des images qu'il croyait avoir bien
emmagasinées. Il avait toujours été étonné de voir les
spectateurs regarder les matches tout en écoutant sur
un transistor leur retransmission... Il n'avait jamais
compris pourquoi une telle surabondance, une telle
surcharge. Ce qui l'amena à méditer sur le gommage en
lui de toutes les recompositions spatiales constituées par
les diférentes phases du match et sur la seule impression
auditive qu'il en avait gardée. Il parvint à comprendre
qu'en fait il n'avait quasiment pas regardé le terrain
durant la rencontre et qu'il avait passé son temps à
guetter le Bachagha et à supputer les chances qu'il avait
de l'abattre de si loin... Il se demandait, tout en croyant
regarder le jeu, s'il ne valait pas mieux attendre la fin de
la partie et descendre le traître à la sortie du stade.
Aussi avait-il enregistré mécaniquement toutes les paroles du speaker qui parle un jargon sportif, très limité et
répétitif, pas difficile à restituer tel quel. Cependant, il
savait aussi que les figures spatiales que décrivait le

ballon et les trajectoires linéaires en courbes qu'il traçait sont reliées au flux du temps qui transformait ces agglomérats de mouvements et d'actions imprimées dans l'air en unités ou figures conglomérées où les secondes, les minutes et les heures passant et repassant sur le même ruban jaunâtre du vécu, effritaient l'espace, le réduisaient et le rendaient secondaire et même embryonnaire. De cette journée importante, il ne lui était resté que des gammes de mica, de silex, de quartz et de diamant coupant les vitres, de cette forme d'hibernation dans laquelle il avait décidé de s'enrober, se coupant du monde, parlant peu à son avocat qui n'était pas un mercantile perroquet bavard, mais un sympathisant de la cause pour laquelle il se battait. Il s'était tellement tu qu'il n'arrêtait pas d'entendre la voix nasillarde et parasitée du speaker, alors que sur l'écran de son imaginaire et de ses songes il ne cessait pas de voir défiler les fantômes de son enfance, les images de sa ville et les photographies des événements cruciaux de sa vie. Parfois, le corps d'Aline Céline? Furtivement. Mais très peu d'images du match. Il avait perdu contact avec l'éloquence et ses lèvres s'étaient gercées avec le sel de sa propre bouche. Il tombait, avec les cordes de la pluie, les nuits en juins phosphorescents de son enfance. La pluie sur les toits : seul bruitage dans cette fissure de vie étroite où règne son propre silence à l'instar des villes tibétaines où l'extase réside dans ce froissement imperceptible des nervures veloutées sous la peau mousseuse. A la voix froissée des gardiens il savait que la nuit était complètement tombée et revérifiait qu'il était 21 h 45 à sa montre. Chaque jour passé qui le séparait du procès, du verdict et de l'exécution, se présentait à lui comme une serviette éponge jetée dans l'insouciance, sur les étagères de l'enfance, tant il avait dévoré les secondes et les secondes qu'il n'avait même pas vu défiler. Ça le changeait des jours volubiles de l'adoles-

cence où il y avait du football sous les veines, à l'heure
où s'affolent les hirondelles et les muezzins dont les
voix sont mouilllées par le crachin des parasites. Derniers échos des jours lissés par la brume du port.
Bordels traversés le ballon entre les mains. Putains
gentilles et tuberculeuses vantant leur propre marchan-
dise disant : « Viens petit, viens! Touche. N'aie pas
peur. J'ai un sexe soyeux et pelu et lisse. Tu ne
regretteras pas tes sous. Regarde-moi ce miracle
fendu... » Eux, enfants du bidonville riaient de telles
insanités et préféraient aller chaparder dans les pâtisseries de la ville européenne où les vitrines ont l'air de
sarcophages égyptiens ouvragés par la médiocrité
ambiante. Ils resquillaient en prenant les trams en
marche pour grimper vers les hauteurs de la ville. De là,
on a d'autant plus vite le vertige qu'il y a une falaise
couverte de rancissure liquide. Mais coupoles à l'infini... Armatures... Cribles... L'ocre et le blanc et le bleu
des toits. Emoi des terrasses jetées à même le vide.
Papier vergé des graphismes pathétiques. Papiers peints
pour masquer les visages des conteurs de *Garagouz*. A
cause de la mer et du fleuve la ville baignait dans une
ambiguïté végétale qui accélère en eux la turbulence des
enfances et les condamne à l'insomnie, à l'angle d'une
venelle verte ou d'un porche obscurément bleu où
tintinnabulent, une fois la distance traversée, les cobalts
de lumière et de lascivité que suggère toute maison
arabe ou juive ouverte sur le jour et fermée sur l'ombre
des clous noirs qui décorent les portes et sur le tracé des
arabesques qui enroulent les fenêtres.

Telle est l'extase qui le rend serein quand la lumière
amortie du matin par les mille hésitations de ce début
d'été mi-orange, mi-citron, ne parvient pas à traverser

113

les épaisseurs des fenêtres blindées et par conséquent aveugles, car il a en lui tout ce qu'il faut pour colmater la peur. Son surnom ne lui avait pas été donné. Il ne l'avait pas non plus usurpé. Juste emprunté pour une période bien délimitée dans le temps à un vieil oncle, frère de sa mère. Qui avait traversé le monde pour la Compagnie des chemins de fer et qui après de longues absences revenait se reposer chez sa sœur. Elle lui préparait des bains de pieds avec une recette bien à elle, à base d'herbes, de plantes et d'orties. Quand il y plongeait ses doigts de pieds, l'enfant qu'il était et qui le regardait faire, était brusquement pris par le ressac de la locomotive. Le cheminot malicieux y prenait son plaisir et laissait l'eau brûlante lui traverser la moelle et remplir sa tête avec l'écume du plaisir et du soulagement. C'est à ce moment-là qu'il sortait de sa sacoche des friandises de pays lointains, des tracts du parti qu'il fourrait en riant sous le nez de son neveu qui se mettait à les ânonner. Quand la lecture était terminée, le voyageur, un géant à l'haleine alcoolique, éclatait de rire. Il disait : « Vive Staline! » Et fermait le poing. C'est ainsi qu'un jour où il comprit qu'il allait vivre dans la clandestinité, il se rappela ces visites de l'oncle employé des Chemins de fer et recourut au surnom de Staline. Goût de tabac à priser et de pistaches grillées qu'il lui ramenait de chez les Juifs de Bou-Saada... Comme il lui apportait avec les tracts du parti des tablettes de chocolat, il avait longtemps cru que Staline voulait dire cacao en russe. Maintenant qu'il savait ce que cela signifiait, il rougissait tout seul d'avoir été trop présomptueux comme s'il avait secrètement abusé de la confiance de son vieil oncle qui terminait toujours ses soirées complètement soûl et réveillait les voisins en hurlant *L'Internationale*. Personne ne savait ce que cela voulait dire. On ne le prenait jamais au sérieux, jusqu'au jour où la nouvelle de sa mort au maquis vint infester de remords le sommeil de ceux qui l'avaient méconnu. Tout le monde passa une mauvaise nuit ce jour-là. Messaouda ne dit rien à son fils. Elle avait peur qu'il ne l'imitât. Mais vite, les gens du bidonville vinrent le féliciter. Il ne comprenait pas pourquoi ils se comportaient ainsi au lieu de le consoler et de lui présenter leurs condoléances. En rentrant, il demanda à sa mère de lui préparer un bain de pieds dans la vieille bassine où le défunt avait l'habitude de reposer les siens, après avoir fait, en train, le tour des trois pays limitrophes. C'était un dimanche d'hiver. Les Bônois sentaient, comme tous les dimanches après-midi, une sorte de langueur qui imprégnait leur peau. Après le cinéma ou le match de football, ils ne savaient plus quoi faire. C'était un moment difficile à passer et invariablement angoissant, même pour les chômeurs qui étaient de loin les plus nombreux dans les quartiers arabes. En faisant brûler ses pieds dans l'eau où avait bouilli l'ortie, il pensait à toute la monotonie non seulement des dimanches après-midi mais de la vie qu'il avait jusque-là menée, lui et un tas d'autres gens de sa condition. Il travaillait à l'époque chez Durafour, à l'usine d'ustensiles en aluminium, pour vingt centimes de l'heure malgré son brevet technique et son C.A.P. de plombier. Il comprit ce jour-là qu'il lui fallait endiguer la douleur d'avoir perdu son vieil oncle en la vidant dans une action concrète et libératrice. Il en avait assez de ce comportement qui le confinait, lui et ses camarades de quartier, quel que soit leur statut professionnel : chômeurs ou sous-payés, dans un ennui quotidien supporté placidement par celui qui rumine son destin au lieu de le consumer et de l'épuiser. Ils vivaient aussi dans la mauvaise habitude qui leur faisait envier les Européens dont ils allaient reluquer les filles épanouies et gaies sur le cours Bertania tous les soirs d'été. Il était maintenant décidé à faire quelque chose et à évacuer toute cette vacuité de fin de semaine de fin de journée et de fin de mois pour affronter l'idée difficilement acceptable, que l'apathie sévissait aussi, en force chez les autres habitants de la ville, installés de l'autre côté de la Seybouse. Eux n'avaient plus rien à faire puisqu'ils avaient conquis tout un pays et le néant qui s'infiltrait en eux était inscrit aussi dans le système nerveux de la ville elle-même, avec ses pâtisseries, ses restaurants, ses boulodromes, ses bars à l'odeur d'anis et ses filles à marier qui allaient sagement tous les dimanches à la messe de 10 heures. Puis, à nouveau, il retrouvait sa cellule, ou plutôt il y revenait. Il savait qu'il avait eu raison de penser de la sorte, ce fameux jour où on le félicita parce qu'il venait de perdre son vieil oncle. Il s'était donné les moyens de faire ce qu'il avait accompli et de l'assumer jusqu'à l'extrême responsabilité au-delà de laquelle il n'y a plus rien : la mort!

6

Mi-temps

Temps mort. Moitié du temps. Mi-temps. Béance vide. Le terrain rempli, saccagé, piétiné et débordé tout à l'heure, n'est plus qu'une immense mousse tissée emphatiquement et larguée là comme une mare verte et stagnante, flanquée à droite et à gauche de ces moitiés de bateaux échoués que sont les lucarnes avec leurs filets (lui rappelant les quais du petit port où les pêcheurs à l'accent sicilo-maltais cousaient sous la patience du soleil frais d'hiver leurs chaluts étalés sur plusieurs centaines de mètres à même les gros pavés ronds et polis de la jetée, avec plus loin, le port réel où dormaient quelques cargots, agressé par tant de câbles et d'échafaudages mythiques à cause de l'opaline ouverte, à l'instar d'un sextant, du large tout proche et dont la proximité donnait à ses contours aigus, l'âpreté goudronnée du cambouis et de l'eau croupissante et vitrifiée vert bouteille, ramollissant les muscles et le système nerveux. Terrain vide comme désolation d'automne lorsque l'entassement des bateaux laisse place à l'appel du large. Bateaux accumulés donc comme des rangs successifs. Cordages tavelés de petites écailles crémeuses. Grues fantastiques torturant le quartz scintillant de la mer glauque) et autour – du terrain – toujours vide, le tuf poudreux des virages comme

119

évanoui dans une réflexion solaire où ne subsiste, maintenant, qu'une étrange sensation de foisonnement moiré et vibrant dû à l'embrasement et rendu plus perceptible à cause de cette nudité soudaine, de cette ataxie inattendue et de cette staticité floche et surtout à cause du silence tombé brusquement sur l'immense bâtisse en forme de cercle projeté en avant et en arrière. Les gradins aussi dès lors désertés et scabreux s'ordonnent en une succession aérienne de vaguelettes qui ne savent plus où ni comment s'arrêter. Vagues aussi les contours de cette gradation striée par le béton et rendant plus flous les profils de toutes les protubérances, à l'image de cette immense cabine où se tiennent les journalistes, comme jaillie de la pierre et scintillant de tout le verre de sa baie quelque peu bombée, un peu comme un tiroir laissé ouvert, à travers lequel il perçoit des visages déformés par la vitre, amincis et fluets, sorte de silhouettes au bord du déséquilibre; le tout papillonnant dans l'atmosphère drue sur laquelle les couleurs viennent se placer comme un rêve diurne et muet lui rappelant les après-midi de là-bas (où il avait pris l'habitude de passer son temps à jouer aux dominos et aux dames, dans l'antre d'un marchand de cannelle, de charbon et de graisse de mouton séchée et salée – par analogie : l'odeur écœurante de la foule suintante et inondée de son propre sel – sur des cordes couturant pour ainsi dire la boutique minuscule. Contexture toujours compliquée à cause des fils se croisant, s'entrecroisant et se faufilant dans l'espace ombragé, qui agressait l'horizon comme les vergues d'un bateau clinquant au vent du large, bouchait le paysage, le badigeonnait d'une couleur jaunâtre, celle de la graisse, et obstruait la vue des joueurs de dominos qui n'avaient plus le loisir de faire gambader les imaginations et pouvaient ainsi se concentrer). Il se demandait avec le recul, assis sur les gradins, presque seul, la main gauche

120

toujours crispée sur le revolver, si cet entrecroisement de cordes en chanvre et la disposition toute particulière et très savante de tous ces morceaux de graisse salée n'était pas un moyen de voir venir l'ennemi ou l'intrus, de loin, l'étranger déguisé en gendarme, en policier, en soldat, en huissier, etc. Tout cela l'enfermait dans ce voyage initiatique qui l'avait amené de Bône à Marseille, dans les cales d'un bateau ou plutôt d'un rafiot qui voulait passer pour un vinassier. Ecran rouillé du souvenir, déjà terne et terni. Mais la chaleur étouffante des gradins abandonnés par les spectateurs partis vers les buvettes, les toilettes et autres bars et cafés et autres lieux publics et boutiques de marchands de souvenirs proposant des cartes postales avec la photographie des équipes et des joueurs, un à un, ou des objets d'art ou des reproductions de tableaux qui ont un lien quelconque – fût-il très lointain – avec le football, fait bouger devant ses yeux une réminiscence confuse, renversée et tronçonnée, de train glissant outrageusement sur ses roues (Marseille-Strasbourg) adhérant à l'acier des rails entrevus comme des échardes qui se fichaient dans ses tempes surchauffées par ce chuintement gommeux comme une étoffe rêche (toile à voile?) qu'on déchire spasmodiquement. L'image se dédoublait, se multipliait, s'évanouissait, disparaissait et revenait à nouveau, selon les courbes, les inclinaisons, les degrés, les détours, les contours. Elle le fascine tellement qu'à force de passer tant de temps dans le train et de le parcourir des yeux, il avait fini par s'assoupir tout en restant conscient de la présence des autres voyageurs à ses côtés, taciturnes et grognons, étrangers et emmurés dans leur propre moi compliqué. Il en avait le cœur serré. Il frappait à son thorax de grands coups réguliers, mieux que son pouls, grouillant sous sa peau de battements imperceptibles, mieux que ses muscles contractés et noués à plusieurs niveaux d'angoisse. Il savait déjà pourquoi il venait dans ce pays où il n'avait rien à faire, où il allait risquer sa peau et celle des autres parce qu'il était au courant des ratonades qui avaient lieu depuis le déclenchement de l'insurrection, des corps jetés dans la Seine, des mitraillages d'hôtels à punaises et des agressions mortelles subies par ses compatriotes fourvoyés qui allaient se jeter dans les bras de leurs assassins avec ou sans uniforme, capables de sortir de leurs poches avec une dextérité incroyable des armes à feu, des armes contondantes, des matraques, des coups-de-poing américains, des couteaux à cran d'arrêt, goguenards et hargneux, enfonçant leurs poignards à une vitesse vertigineuse, avec une haine ponçant leurs nerfs à vif, taraudant leurs os et leurs chairs vives, les couvrant de plaies ouvertes faisant jaillir le sang en coupant la carotide nette. Un geyser bleu giclait qui faisait de leurs corps massacrés, brûlés vifs, noyés, enterrés dans des cimetières de voitures, des cadavres spongieux et remplis de trous à travers lesquels s'évacuait toute l'angoisse qu'ils avaient accumulée depuis qu'ils avaient foulé le sol du pays étranger. Mais il était déjà sur ses gardes, prêt non seulement à se défendre mais à tuer tous ceux qui voudraient remettre en cause non seulement son existence mais son être même, son identité et sa substance. Il n'avait même pas envie de la localiser – l'image –, ce qui ne l'avait pas empêché d'avoir peur et de sentir ses yeux ciller face à la mirifique fulguration du train qui s'engouffrait dans les tunnels, escaladait les falaises, rechutait dans les plaines, au point qu'il en suait et que sa sueur dégoulinait fluide et salée sur ses maigres flancs en lacis de lignes suintantes et terminant leur course aux creux des reins. Il était déjà conscient de la brisure qui s'était faite, à l'intérieur de son propre corps, à travers les lectures de journaux, les fragments de phrases, les deuils nombreux, les cercueils plombés arrivant par cargos... Donc prêt à tout. Sur ses gardes.

122

Prêt à frapper le premier. A ne pas se laisser faire. A rendre les coups. Mieux! A prendre l'initiative, quitte à laisser sa tête tomber dans le sac à son du bourreau... Certes, il avait peur de tous les amalgames et de tous les mélanges : enchevêtrements, imbrications, amoncellements et accumulations divers d'un même et unique phénomène historique, le dépassant bien sûr mais dont il avait conscience, fût-ce d'une façon vague et implicite, sachant d'instinct que tout le mystère de l'environnement et des événements qui en avaient fait jusque-là une victime, avait son secret dans cette conjugaison savante entre les êtres, les faits et les éléments dans cette dynamique au faisceau implacable qu'on appelle communément l'histoire. Mi-temps, donc. Il est presque seul, il attend calmement la suite des événements. Il sait maintenant que la tribune est désertée par les officiels et qu'il ne peut rien faire.

Mi-temps, donc. Il essaye de se concentrer mais le choc de la ville où il a débarqué après le long voyage en train, est toujours là qui s'impose à lui comme un paysage mental à jamais imprégné dans la moelle de ses os parce qu'il avait senti le formidable enfermement que constituait une réelle organisation urbaine avec ses immeubles emphatiques et péremptoires, ses avenues jetées ainsi dans l'avenir du temps, farouches et victorieuses, ses rues animées par la foule dans laquelle il essayait de découper sa marche, foule toute grise et froide, très peu jacassante, silhouettée avec du coton et qui resurgissait toujours aussi compacte à travers vitrines opulentes et miraculeuses, étalages redondants et entassés, passants avançant avec une démarche d'automates figés, annelés, structurés, comme coulés dans l'acier ou le béton, congelés dans la glace de leurs yeux bleuâtres et embrumés, circoncis au milieu d'un geste, coupés à l'approche d'un sourire, comme mus mécaniquement par quelque force colossale qui se matérialisait

123

à ses yeux par le gigantisme des constructions, la masse fondamentale de la cathédrale, la structure imposante de l'architecture générale qui nage dans une lumière blafarde malgré l'éclairage électrique qui n'a pas l'air de posséder en lui assez d'énergie liquide pour imposer la fluorescence de ses lampes, insuffler la vie à ces hommes et à ces femmes et à ces animaux tenus en laisse, pour éclairer tout cet échafaudage compliqué d'armatures en béton, en verre, en acier et en fer. Il avait l'impression que le choc qu'il subissait là n'avait pas de sens dans la mesure où il avait toujours pensé que les gens qui étaient venus occuper son pays n'avaient jamais été des bâtisseurs avec la volonté visionnaire de fracasser l'espace, de l'ouvrir et de le projeter en perspective vertigineuse; cependant il ne s'attendait pas à une telle agitation et à une telle gesticulation verglacées, entrevues à travers des groupes compacts et serrés à l'heure de la sortie des bureaux, de la fermeture des magasins et des tramways bondés qui ne se contentaient pas de découper électriquement l'espace en y fusant comme des éclairs bleus mais qui provoquaient un tintamarre de vieille ferraille remettant en cause le silence consternant des masses disciplinées et lourdes, obéissantes et aveugles, traversant aux mêmes points de passage, réglant leurs mouvements selon les feux de signalisation, et modelant leur vie selon les principes stricts de l'isolation. Mais tout cet agencement se trouvait confronté à sa propre facticité, non seulement par la transcendance des tramways mais aussi par le grouillement au-dessus de l'espace de milliards de molécules et de particules portant en elles les germes d'une pesanteur qu'il lui restait à définir : vapeur d'eau s'échappant des égouts souterrains et bien camouflés? Pollution de ce condensé de fumée carbonique graduant l'atmosphère? Pourrissement de relents de latrines poisseuses s'accumulant en une nappe épaisse presque aussi

124

palpable qu'une laine moisie se déposant sur les fruits et les légumes pourris? Le tout, et quelle qu'en soit l'origine, animé – on aurait dit – d'immatérielles contractions qui convergeaient toutes vers la chape géante dressée au beau milieu de la principale place de la ville dans la suintante grisaille, comme un agrégat de sodium plaqué sur la pierre en arêtes octogonales, comme une sorte de cuirasse bardée de ses nombreuses ogives superposées, compliquées et agressives : la cathédrale. Sans parler de ces sous-marins flottants, hôtels de luxe aux façades glabres, aux interminables lucarnes coincées entre deux couches de nuages qui ajoutaient encore à cet aspect titanesque de la ville une démesure supplémentaire et écrasante comme si une telle mégalopolis avait encore besoin de vouloir démontrer à ses yeux d'étranger pleins de malice et de préjugés, gorgés de méfiance et d'orgueil, un rajout, un surplus de gigantisme balourd, afin de le remettre irrémédiablement à sa place, de l'écraser de sa superbe et de sa grandiloquence tout entortillée d'une façon babylonienne dans ses dorures en étamine filandreuse et effilochée par le vert-de-gris des intempéries et les salissures des pigeons dont l'obésité le frappait. Il marchait très vite, lui qui ne savait que flâner, comme pris déjà par le mimétisme consistant à faire de lui une sorte d'automate bien réglé, graissé, mis au point selon les normes universelles de ces cités interminables, tellement vite qu'il en suait malgré le froid qui le tenaillait fermement aux flancs, l'aiguillonnait rugueusement à la nuque, aux oreilles et au nez, se disant : « Ce n'est pas avec ça qu'ils vont m'avoir... Certainement pas. Ils ne me jetteront pas dans le fleuve qui traverse la ville et au-dessus duquel on a jeté des ponts en métal et des ponts en fer et des ponts en bois et des arches en béton, parce que j'agirai le premier... Il faudra que je prenne contact avec l'Organisation et je ne veux surtout pas qu'on me demande des palabres... Je veux agir, passer à l'action... » Sachant qu'en fait il n'avait pas besoin de traverser la mer, de passer deux jours dans un train pour passer à l'acte. Sachant, bien sûr, qu'il aurait pu s'organiser là-bas, semer la terreur mais... Il ne se cachait pas l'évidence : il n'aurait jamais pu devenir un terroriste en restant à proximité de sa mère qui avait déjà perdu son mari à la guerre et son frère au maquis. Arpentant la ville, se faufilant à travers ces cohortes d'hommes et de femmes épuisés, hagards et écrasés par cette agglomération de la pierre taillée, biseautée, ouvragée par tant de mains humaines déchirées par les gros travaux et la prétention de ceux qui s'entêtent à vouloir concevoir le monde comme une vaste cathédrale dont la polyphonie criarde, est érigée en dogme intransgressible.

Puis de nouveau le silence. En fait, un silence tout à fait relatif par rapport à ce tintamarre de voix et de crécelles, de hurlements et de vociférations, de grabuge et de sifflements, qui avait déroulé son amplitude durant tout le match. Il était toujours à sa place, face au dessin du terrain d'un côté et de l'autre à la masse suspendue de la cabine des journalistes comme une nef, jetée dans le vide et restant immobile par la seule force de la gravitation et de sa pesanteur. Mais comme il avait toujours la main gauche à l'intérieur de la poche de son veston d'alpaga bien coupé, serrant le petit revolver (que l'autre lui avait passé, en catastrophe, lorsque allant à la station Odéon pour prévenir Jo l'Ingénieur qu'il avait été désigné par la Spéciale pour abattre le Bachagha au stade de Colombes et ne l'ayant pas trouvé là où il l'avait laissé quelques instants auparavant, il était revenu à la station Invalides pour annoncer à l'autre, le chef, la mauvaise nouvelle au sujet de la défection de Jo. Il avait proposé de le remplacer au pied levé et l'autre, acquiesçant de la tête, ne laissant rien paraître sur son visage de marbre gris où le volcan des yeux s'était éteint depuis longtemps, ne faisant même pas un geste d'encouragement, ne le remerciant même pas de se proposer ainsi pour pallier cette défection inattendue, catastrophique et dramatique, à moins qu'il ne le rendît responsable de cet incident fâcheux et qu'il trouvât tout à fait normal que le chef payât les pots cassés par ses subordonnés, et qu'il dût même faire un effort pour ne pas l'admonester, le fustiger du regard et le mettre à l'amende, se contentant donc d'acquiescer, de sortir de sa poche un billet rose donnant accès au stade et de murmurer : « Voici le billet d'accès à la tribune d'honneur. Il ne faut pas perdre de temps. Le Bachagha y sera »; puis s'évanouissant, disparaissant dans un groupe de touristes allemands, comme à son habitude, dans laisser de traces ni d'effluves ni une quelconque sonorité vocale, tant tout en lui est neutre, gris, égal, équidistant, équilibré, flegmatique, en somme inhumain...), il commençait à sentir une raideur insupportable l'envahir progressivement et un fourmillement désagréable se propager dans ses doigts. Il décida de quitter les gradins pour aller se dégourdir les jambes du côté de la buvette. Il descendit d'un pas alerte l'escalier central et se retrouva dans la foule agglutinée autour d'un espace assez réduit, flanqué d'un rang de comptoirs, de petites boutiques à auvent, de buvettes et de kiosques à tabac et à journaux. Il n'avait pas envie de boire, non qu'il n'eût pas soif mais à cause de la cohue mouvementée qui se pressait autour des lieux, où on vendait des boissons de toutes sortes, chaudes ou froides. Seul le kiosque à journaux était vide. Il s'en approcha et tout de suite ses yeux furent accrochés par les étagères chargées de paquets de cigarettes de toutes les marques.

127

Il refréna son envie d'acheter un paquet de Bastos. Puis se décida. Un nouveau défi à lui-même, comme pour équilibrer sa poche droite vide par rapport à la gauche qu'alourdissait, à peine, le petit revolver. Il sortit un billet de 1 000 francs de son portefeuille glissé dans la poche arrière de son pantalon et dit : « Un paquet de Bastos, s'il vous plaît, Madame. » La petite vieille qui était en train de tricoter, se leva comme à contrecœur et tendit le bras vers une étagère située derrière un comptoir. Elle attrapa le paquet de cigarettes Bastos, le jeta négligemment sur le comptoir en contreplaqué, prit le billet de 1 000 francs, le déposa à l'intérieur d'un petit tiroir qu'il ne pouvait pas voir, lui rendit la monnaie prestement et se rassit comme si elle était pressée de continuer à tricoter ses mailles. Au moment où il allait quitter la minuscule boutique, il remarqua à sa gauche un petit tourniquet en acier et dans les cases duquel des cartes postales représentaient le stade dans son ensemble, ou dans ses détails. Il eut l'idée d'en acheter une, sachant pertinemment que ce dimanche 26 mai 1957 allait être une date marquante dans sa vie et pensa envoyer une de ces cartes à sa mère. Il se retourna vers le tourniquet, fit quelques pas, et quand il fut à portée de main des bristols coloriés, se mit à faire tourner le support mobile. Son œil fut attiré par une carte représentant une statuette debout sur un piédestal et représentant un athlète brandissant une coupe. Il fut intrigué. Prit la carte postale et regarda au dos. Machinalement, il lut cette inscription gravée sur fond blanc, dans le coin gauche en bas :

Socle d'un brûle-parfum étrusque :
VAINQUEUR DE COUPE AUX PIEDS AILÉS.
BRANDISSANT SON TROPHÉE.
Début du Ve siècle avant Jésus-Christ.
Bronze. Hauteur 18,7 cm.

Plus bas, une autre inscription imprimée en caractères beaucoup plus petits : « Du 7 Garamont, certainement », se dit-il, parce qu'il avait travaillé quelques semaines dans une imprimerie clandestine de l'Organisation :

Bibliothèque nationale.
Monnaies, médailles et antiques.

En haut à droite de ce dos de carte postale un petit rectangle désignait l'emplacement du timbre. Au milieu, trois lignes étaient situées à égale distance et avec le même intervalle. Puis une dernière, imprimée comme les autres avait une longueur qui représentait les deux tiers des trois lignes précédentes. Les quatre lignes servaient, bien sûr, à écrire l'adresse, la dernière devant porter certainement le nom du pays de destination. Il n'avait jamais prêté attention auparavant à de tels détails, si insignifiants, voire futiles et même puérils. Mais il se fit la remarque à lui-même, s'étonnant qu'on dessinât ainsi l'emplacement du timbre et qu'on délimitât une ligne pour le nom et le prénom du destinataire, une autre pour le numéro et le nom de la rue, une troisième pour le nom de la ville et enfin une quatrième et dernière plus petite pour le nom du pays. Se disant : « Mais ils sont fous de perdre leur temps et leur encre, pour tracer ce rectangle et ces quatre lignes... Même un enfant qui vient d'apprendre à écrire peut s'en passer. Ça doit être une séquelle de l'analphabétisme qui sévissait il n'y a pas longtemps encore dans le pays et qu'ils exportent maintenant vers leurs colonies... Ce n'est pas possible... Non vraiment! Ils se moquent du monde... » Du coup intrigué, il change la position de la carte, attiré par une inscription encore plus fine que celle des deux dernières lignes situées à gauche de la carte, mais cette fois-ci, les caractères s'étirent transversalement :

Lui se disant : « Ça, ça doit être du 5 Garamont. A
coup sûr! » tout en tournant le dos de la carte postale
dans tous les sens, fasciné par le rectangle, se demandant s'il allait vraiment l'acheter, et d'abord si la vieille
dame grincheuse avait bien des timbres-poste à vendre.
Puis retournant la carte dans le sens du recto, il lit à
nouveau l'inscription indicative, sans regarder la statuette elle-même, comme s'il se réservait ce plaisir pour
plus tard :

Socle d'un brûle-parfum étrusque :
VAINQUEUR DE COUPE AUX PIEDS AILÉS,
BRANDISSANT SON TROPHÉE.
Début du Ve siècle avant Jésus-Christ.
Bronze. Hauteur : 18,7 cm.

Bibliothèque nationale.
Monnaies, médailles et antiques.

Il siffle entre ses dents. Lève les yeux. Se rend compte
que la vieille tricoteuse ne l'a pas lâché du regard tout
en tricotant avec agilité, avec une certaine diligence et
un air renfrogné, voire soupçonneux. Il fait semblant de
ne pas se rendre compte qu'elle le regarde, sifflote de
plus belle entre ses lèvres. « Ça alors. Cinq siècles avant
Jésus-Christ. Donc onze siècles avant Mohammed. Ça
alors. Ils avaient des athlètes... » Le mot ÉTRUSQUE le
gêne. Il voudrait mettre un nom géographique mais ne
sait pas. Il sent que c'est en Europe, le sud de L'Europe. Finit par dire : Bulgarie (ce n'est que plus tard
après sa condamnation aux travaux forcés à perpétuité
qu'il se rendra compte de sa méprise en lisant, par
hasard un jour, un livre sur la civilisation étrusque. Elle
était née pas très loin de Rome et venait selon certains,

de Sicile, voire de quelque comptoir carthaginois...
Carthage qu'il avait visité lors de son périple, à la
recherche des mosquées les plus célèbres de l'Islam. La
Zitouna. Les Omeyades. El Azhar et La Quaraouine...
confondant certainement art étrusque et art thrace).
Puis toujours sifflotant, sa main gauche enfouie dans la
poche de son veston, le paquet de Bastos entre l'auricu-
laire et l'annulaire, la carte elle, prise entre l'index et le
pouce, et le majeur pointant, sans qu'il fasse exprès,
vers la vieille le regardant impavide et bougon, se
disant : « Elle aussi, j'aurai l'occasion de la voir si je
m'en tire... Elle viendra témoigner au procès. Le chauffeur de taxi aussi. Elle demandera ma tête évidemment,
dira même que je suis parti sans payer et qu'elle a dû
me rappeler évidemment. » Puis, finalement, il se décide
à regarder la sculpture qui se dégage, bronze effrité par
les stigmates du temps sur fond bleu ciel. Le socle est
une petite tablette en bois épais, avec des pieds recourbés et trois battants, deux parallèles aux pieds et un,
perpendiculaire aux deux autres. La statuette représente
un jeune homme complètement nu à l'exception des
pieds chaussés de brodequins et des bras portant chacun un bracelet, à l'articulation entre l'avant-bras et le
bras lui-même. Le corps est trapu, avec des cuisses
puissantes et un buste très mince. La tête porte une
coiffure tressée court. Le visage est vide d'expression.
La main gauche tend la coupe plutôt banale. Le jeune
homme se tient les bras écartés triomphalement et la
jambe gauche pliée, avec la césure de l'articulation du
genou nettement dessinée. Entre les cuisses apparaît le
pénis comme une excroissance ridicule dans cette cathédrale de muscles. Et lui se disant alors : « Si j'envoyais
cette carte à ma mère, elle en tomberait folle de
stupéfaction et serait choquée! C'est pas la peine. Mais
je me l'achète pour moi-même. En souvenir. Au moins,
ça veut dire quelque chose, tandis que toutes les autres

131

cartes, avec des reproductions représentant l'architecture du stade ou les joueurs, sont très laides et ne portent aucun symbole en elles. Vainqueur de coupe aux pieds ailés. Je me l'achète. Je mérite bien ça... Avec tout ce qui m'attend. » Il revient vers le comptoir. La vieille femme ne lève pas les yeux, et dit : trente francs. Il les dépose devant elle. Sort. Rejoint les gradins. Tout en marchant, il met son paquet de cigarettes dans sa poche droite avec un petit frémissement de désir refoulé, volontairement, sort son portefeuille de la poche arrière de son pantalon et glisse la carte avec la statuette étrusque entre les volets de cuir.

Quand il revient à sa place, la foule des spectateurs est déjà installée et manifeste son impatience alors que le quart d'heure de repos ne s'est pas encore écoulé, comme si, par ce comportement, les supporters voulaient montrer qu'ils sont plus infantiles et plus enfantins qu'on ne le croit. Il s'assoit à sa place n° 19 et se rend compte que ses deux voisins ont permuté leurs positions. Celui qui était à sa gauche est maintenant assis à sa droite en train de boire à même le goulot d'une canette de bière, avec à la main un énorme sandwich au saucisson dont on voit les rondelles déborder, tandis que le spectateur qui était à sa droite se trouve maintenant à sa gauche, mâchouillant nerveusement un chewing-gum à la chlorophylle. Un instant il est gagné par une certaine fébrilité et se rend compte qu'il est content de voir le public s'impatienter alors que lui n'a pas de problème de ce côté-là. Les joueurs sortiront quand l'arbitre le jugera nécessaire. Ce qu'il sait, c'est que lui exécutera son homme. Il regarde du côté de la tribune. Déserte. Les officiels doivent être en train de boire du champagne dans le salon climatisé

attenant à la tribune d'honneur. Il se demande si le
vieux Bachagha têtu et prétentieux et traître à la cause
boit ou non de l'alcool. Il décide que non. Bon musulman d'ailleurs! Il commence à le trouver pas très
sympathique. Un vieux dévôt... Gâteux et gâté. Il doit
être marié. Quatre femmes, plus les Mata Hari gracieusement offertes par l'Etat français pour le remercier de
sa fidélité. Il a peut-être des fils qui travaillent dans
l'Organisation? Il n'en sait rien. Sinon, il se serait
documenté sur lui avant de le tuer. Mais, là, à l'improviste, il n'avait aucun élément. Même pas sa photo!
Une ombre quoi. Bientôt un fantôme. Soudain la foule
devient plus bruyante, il regarde en face de lui, sur les
gradins de l'autre côté des buts le tunnel par où les
joueurs entrent sur le terrain et voit les deux équipes
sortir, menées vers la pelouse par les trois chevaux noirs
pure race anglaise que sont les trois arbitres, avec leurs
habits de croque-mort ou de cérémonie d'intronisation
de la reine. Serpentins blanc et bleu, à gauche. Serpentins tango à droite. Le public applaudit. Il a l'air ravi.
Mais beaucoup de visages sont crispés chez les inévitables passionnés de football qui ont voué leur vie à ce
sport et surtout à leur équipe déifiée dans un pays où
Dieu commençait déjà, à l'époque, à se faire rare. Les
deux équipes courent vers l'autre côté de la pelouse.
Puis chacune s'installe dans un camp opposé à celui du
début de la rencontre. Toulouse joue maintenant contre
le vent et Angers avec le vent dans le dos. Il a envie,
tout à coup, de sortir la carte postale bleue et se ravise,
pour ne pas attirer l'attention. Déjà que cette main
posée à l'intérieur de la poche gauche... Le speaker du
stade annonce qu'il n'y a pas de changement dans les
deux équipes. Les remplaçants n'auront plus qu'à ron-
ger leur frein ou espérer que l'un de leurs camarades
joue mal et commette des fautes flagrantes pour que
l'entraîneur le sorte et le remplace par l'un d'eux, assis

qu'ils sont maintenant très sagement sur le banc avec l'entraîneur Jules Bigot pour le Toulouse Football Club et Walter Presh, l'Autrichien pour le Sporting Club olympique d'Angers (redondance inutile ou désir de se faire remarquer ou simple obéissance aux rites et aux rituels des stades, le transistor donne à nouveau le nom des joueurs, des deux équipes en commençant par l'équipe perdante... Pitié? Compassion? ou simple loi de l'ordre alphabétique où le A d'Angers l'emporte sur le T de Toulouse...), ou aller – les remplaçants – jusqu'à souhaiter la blessure grave d'un des leurs pour pouvoir jouer, se faire connaître et ne pas être condamnés à noter indéfiniment les seconds rôles, les éternels seconds ou les lieutenants inutiles, quitte à ce que le joueur blessé et donc remplacé en ait pour trois mois d'immo-bilisation avec tout ce que cela sous-entend d'hospitali-sation, d'opérations du ménisque ou du tendon ou du tibia, de rééducation de douleur et de souffrance...

Les trois buts du F.C. Toulouse ont été marqués par Dereudre, le numéro 8, à la 11e et 24e minute et par Bouchouk, sur coup franc, après une faute de Kowalski, à la 28e minute. La voix du speaker de la radio s'arrête. Lui est toujours là. Serein dans la peur. Tranquille dans la fébrilité dominée. Sûr de ses nerfs. Prêt. L'arbitre gagne du temps. Les deux équipes sont en place. Le public aussi. La tribune officielle commence à se rem-plir. Il ne la quitte pas de l'œil droit. Heureusement qu'il est bien placé. Il n'a pas besoin de se retourner ou de se pencher, ou de se décoller le cou. Il a le coup d'œil. Les spectateurs s'impatientent. Le président de la République flanqué de son auguste épouse à l'immémo-rable chapeau, fait son entrée avec à sa gauche, le Ba-chagha fier dans son léger burnous immaculé en coton du Hawz. L'arbitre à l'œil lui aussi sur la tribune, car,

S.C.O. ANGERS : 1

FRAGASSI (1)

KOWALSKI (2)	SABROGLIA (5)	PASQUINI (3)
	(capitaine)	

HNATOW (4)	BOURRIGAULT (6)
SCHINDLER (8)	BIANCHIERI (10)
LE GALL (7)	LONCLE (11)

TISON (9)

(Entraîneur : WALTER PRESH.)

Le but du S.C.O. Angers a été marqué à la 35e minute par le n° 10 Bianchieri.

F.C. TOULOUSE : 3

(Entraîneur : JULES BIGOT)

ROUSSEL (1)

BOUCHER (2)	PLEIMELDING (5)	NUNGESSER (3)
	(capitaine)	

BOCCHI (4)	CAHUZAC (6)
DEREUDRE (8)	RYTKONEN (10)
BRAHIMI (7)	BOUCHOUK (11)

DI LORETTO (9)

135

*dès l'installation du chef de l'Etat et de sa suite il donne
le signal du début de la deuxième mi-temps... Angers a
maintenant le ballon et engage – évidemment – par son
avant-centre Tison qui passe en arrière à Schindler. Passe
latérale de Schindler sur Loncle qui rate le ballon, mais
court et crochète très légèrement Bocchi le numéro 4 de
Toulouse. Il n'y a pas faute. L'arbitre M. Clough laisse
jouer... Loncle a quand même le dernier mot et feinte
Boucher venu le contrer et.*

Et lui se rendant compte qu'il lui fallait vite quitter
Strasbourg et s'installer à Paris où il pourrait contacter
l'Organisation plus facilement et retrouvant une autre
ville encore plus terrifiante, une véritable mégalopolis
cette fois-ci où il s'installe chez Bill au 17, rue Saint-
Jacques. Bill est originaire de Bordj. De son vrai
prénom Mohammed. Bien sûr comme les autres. Avec
sa gueule bronzée et ses cheveux teints blondasse et
frictionnés quotidiennement à l'huile de cade, il ne peut
quand même tromper personne. Mais il est dans le
secret des dieux. Il ne rompt jamais le silence. A toutes
ses questions, Bill est évasif comme s'il essayait de lui
couper la parole ou plutôt d'anéantir ses palabres pour
le renvoyer du côté du fleuve, à arpenter ses quais et ses
ponts, à découvrir la ville dans ce qu'elle a de plus
raffiné, à saisir l'envol tissuré, tendu, vergeturé, de la
superstructure urbaine organisée comme un filet de
veines et de lumières qui circulent à l'intérieur de ses
limites irrévocables et que les pigeons délimitent à l'aide
de soyeux bornages parce qu'une fois traversé le pont
Saint-Michel, il tombe sur les parvis impériaux et
pontificaux de Notre-Dame et vite, franchit un autre
pont pour regarder, accoudé à une balustrade moyen-
âgeuse, les deux tours de la Conciergerie où des rois et

des reines ont attendu qu'on vienne leur couper la tête. Baguenaudant aussi et déambulant dans une civilisation qu'il avait jusque-là méprisée, il se met à aimer la ville un petit peu pour tomber, un jour, de grand hasard sur Céline (ou Aline?) – il ne se le rappellera jamais – dans un parc Montsouris de carte postale et d'amours nappées d'eau de rose. Mais ni elle ni lui ne tomberont dans ce piège de la facilité. C'est en plein bonheur, entre découverte des corps et apprentissage de la musique et de la calligraphie, qu'il rencontre par hasard, au marché de la rue de Buci, un ancien copain de collège. Il comprend tout de suite qu'il a là un partenaire sérieux. Ils ne parlèrent pas politique mais le lendemain, il est accosté par un compatriote, l'air plutôt joyeux, qui lui demande s'il n'a pas envie de brûler le bureau d'un certain Soustelle. Il lui chuchote une adresse à l'oreille. Deux jours après un incendie se déclarait au 23, rue de Tilsit. La police laconique annonçait qu'il s'agissait d'un acte criminel. Du coup, il avait compris qu'il existait une organisation pyramidale et étanche. Le lendemain encore, en allant au travail, à Saclay, il rencontrait pour la première fois celui qu'il appellerait, désormais, l'homme de soie à cause de ses cravates et faute de lui trouver une toponymie.

7

Toulouse : 4 – Angers : 1

A forcer le respect des policiers dès le début, il avait satisfait son orgueil. Il ne fallait pas leur laisser le temps des insultes racistes et du tutoiement. Etre plus calme qu'eux. Les regarder en face. L'orgueil est un bouclier. Il avait l'histoire de son côté. Le commissaire de Colombes n'en menait pas large et après plusieurs tentatives perdit son arrogance, sa gouaille et même son accent désarticulé de banlieusard. L'autre s'était constitué un système de défense simple. Il n'en démordait pas. Ne bougerait pas d'un centimètre. Dans le bureau poussiéreux et désordonné du commissariat, le rapport des forces était trop inégal tant la placidité du terroriste ébranlait les nerfs de tous ceux qui étaient dans la pièce exiguë, tous debout à l'exception du commissaire (vautré dans son fauteuil en skaï effiloché, le visage blêmi par la pauvreté de l'ampoule qui éclairait la pièce sentant le vieillot, la médiocrité, le désespoir moral, la déchéance humaine et surtout la petitesse, l'étroitesse non seulement des gens, des esprits, mais surtout des objets dont l'utilité douteuse et l'avachissement des formes et des contours soulignaient outrageusement le handicap psychologique de ses adversaires...) et du dactylographe (qui tapait le rapport, de l'autre côté de la pièce et qu'il entendait frapper sur les touches dans

141

son dos, imaginant la vétusté de la machine à écrire, une vieille Remington certainement, à cause du bruit ferrailleux que faisait le chariot à chaque lettre imprimée, et des parasites émanant du clavier comme une sorte de toux étouffée). Tous debout derrière son dos, les bras certainement croisés sur leurs poitrines de judokas encroûtés et rassis et empêtrés dans des petits larcins, des délits ridicules, des accidents de voitures, des vols de sac à main, des actes de vandalisme, des agissements de délinquants, etc., ne parlant que rarement, se taisant devant la logique du discours très concis qu'il avait tenu dès qu'on lui avait demandé de parler et d'expliquer son acte. Discours qu'il répéta toute la nuit, sans y changer une virgule, avec la même voix monocorde, forçant leur respect à tel point que personne n'osait le tutoyer et que le commissaire évitait chaque fois qu'il le pouvait ce regard tranquille, à la limite suffisant, voire réellement méprisant. Mais surtout ceci : cette propension dans leurs discours à vouloir tout fermer, clore, enfermer dans un assemblage de schémas périmés et routiniers qu'il – le commissaire – essayait de matérialiser sur une feuille de papier, à coups de traits, de segments de droite et de courbes, le tout barricadé à l'intérieur d'une frontière grossière dont la configuration stricte, nette et implacable était plutôt une vue de l'esprit, un désir enragé de vouloir avec raison, alors que lui en voyait les limites; et rappelant – cette configuration tout abstraite – les zones interdites entourées de fil de fer barbelé qu'ils avaient décidé de tisser autour du pays et dont le substrat sur le papier est le pointillé, le hachuré et le trait discontinu, faisant vite le tour du cercle parfait qu'il leur avait suggéré dès le début, comme pour leur éviter trop de déboires ou un excès de fatigue nerveuse, ou plutôt de l'ellipse (qu'il leur avait fournie, parce qu'il se sentait tout à coup fatigué et fasciné par son propre sommeil qui l'envahissait déjà, ce qui forçait encore leur respect) dont la régularité ou la rondeur infiniment perfectible était proposée à travers une concentricité et une concentration tous azimuts, réglant définitivement la géométrie de la reconstitution de la mise à mort dont la perfection était assurée d'avance par l'existence non pas seulement d'une logique interne cohérente et rigoureuse et d'arguments inusables quel qu'en soit l'usage qu'on peut en faire – il y en avait plusieurs – mais aussi d'un lieu géométrique indiscutable et palpable à travers une historicité qui leur coupait le souffle, les rendait susceptibles et, à la limite, les culpabilisait à mort; et qu'il était prêt à leur matérialiser, schématiser et dessiner à l'échelle de leur choix, avec essentiellement une grosse tache de couleur rouge foncé représentant le désastre qu'implique toujours – et même dans ce cas bien précis l'exécution d'un traître – une reconstitution avec tout autour l'expression des éléments secondaires formant ce qu'on appelle la périphérie, à travers la constellation de geste, de mouvement, de trajet, de trajectoires de la balle, de lieux communs, d'indices, d'empreintes digitales, de l'arme et d'un arsenal de petits détails dont il ne voulait même pas se souvenir. Eux restaient là, ébahis, ébaubis, embrouillés, à ciller, à s'alourdir les paupières déjà bleutées par la tension et l'étonnement qui montent et qu'ils essayaient de dominer, sans parler de la panique sourdant à travers tempes et nerfs comme macérés dans une solution de mercure, comme équarris par quelque instrument de torture (n'en croyant pas leurs yeux de se trouver devant une telle affaire politique, effrayés par l'audace du coupable tirant tranquillement son coup de feu, sans même sortir son revolver de sa poche, sans même viser, tirant nonchalamment à travers le tissu de sa veste d'alpaga et faisant mouche, à quelques dizaines de mètres, avec un revolver de poupée; n'en croyant pas leurs yeux de se

143

retrouver tout à coup catapultés dans l'histoire, alors qu'ils s'apprêtaient en cette nuit de dimanche, à dîner tranquillement en famille tout en regardant le film policier du soir) dont les pales seraient autant de lignes brisées rappelant la configuration générale et cauchemardesque du labyrinthe historique dont les dédales seraient à la fois solidifiés et fragiles à force d'abstractions, de morsures, de contre-courants, de massacres, d'incendies, de pillages, etc. Eux, abrutis par l'événement, perdaient la notion du temps, oubliaient de téléphoner à leurs épouses, à leurs petites amies, pour les prévenir qu'ils n'allaient certainement pas rentrer. Lui par contre, se concentrait sur lui-même et éliminait toute cette débauche stérile de détails et de péripéties qui avaient l'air de les passionner, en attrapait l'éternité tellement il fixait l'espace devant lui, sans penser à rien, même pas à Messaouda qui allait refuser d'assister au procès, sans arrière-pensée, soulagé après tant de périples à travers rues, villes, continents, voués tous à l'Organisation et au succès de ses actions; refusant superbement de se laisser entraîner par leurs questions ambiguës (que signifiait cette carte postale représentant la statuette étrusque du vainqueur de coupe aux pieds ailés et ce schéma-plan détaillé de la raffinerie de Rouen?) et confuses, ou de tomber dans leurs pièges grotesques et grandiloquents se cantonnant à répéter le même discours clair, incisif et simple; se disant qu'ils perdaient leur temps, qu'ils n'avaient pas à extraire de son portefeuille la carte postale bleue dont la gélatine risquait de s'écailler à force d'être triturée par leurs grosses mains poilues, et à laquelle il tenait tant, leur en voulant presque de donner de l'importance à cette reproduction et à vouloir lui trouver un rapport quelconque avec le plan de la raffinerie de Rouen; se répétant qu'est-ce qu'ils sont bêtes et maladroits; se moquant de la façon dont ils tenaient la carte postale comme si elle décelait quelques hiéroglyphes indéchiffrables, d'autant plus – il l'avait su plus tard – que les Etrusques avaient un système d'écriture que l'on n'était pas encore parvenu à décoder dans sa totalité, comme si elle était piégée, comme si elle était magique. Il avait une envie irrépressible de dormir et de se concentrer sur lui-même, les laissant à leurs déductions farfelues, à leurs inductions illogiques, à leurs bavardages stériles, à leurs disputes vaines et aux limites de leurs petits cerveaux habitués à la routine des petites affaires, des petits voyous, des petites choses de la vie fastidieuse d'un commissariat de banlieue parisienne. En attendant qu'ils aient terminé, il regardait droit devant lui l'espace agressé, certes, mais par une verticalité saumâtre les grêlant de partout, les torturant de mille manières et écorchant leurs pupilles de voyageurs blafards qui ont perdu de vue, au détour d'un siècle, la vitalité aveuglante et foisonnante, s'étirant et s'éparpillant à travers une structure affolante mais à la mesure des exigences de l'humanité, et dont l'acuité endort tous ceux qui la sous-estiment, la bâclent, la rabâchent mécaniquement et leur donne des maux de tête, les suffoque, les pressure. Et parvenue – l'histoire – à sa sublime consécration, elle fait de tous ceux qui la mettent de côté ou feignent de ne pas lui donner son importance, des somnambules hagards et blêmes, éternellement trompés et trahis, dépassés perpétuellement par leur propre démarche qui laisse percer et l'amertume et le désarroi et la somnolence et l'avachissement.

En fait, le préfet de police n'arrêtait pas de téléphoner pour leur rappeler qu'il voulait obtenir les détails, les ramifications, les complicités, les projets, le type d'organisation, la structure centrale, les structures parallèles ou périphériques, les lieux de rendez-vous, les noms des grands chefs et des simples exécutants, les lieux de réunion, les caches d'armes, les contacts, les approvisionnements, les imprimeries clandestines, les centres de repli, les renseignements sur certains mauvais Français, leurs noms, leurs adresses, les divers codes de communication entre les membres du réseau. Il voulait aussi que l'homme qui avait abattu le Bachagha donne toutes les précisions possibles et imaginables, mais il ne voulait pas qu'on le touche et encore moins qu'on le tabasse ou qu'on l'humilie. Il exigeait un dossier épais et détaillé et bien fourni, plein de statistiques prévisionnelles, de courbes homothétiques, de projections probabilistiques, de synthèses argumentées, d'hypothèses solides, de conclusions charpentées, etc. Hurlant dans le téléphone qu'il ne voulait pas de bavures, d'excès de zèle, d'erreurs de calcul, parce que, criait-il, le monde entier était au courant et les journalistes affluaient de tous les pays, parce que cette affaire était trop grave et qu'il ne voulait pas qu'elle lui saute au visage ou qu'elle lui explose entre les mains, parce qu'on ne sait jamais avec ces changements brusques de politique, d'autant plus qu'on était en pleine crise ministérielle et qu'après, quelqu'un lui ferait porter le chapeau, lui mettrait tout sur le dos. « Et alors c'est moi qui prends tout : les commissions d'enquête, les commissions rogatoires, les journaux bavards, les meetings de solidarité, les motions signées par ces cons d'intellectuels, les manifestations de soutien, les grèves de la faim, les interpellations à l'ONU, les démarches des croix et croissants rouges internationaux, les dénonciations d'Amnisty international, etc. Je connais la musique, mes enfants, vous allez me faire du bon travail et respecter le délai de vingt-quatre heures de garde à vue... Vous avez jusqu'à demain... Après il sera déféré au parquet et ce n'est pas sur le juge d'instruction qu'il faudra compter, car il a

146

déjà une pléthore d'avocats qui se proposent de le défendre et même un collectif... Grouillez! Mais pas de casse. Je le veux intact... Un conseil : lisez attentivement la carte du métro, le plan de la raffinerie de Rouen, la reproduction de la statuette étrusque ou thrace ou byzantine ou je ne sais quelle autre foutue civilisation... Et puis, trouvez-moi vite ce Slimane qui l'aurait contacté... »

Lui s'en était tenu à une version unique des faits et ne voulait pas en démordre. Il avait agi seul et de sa propre initiative. Un jour, un ouvrier qu'il connaissait vaguement et qui travaillait aux usines Renault à Boulogne-Billancourt lui aurait passé un tract de l'Organisation avec la photo du Bachagha demandant à tous les Algériens d'exécuter ce traître à la cause. L'homme qui lui aurait remis le tract se prénommerait Slimane. Il l'aurait connu à Tlemcen pendant qu'il faisait son service militaire dans un bataillon disciplinaire. C'est tout. Le reste, il l'aurait décidé, organisé, exécuté tout seul. L'arme? Il l'aurait achetée à Barbès à un inconnu. Comment savait-il que le Bachagha assisterait au match? Il l'aurait appris par les journaux. C'était vrai. Ces derniers ne rataient aucune occasion pour monter en épingle le moindre mouvement ou geste de ce grand ami de la France. Le plan de la raffinerie de Rouen? Il y aurait travaillé et de mémoire l'aurait reconstituée. Dans quel but? Pour y mettre le feu, bien sûr. Ses réponses courtes, calmes, logiques, les désarçonnaient. Ils n'avaient rien à y redire. Et la reproduction? Il l'aurait achetée pour avoir un souvenir de son action terroriste, parce qu'il était, justement, isolé, coupé de tout contact avec les structures de l'Organisation et incapable de toute façon de s'intégrer à un groupe ou à un mouvement parce que, reconnaissait-il humblement, il était par trop individualiste. Il ne voulait pas mêler sa mère à l'affaire, c'est pourquoi il n'avait pas jugé utile de leur dire qu'il avait pensé d'abord en l'achetant qu'il allait l'envoyer à Messaouda pour marquer ce jour important, mais que le pénis de l'athlète l'avait décidé à renoncer à une telle éventualité de peur de choquer sa vieille maman (et l'autre, le Pleimelding, tout arrière central qu'il était et tout capitaine de Football Club de Toulouse qu'il était, n'avait-il pas déclaré à la radio et aux journalistes avant le début du match, dans les vestiaires sentant certainement la sueur fauve de ces corps déjà échauffés par les cris et les vociférations du public qui leur parvenaient des gradins et par le trac qu'ils éprouvaient devant l'importance de l'enjeu, surtout qu'en ce qui concerne le championnat, ils étaient classés sixième, bien loin de l'équipe de Reims qui l'avait dominé, n'avait-il donc pas déclaré, très spontanément, qu'il voulait tout faire pour gagner la coupe, comme un symbole qu'il offrirait à sa mère à l'occasion de la Fête des mères qui tombait le 31 du mois courant, c'est-à-dire, dans quelque cinq jours) qui était restée au village, ou plutôt dans le bidonville, de l'autre côté de la rivière... Mais, là, ils refusaient de mordre, habitués qu'ils étaient à regarder des films policiers à grosse énigme où il y a toujours des histoires de statuettes énigmatiques, ou plutôt des films d'espionnage où le metteur en scène veut prouver coûte que coûte à son public qu'il a des lettres et qu'il connaît l'histoire des civilisations sur le bout des doigts, et ainsi, par le biais du mystère entourant telle statuette ou tel objet millénaire et précieux volé, il pouvait construire une histoire invraisemblable mais crédible aux yeux d'un public friand de ce genre de cinéma et très naïf. avec des meurtres horribles et une succession de crimes et de cadavres que l'on trouvait dépecés dans les placards des maisons bourgeoises ou découpés dans des consignes de gare... Là, il se rendit compte tout de suite qu'ils allaient cavaler sur les traces de la civilisation étrusque, faire courir leur imagination dans tous les sens de l'histoire, se prendre pour de fins limiers au flair infaillible, tomber – en réalité – la tête la première dans ce piège dont il n'avait même pas soupçonné l'énorme potentiel de manipulation, leur servant ainsi un argument pour les tenir en dehors du sujet central et essentiel, loin de l'Organisation et de ses labyrinthes, de ses structures et de ses méandres et dont il ne savait rien, par ailleurs, les tenant à sa merci grâce à cette reproduction providentielle qu'il avait achetée presque par mégarde, pour tromper son attente durant cette mi-temps qui s'éternisait et pendant laquelle il s'était trouvé tout seul sur les gradins... Insouciant, il les laissait s'enfoncer dans cette impasse, avec quand même la crainte quelque peu inopportune et déplacée qu'ils l'abîment trop – la carte postale – avec leurs gros doigts maladroits et douteux... Mais le lendemain après-midi, embourbés dans leurs propres complexes simplificateurs, ravagés par la fatigue et l'insomnie, vaincus par leurs propres pièges, tombés dans les nacelles de l'incohérence et de la persécution, ils lui rendirent sa carte postale, son plan et ses faux papiers d'identité, le mirent dans un panier à salade, l'escortèrent chez un juge d'instruction et se débarrassèrent de lui, heureux de l'aubaine, jubilants de ne plus l'avoir dans leurs bureaux, contents de n'avoir pas été hypnotisés par son regard pénétrant à la fois et serein, puis ils rentrèrent chez eux et lavèrent leurs mains qu'ils avaient poisseuses et gluantes.

... A nouveau le stade archi-comble. Avec son armature défiant toutes les lois de l'architecture et de la

149

pesanteur, avec quelque chose de sidéral à la fois, et de très balourd, surchargé, boursouflé, avec sa guérite marocaine à l'entrée, aux toits vermiculés de tuiles vertes, avec son lierre couvrant les murs de la palissade à l'intérieur, avec l'avancée de ses gradins tournant sur eux-mêmes dans une symétrie fastidieuse et désordonnée, avec sa tribune d'honneur lambrissée et décorée de dorures faussement dorées mais très édulcolorées et prétentieuses, avec sa pelouse verte aux rayures nuancées, ses lucarnes à buts aux filets à mailles crissantes, avec ses pistes à courir, à sauter et à pédaler, contrastant par le rouge de leur sable avec le vert foncé de l'herbe gazonneuse, avec son public gesticulant et écumant hystériquement, le même qui s'enflamme pour la patrie et va servir de chair à canon pour alimenter les abattoirs de guerre, le même prêt à se faire exploiter sans réagir, venant justement là pour défouler et évacuer ses frustrations, aussi bien politiques que sociales que psychologiques, goûtant dans une sorte d'extase cet opium qu'est devenu pour lui le football joué par les vingt-deux protagonistes, alors que le tableau à affichage marque ou plutôt crépite sa 60e minute de jeu (soit une heure exactement) et comptabilise les buts :

TOULOUSE F.C. 3 – S.C.O. ANGERS : 1

Alors que selon le commentateur invisible, c'est l'équipe de Toulouse qui domine la reprise du jeu, c'est-à-dire il y a tout juste un quart d'heure, et alors qu'à ce moment, coulissant un coup d'œil et – mine de rien – il voit le Bachagha quitter la tribune d'honneur, il vacille, se disant : « Non mais, il ne va pas me faire ce coup-là. Il ne va pas partir sans prendre son pruneau dans l'une de ses tempes ou bien entre les deux yeux, là où ça ne pardonne jamais de toute façon! Non, il ne va pas me faire venir jusqu'à Colombes pour rien alors que j'ai abandonné l'Archevêque, Bazoka, Zapata. Non, non... Une malchance dans la journée suffit à son homme, pas deux... Le salaud... Où est-ce qu'il est parti? » Pisser ou faire ses ablutions puis s'installer derrière la tribune, chercher la direction de l'est, étaler son tapis de prière somptueux en pure laine du djebel Amour que l'un de ses larbins tient à sa disposition dans l'une des deux voitures qu'il utilise pour brouiller les pistes et doubler les chances de sa sécurité, de sa survie et de son immortalité à laquelle l'autre avait décidé de mettre un terme (l'autre qu'il avait pris l'habitude d'appeler, faute de se souvenir de son visage et de lui donner un surnom, impossible à trouver malgré toutes ses tentatives répétées : l'homme de soie, ironiquement, parce qu'il avait compris dès les premiers contacts que son chef hiérarchique direct était quelqu'un d'implacable, d'anguleux et de rugueux, de ripoliné à l'intérieur et de rétamé avec le cuivre de la vocation à l'extérieur, incapable certainement du moindre sentiment, rigoureux et net et cassant et sec et noueux : en un mot impitoyable), étaler donc son tapis devant lui et ostentatoirement, commencer à faire la prière (la quatrième de la journée après celle de l'aube, du matin et de l'après-midi), s'exhiber, faire le singe, étaler sa piété devant les yeux moqueurs et ironiques de ses alliés qui, dès qu'il a tourné le dos, se mettent à avoir le fou rire, à le décrire comme un pauvre clown incurable, à remettre en cause les valeurs intrinsèques de sa race. Elle était d'ailleurs trahie à l'heure qu'il est, pour quelque prébende, certes substantielle, mais dérisoire en définitive, voire inutile et même mortelle, puisqu'elle le mènerait à la mort et couperait le lien qui le retient à la vie, plutôt le câble d'ailleurs, tellement il est jouisseur, sensuel et veule. Elle était trahie donc, cette race, partie à la recherche de sa propre identité et de ses propres restes, à travers les nopals et les arbousiers foudroyés par le soleil, calcinés par la vindicte et l'alacrité, haletante et avide de récupérer son pouvoir et l'essence même de son être ravagé, déformé, désincarné et surtout déraciné, hasardant tout dans cette dernière mise, cette dernière tentative de redresser le courant des choses atteintes par l'effritement et la vétusté, décidant de venir – définitivement – à bout du mythe éclaté et brisé, certes, mais toujours érigé sur les ruines de ses décadences et de ses transhumances, surgissant de derrière la rocaille et les intempéries, cahotant au-dessus des épidémies et des génocides à la cadence des cochenilles dispersées entre elle et l'ombre de ceux qui étaient venus de très loin pour l'assaillir durant une sieste gluante où elle s'était laissé effranger par les songes comateux de la déliquescence, à travers insurrections et massacres, insoumissions et déportations massives, soulèvements et exils définitifs, coupant l'histoire à travers ses ossuaires devenus les repères indéplaçables, grattant la terre natale, celle des ancêtres, se couvrant d'escarres verglacées et salines dans un interstice d'agonie qui prenait soudainement les dimensions hallucinantes d'un gouffre, défiant le temps et l'espace grâce à la fleur de pavot qu'elle – la tribu – faisait humer à ses morts comme à ses nouveau-nés pour les habituer à l'odeur du désastre et de la calamité, courant à travers les géographies laissées et léguées par les ancêtres qui avaient tracé un chemin vers les avenues larges de l'avenir, marquant de dates ineffaçables les portulans de la résistance à l'ennemi : 1830, 1849, 1871, 1881, 1911, 1945, 1954... inscrits dans la genèse de sa préhistoire, sachant que les legs et les testaments étaient insuffisants et que, face à la force envahissante, il fallait se débrouiller et récrire l'histoire, sans hypnose ni talismans, sans signes cabalistiques ni rituels de sang, mais en faisant le

152

plus proprement possible une guerre qui lui était imposée. Race dont il avait été expulsé depuis qu'il avait été condamné à mort et que le jour de l'exécution avait été choisi expressément, car les chefs que lui – Staline – n'avait jamais vus, n'avaient pas choisi n'importe quel jour, ni n'importe quelle circonstance, mais un moment où toute la France était à l'écoute de cette finale de football. C'est au moment où, paniqué, il se décide à se lever pour aller voir ce qui se passe que revient le Bachagha avec un rien de majesté, une once de grandeur, mais la marque de la trahison clairement imprimée dans son regard de salaud... Lui, rassuré, se replonge dans le match...

... Toulouse mène le jeu. Tous les joueurs sont déployés dans le camp angevin. La défense du S.C.O. est mise à dure épreuve. Les deux compères nord-africains s'en donnent à cœur joie. Brahimi a la balle et passe à Bouchouk totalement infiltré. Attention à ses feintes de corps. Bien sûr! Voilà, il met dans le vent l'arrière droit Pasquini qui en a le vertige, contourne Sabroglia le gigantesque arrière central d'Angers, lance Di Loretto qui caresse la balle du pied et redonne à Brahimi. La balle est revenue à son point de départ. Brahimi joue en grand stratège et garde la balle le temps que ses coéquipiers se déploient à nouveau, quelle technique, mieux que ça d'ailleurs, quel art... du grand art de jouer au football. Nous sommes à la 61e minute de jeu. Brahimi renverse complètement le jeu, donne en arrière à son demi droit Bocchi accouru au bon moment pour aider ses partenaires à trouver le chemin des buts, à forcer le destin et à trouver la faille. Echange de balle entre Bocchi le numéro 4, en position d'avant-centre et l'ailier droit Dereudre qui a déjà marqué deux buts avant la mi-temps.

Le premier à la 11ᵉ minute de jeu et le deuxième à la 24ᵉ minute. Dereudre louvoie entre les rangs serrés de la défense angevine. Va-t-il marquer son troisième but? Non. Il redonne à Bocchi, complètement démarqué, là-bas, à l'extrême droite des buts gardés par le malchanceux Fragassi. Bocchi tire, à ras de terre et... oui! But! But! C'est le quatrième but du Football Club de Toulouse. But très beau et très pur. A ras de terre. Fragassi a eu beau plonger, il n'y pouvait rien décidément contre ces dieux toulousains du stade et du football. La balle est au fond du filet. Fragassi, hébété, héberlué, n'a même pas le courage d'aller la chercher. C'est l'arrière gauche Boucher qui va la récupérer douloureusement. A nouveau Toulouse creuse l'écart. Trois buts de différence en faveur des poulains de Jules Bigot. Remise en jeu par l'avant-centre d'Anger...

F.C. TOULOUSE 4 – S.C.O. ANGERS : 1

... qui part à l'attaque mais le cœur n'y est plus. Il reste quand même une demi-heure de jeu. On a déjà vu des situations plus graves et plus compromises changer du tout au tout. Mais les renversements de situation ne sont pas monnaie courante et les gars du Toulouse Football Club ne vont certainement pas se laisser faire maintenant que la victoire se dessine sérieusement à l'horizon. Surtout avec un joueur aussi transcendant que Brahimi qui a l'art de la tactique et un sens inné de la distribution de la balle. Le S.C.O. prend exemple sur le F.C. Toulouse. Il fait tourner la balle qui est maintenant en possession de Le Gall le numéro 7 angevin qui y croyait lui, puisqu'il nous avait déclaré avant le début du match que son équipe allait l'emporter car le curé de Colombes était originaire d'Angers. Mais j'ai l'impression que les vœux pieux de Le

Gall ne vont pas être d'un grand secours vu l'état des choses et vu la situation. M. le Curé de Colombes m'excusera, mais qui sait, Dieu pourrait exaucer ses vœux. Ce serait vraiment le miracle. A coup sûr si cela se produisait, toute l'équipe d'Angers irait en pèlerinage à Lourdes cet été. Mais ce n'est pas le cas pour le moment. Le S.C.O. Angers donne l'impression qu'il ne sait pas quoi faire du ballon dès qu'il est en sa possession. Ça piétine quelque peu là-bas, du côté des buts toulousains. M. Clough a l'œil partout, nous sommes à la 75e minute, Bianchieri a le ballon, il dribble Nungesser, l'arrière gauche du F.C., laisse sur place Cahuzac qui est venu s'interposer, Bianchieri fonce vers les buts de Roussel, tire... et marque... mais non! Il y a main. Dommage pour Bianchieri. Il a marqué un but qui vient d'être annulé à juste titre par l'insondable M. Clough. En effet, le numéro 10 d'Angers, dans son impatience a utilisé sa main pour marquer... Il n'en avait pas le droit mais que voulez-vous, dans la fièvre du jeu, on en arrive à oublier les règles les plus élémentaires! Roussel s'empresse de dégager en direction de...

Dès le début de la matinée, Staline avait mis en marche le feu de son affairement précoce car il était quotidiennement emmené avant 9 heures du matin, en dehors de la prison, vers les grilles dorées du Palais de Justice dont les touristes obstruaient le portail pour visiter la Sainte-Chapelle. Lui, par contre, entrait par une autre porte pour être enfermé dans le bureau du juge d'instruction, en présence de son avocat principal qui avait l'air malade tant il craignait le procès dont la machine administrative habituellement si lourde souhaitait accélérer à tout prix le rythme. Elle s'évertuait à en simplifier les modalités et s'emballait à vouloir l'ouvrir avant la clôture de la session des assises prévue pour fin juin. On réclamait sa tête. Il ne se faisait pas d'illusions et il lui arrivait souvent de consoler son avocat qui avait l'air avec son habit noir, de porter déjà le deuil. Il se réveillait tôt et mettait de l'ordre dans sa tête et dans ses notes de lecture, ses fragments d'écriture personnels, ses lettres à sa mère, sa liste d'amis à prévenir pour que le corps ne traînât pas trop longtemps à la morgue de la prison, ses papiers administratifs, enfin toutes ces bagatelles qui donnent un sens à la médiocrité de la vie, la rendent risible et ont le pouvoir ou le don de tourmenter les autorités bureaucratiques, aussi bien carcérales que judiciaires. Il y avait quelque chose du marché arabe, de la tour de Babel et d'un siège social de croque-morts en soutane de derviches tourneurs, dans la cour du Palais de Justice. C'était comme l'entrée d'une fosse aux lions, d'un four à poterie en contrebas de la plaine de la Seybouse, d'un lieu de transmutations où la voluptueuse indécision du juge d'instruction, des gendarmes qui l'amenaient et le ramenaient tous les jours (et parfois deux fois par jour, lorsque l'enquête semblait piétiner aux yeux du juge, alors qu'en fait il n'y avait rien à ajouter et rien à redire, ce qui l'amenait plutôt à s'étonner, au fur et à mesure que les jours passaient, de voir le dossier prendre du volume et de la hauteur, alors qu'il n'avait jamais cessé de rabâcher et de ressortir la même histoire sans en changer une virgule ou un point...) et même de son avocat, lui donnait des joies qu'il ne soupçonnait pas auparavant. Non qu'il eût déjà quitté le monde des vivants et celui de la réalité vécue mais parce qu'il se sentait affermi dans son choix du début, lorsqu'il avait appris la mort au maquis de son oncle et qu'il avait décidé de se battre dorénavant contre toute forme de vacuité, d'ennui, de laisser-aller et de fuite. Au fond, quand on le ramenait le soir dans le fourgon cellulaire après une journée harassante à la fois et fulgurante, il se sentait bien dans sa peau, n'enviait ni ses gardiens ni les gens qui circulaient dans les rues de l'itinéraire immuable, non qu'il fût parvenu à instaurer un dialogue réel avec le magistrat responsable de l'enquête, mais parce que la journée avait été vaincue et qu'il pensait alors à Messaouda, à cette idée ou plutôt directive qui donnait des consignes pour obliger les joueurs algériens opérant dans les équipes françaises à rejoindre Tunis, après la fin de la saison dont le point à la fois terminal et culminant était précisément cette finale de la coupe de France. Le regroupement des joueurs algériens allait se réaliser après la formation, dès le mois d'octobre 1957, d'une équipe nationale algérienne de football qui allait faire des ravages dans les stades du monde entier; il pensait à Jo le Beau Gosse, dit l'Ingénieur, dit le Savant qui n'avait peut-être jamais mis les pieds à Polytechnique comme la rumeur courait lorsqu'il était encore dans le groupe de choc, et à d'autres choses encore... Messaouda lui avait écrit des lettres désopilantes par l'intermédiaire d'un jeune cousin lettré comme lui pour lui faire accroire qu'elle ne souffrait pas de ce qui lui était arrivé. Elle lui raconta une fois qu'elle avait quitté le bidonville et était allée manifester avec les voisines en pleine ville européenne, sur le cours Bertania et s'était attardée à lui narrer un incident qui l'avait frappée. Il relisait souvent cette lettre et son avocat en avait fait une photocopie. Messaouda racontait que les femmes lançaient leurs cabas pleins de légumes pourris dans l'air et les laissaient retomber en fendant l'espace comme des grosses tortues tièdes sur la tête de la troupe étrangère. Il connaissait bien la topographie de la ville de Bône et se représentait presque la scène qu'elle décrivait avec des mots bien à elle, même si la transcription par le petit-cousin appliqué portait en elle la trahison à la fidélité d'un texte presque sacré à ses yeux.

Il s'imaginait la soldatesque, étonnée et frémissante sous la pulpe des légumes écrasés sur sa tête. Le marchand de beignets tunisien avait dû certainement pleurer en voyant l'huile qui rendait croustillants, par sa brûlure, les beignets du matin dont il avait l'habitude de grillager la pâte en son milieu, en picotant avec une sorte d'aiguillon les rebords rendus ainsi craquants et succulents, se renverser sur la tête des mécréants qui n'avaient plus le choix qu'entre deux extrêmes, mourir brûlés vifs sous les hallebardes d'huile bouillante ou battre en retraite. Un enfant qui jouait sur une terrasse avec une cage bourrée de canaris donna l'ordre à ces grands musiciens d'uriner leur eau sur les chapeaux militaires. L'ammoniaque aqueuse qui en dégouttait marqua les policiers qui essayaient de contenir l'émeute du jaune du mépris, alors que les oiseaux chantaient à tue-tête l'hymne national que le prodige leur avait secrètement appris. Rendue furieuse par cette ultime provocation, l'armée cachée derrière les boucliers en plexiglas entama des manœuvres inattendues qui prirent de court les manifestants qui n'avaient plus qu'à refluer, alors que les militaires encouragés par ce succès inespéré se mettaient à tout saccager : les cabas de légumes, les cages des canaris, la bassine d'huile du Tunisien et la tête de l'enfant ainsi décapité.

Là s'arrêtait la lettre de Messaouda. Avait-elle pris peur d'une façon superstitieuse en racontant cette horreur à son fils qui allait être condamné à mort et guillotiné? Ou simplement était-elle assaillie par une crise de larmes, pour arrêter là le processus épistolaire? Il n'en savait rien. Et quand il revint au pays après sa libération, il ne la trouva pas à la maison pour lui expliquer l'affaire de cette lettre. Elle était morte une semaine auparavant, de joie. Elle venait d'apprendre qu'il allait bientôt débarquer du bateau et qu'elle devait l'attendre au port. Elle ne résista pas à une telle demande et mourut dans la sérénité. De son fourgon et par la fenêtre grillagée, il regardait le soir commencer à tomber et passait à côté des petits squares du 14ᵉ arrondissement où les bonnes espagnoles venaient se reposer des travaux galériens qu'elles effectuaient dans les appartements qu'il voyait en levant la tête vers le ciel, mais quand il apercevait des amoureux s'embrasser aux terrasses des cafés ou sur le bitume des rues, il détournait la tête pour ne pas penser à Aline/Céline. Et cette autre lettre de Messaouda qui lui était parvenue la veille de l'ouverture de son procès : « La mort de ton père m'avait, en son temps, anéantie mais pas surprise. La mort que tu as engouffrée dans le cœur d'un mauvais homme m'a défaite mais pas étonnée. Je ne savais pas ce que tu faisais dans cette grande ville, mais depuis que tu t'étais mis à prendre tous les soirs des bains de pieds très chauds aux herbes sauvages et aux orties, j'avais compris que tu allais me quitter pour faire quelque chose de sérieux; et le jour de ton départ, je ne sais pas si tu t'en étais rendu compte, tu t'étais mis brusquement à ressembler à mon pauvre frère. Je n'étais donc pas bernée, car j'ai toujours été sûre qu'un jour tu te vengerais de notre pauvreté. Ta mère qui t'aime. » Il comprenait ainsi que toutes ces morts, y compris celle du traître qui continuait à le visiter, de temps en temps dans son rêve, soit tard dans la nuit, soit tôt dans l'aube, pour lui dire qu'il avait trop froid dans ce cimetière musulman gardé par les Français, avaient engendré chez elle une période confuse et opaque vouée à se désembuer et à devenir lisible un jour, parce qu'elle était par sa situation d'épouse, de sœur et de mère, abandonnée par ses hommes, condamnée à aller hiberner dans les sphères de l'irréalité et de

159

la transfiguration. Elle eut le courage de subir de loin la nouvelle de son arrestation, le déroulement de son procès, le verdict de sa survie, les années de son emprisonnement, sans jamais céder aux exhortations des voisines qui insistaient pour lui payer un billet de bateau afin qu'elle aille lui rendre visite. Elle avait compris d'instinct que les canaris de l'enfant décapité ne lui pardonneraient jamais une telle faiblesse qui porterait préjudice à la réputation de son fils et de son pays. C'était ce qu'il voulait qu'elle décidât et qu'elle fît. Il avait peur qu'elle ne se laissât aller à mettre des chaussures qui lui feraient mal aux pieds pour venir le voir, alors qu'elle n'en avait jamais porté, non seulement à cause de l'indifférence et de la misère, mais aussi parce qu'elle les avait très petits et très fragiles.

8

Toulouse : 4 – Angers : 2

Il ne restait plus que quelques jours avant l'ouverture du procès. Maintenant qu'il pouvait compter sur ses deux mains le temps qui le séparait de sa propre mort, il s'était mis à marcher dans sa cellule avec l'intuition qu'il allait se poser sur le vide. Ce n'était pas exactement de la peur – il s'attendait au pire – mais comme un mélange spongieux et glissant, une mixture de nostalgie et de mélancolie qui donnait à ce gouffre qu'il sentait s'ouvrir suavement entre ses omoplates, son pesant de vide. Il pressentait aussi qu'il n'arriverait plus à avancer dans les espaces dédaléens des couloirs du Palais de Justice qu'en se coulant entre les murs, les meubles, les grilles, les lieux, les gardes, les coins et les recoins. Il n'était pas malheureux non plus mais ressentait bien qu'il avait encore envie de s'attarder un petit peu plus dans les boyaux tièdes et humides de la vie, comme lorsqu'il lui était arrivé, très rarement, de s'oublier avec des amis à boire et à parler dans un bouge d'une ville quelconque et qu'il n'avait pas le cœur à s'en aller, à les quitter, à se séparer d'eux. Le mort s'était habitué à entrer à n'importe quelle heure du jour et de la nuit dans sa chambre avec une fréquence de plus en plus grande. Il n'arrêtait pas de répéter toujours qu'il faisait trop froid dans les cimetières français et suppliait Staline de lui apporter son burnous en poil de chameau qu'il aurait oublié chez quelque rombière du 8ᵉ arrondissement. Exactement au 23, rue de Tilsit. Il n'essayait même plus de lui répondre. Il le laissait chuchoter dans l'ombre du rêve confus puisque s'il ne comprenait rien aux exigences du Bachagha, il savait très bien que c'est au 23, rue de Tilsit qu'il avait perpétré son premier attentat. Maintenant, le mort devenait dans ses rêves de plus en plus exigeant. Il avait des lubies, des envies culinaires, des caprices d'enfant. Il le laissait s'installer sur sa couchette, ne prenait même plus la peine de le mettre gentiment dehors, ne prétextait aucun travail, aucune occupation ni aucune fatigue pour s'en débarrasser. L'autre ne se gênait plus. La dernière fois qu'il lui avait rendu visite, à quelque trois jours du procès qui allait clore la session des assises du tribunal de Paris, il lui avait demandé de lui masser la tempe que la balle avait fracassée à la 89ᵉ minute du match, au moment où Brahimi le numéro 7 de Toulouse marquait le sixième but pour son équipe. Il se souvenait qu'il avait été horrifié par la demande du mort et pour ne pas se fâcher et se jeter sur lui, il avait préféré mettre cette demande sur le compte de la sénilité. Il était devenu très perceptif, quelque peu susceptible, presque visionnaire, comme si on lui avait planté des antennes diaphanes et invisibles qui lui poussaient au beau milieu du centre de sa tendresse qu'il n'aimait pas trop arborer. Certains jours aux soirs imbibés de la nostalgie des oiseaux fous de l'enfance, il avait envie de pleurer sur le sort de la victime de l'attentat du stade Yves-Du-Manoir. Mais il se reprenait vite. Il savait qu'il n'y avait pas de place pour les renards chez ceux qui se mêlent de refaire l'histoire. Il se sentait fragile, prenait n'importe quel rhume qui passait, sentait ses poumons se froisser, s'effriter et pelucher, à tel point qu'il croyait que ses gardiens en

164

venant l'emmener chez le juge d'instruction, n'avaient aucune peine pour voir, à travers sa peau, la transparence de ses os. Parfois, en dormant, il rêvait de planer comme les hirondelles du bidonville, au-dessus des toits du monde râpés par l'usure des siècles et la mauvaise foi des hommes politiques, écaillés par les vents de l'univers et les bouleversements de l'histoire. Mais il n'avait jamais peur. Se sentait plutôt soulagé d'avoir porté pendant deux longues années les responsabilités dont il avait été investi par l'Organisation. Petites opérations ponctuelles contre toute une racaille algérienne tenant le haut du pavé parisien, acoquinée avec la flicaille et les Renseignements Généraux, qu'il fallait mettre au pas, à qui on devait imposer les nouvelles lois internes du mouvement révolutionnaire, et parmi laquelle il devenait nécessaire de temps en temps de faire un exemple. Amener le coupable dans une décharge et l'abattre d'une seule balle car les munitions faisaient cruellement défaut, sans parler des armes qu'il fallait voler dans les magasins des armuriers et stocker dans les caves de la mosquée de Paris où il avait ses entrées, parce qu'il travaillait bénévolement à y réparer la plomberie. Descentes-surprises dans certains hôtels où habitaient les membres d'une organisation rivale qui avait ses accointances avec la police française. Collectes harassantes des cotisations d'un bout à l'autre de la région parisienne. Moments où il avait honte de voir ces pauvres ouvriers sortir d'en dessous de leurs matelas pourris leurs maigres économies et les lui remettre avec des mots d'encouragement, des excuses parce qu'ils ne pouvaient offrir plus. Filatures interminables à travers le dédale parisien, avec très peu de moyens, alors que ceux qu'il traquait, changeaient de moyens de locomotion plusieurs fois par jour, trafiquaient des plaques minéralogiques des voitures qu'ils utilisaient, ne se gênaient pas pour descendre dans le ventre du métro et

165

le semer, lui, ombre cachée dont il soupçonnaient la présence mais qu'ils n'arrivaient jamais à voir. Règlements de comptes prévisibles mais nécessaires pour assainir le secteur qui lui était imparti. Ville traversée dans tous les sens, balisée, répertoriée dans ses moindres détails, ses aléas, ses charivaris saisonniers ou autres (architecturaux, circulatoires, décoratifs, etc.). Rendez-vous compliqués où les rapports sont impliqués dans une stricte nomenclature implacable qui va vers l'essentiel : éliminer tout ce qui est charnel, humain, fraternel, car il y va de la réussite de l'entreprise et qu'en face, l'ennemi a d'énormes moyens, tant intellectuels que matériels. Basse besogne. Haut lignage. Péripéties abracadabrantes. Evénements tragiques... Morts de compagnons de route. Défections inattendues (celle de Jo lui a fait tellement mal). Retournements de situation. Contacts avec les Français courageux, allant à contre-courant de leur pays et parfois de leur peuple ignorant des désastres de l'histoire malgré ce qu'il avait subi lui-même, encore tout récemment, de génocides, de massacres et de déportations massives. Quand il était étendu sur son matelas au kapok humide et infect, il lui semblait qu'il se reposait sur le tapis volant de ses ancêtres frustrés de leurs savoirs et de leurs inventions. Le sens de l'orientation commençait à brouiller ses pistes, à lui donner les moyens de l'extra-lucidité permanente. Malgré l'étroitesse de la pièce où il attendait la mort, il se sentait tout à coup capable de se promener les yeux fermés, dans n'importe quelle ruelle du grand monde dont il avait pressenti la vitalité et la beauté lors de ses périples à la recherche de ces hauts lieux de l'architecture musulmane. Entre Tunis et Fès, Damas et Le Caire, il avait suivi à la trace ce qui avait jalonné son enfance et qui avait complètement disparu de son paysage natal. Les Turcs avaient tout déboulonné et les Français avaient fait pis. Mais ces états ne duraient pas

166

longtemps, harcelé qu'il était par le juge d'instruction qui voulait comprendre pourquoi il avait agi ainsi et, surtout, pourquoi il avait ce comportement dont l'indifférence constituait pour lui une énigme. Il s'empressait alors d'accrocher ses idées à des lambeaux de préjugés tenaces et vieillots, se rabattait souvent sur l'unique graphisme qui était accroché au mur lépreux qui lui faisait face – il s'agissait évidemment de la reproduction de la statuette étrusque qu'il avait achetée au stade de Colombes et qu'il croyait être d'origine thrace ou byzantine – et à force de regarder l'athlète dont le bronze grenu le fascinait, il avait fini par en connaître le tour et le détour; très tôt le matin, quand il faisait sa gymnastique, il se surprenait à prendre la position du vainqueur de coupe, aux pieds ailés, avec ses brodequins relevés derrière les talons et taillés en biseau. Il remarquait de plus en plus et au fur et à mesure que le procès approchait et qu'une certaine fébrilité s'emparait de lui – il ne pouvait pas le cacher – tant il voulait être clairvoyant dans sa démarche et strict dans son analyse des phénomènes qui l'entouraient ou qu'il subissait ou qui intervenaient à n'importe quel niveau de sa vie carcérale, que l'objet, reproduit médiocrement d'ailleurs, acquérait une quantité, une pesanteur et une densité qui se mobilisaient sur le papier peint en bleu polychrome et donnait une direction à son itinéraire, un sens à sa vie de prisonnier reclus dans le quartier de très haute surveillance, dans cette cellule où Pierrot le Fou avait gravé ses derniers poèmes à travers les veines de la matière effilochée, et où, plus tard, il avait été remplacé par ce vieillard anguleux et glabre qui avait organisé de véritables génocides avec la tranquillité du technocrate qui s'imposait le respect des normes d'exécution du travail, génocides dont ses juges, ses gardiens et ses geôliers n'avaient pas tiré les conséquences qu'il fallait. Sinon, se disait-il, je ne serais pas là, en train d'attendre qu'on m'étende sur la guillotine. L'ample ouverture des bras brandis triomphalement, le mouvement de danse esquissé par les jambes, la coupe débordante de produits impossibles à discerner avec précision, tout dans cette statue lui donnait des ailes. Il voulait, en l'achetant il y a presque un mois à une vieille tricoteuse hargneuse et peu aimable, avoir un objet qui puisse lui rappeler cette journée qui avait défoncé la porte jusquelà verrouillée de son destin, mais il ne pensait pas du tout que ce symbole du mouvement et de la liberté allait l'aider à supporter la pauvreté carcérale et sa médiocrité. Il constata d'abord avec terreur puis avec un quotidien bonheur, la coïncidence qu'il y avait entre cet acte libérateur qu'il avait commis au cours de ce match de football gagné par le Football Club de Toulouse (6 à 3) contre le Sporting Club olympique d'Angers, et ce déferlement fantastique du bonheur, de la joie et de la passion de l'athlète étrusque (ve siècle avant Jésus-Christ) qui galbait ses muscles, les faisait saillir et bander, d'autant plus que le travail de l'artiste anonyme s'épanouissait littéralement grâce à l'accumulation du temps sur ce corps plus que deux fois millénaire. Ces marques musculaires constituaient à ses yeux des agglomérats de détails capables d'entrer dans une durée qui rapprochait le corps de l'athlète de son propre corps, tellement il était sensible (l'habitude aidant, la statuette faisait partie intégrante de son petit monde familier, peut-être au même titre que le carton dans lequel il rangeait ses habits et qui portait une marque de lait suisse le faisant rêver des heures, alors qu'il n'avait jamais visité ce pays, ni vu ses vaches, ni entendu leurs cloches travaillées artisanalement et coulées généralement dans le bronze, le même qui avait servi à la fabrication de la sculpture étrusque) au dépôt sur la matière érodée par les siècles, de sédiments superposés, devenus équivalents dès que la loi de la gravitation entrait en fonction grâce au découpage de la lumière, à sa réfraction ou diffraction selon l'angle qu'elle prenait, et patinant le métal d'une couche oléagineuse de derrière les temps et les époques qui donnaient au moindre objet, à l'ustensile le plus insignifiant et à l'instrument le plus courant une valeur inattendue et invraisemblabe, mais qui contribuait grâce à l'amalgame entre la créativité et le vieillissement, la nature et la culture à lui révéler la formation et même l'organisation de l'histoire de l'humanité, autant – peut-être – que l'invention de l'écriture et les grandes découvertes si bien scientifiques que philosophiques que géographiques. Cette petite reproduction, punaisée et qui commençait déjà à jaunir, donnait à ce lieu où il dormait, mangeait, travaillait, déféquait, écoulait son temps, une gravité et une densité qui le stupéfiaient par moments, car mis à part le symbole que l'athlète portait en lui, c'est-à-dire la victoire qu'il considérait, par rapport à sa cause à lui, comme inéluctable, il ne comprenait pas pourquoi cette sculpture était devenue le centre de gravité de son intelligence, de ses sentiments et de sa force. Il lui arrivait de la décoller du mur et de regarder au verso. Il ne pouvait alors s'empêcher de relire toutes les inscriptions imprimées sur le carton, verticalement et transversalement :

Socle d'un brûle-parfum étrusque :
VAINQUEUR DE COUPE AUX PIEDS AILÉS.
Début du Vᵉ siècle avant Jésus-Christ.
Bronze. Hauteur : 18,7 cm.

Bibliothèque nationale.
Monnaies, médailles et antiques.

Puis retournant le bristol, dans le sens de la longueur :

Venus des lilas et de l'arbousier aux épines rouges,
voici que montent maintenant, en oblique, les oiseaux
venus aussi des roseaux de la berge de la Seybouse
impétueuse, limoneuse et en constante ébullition. Ces
nuées (grèbes, courlis, milouins, rouges-gorges, mésan-
ges, mouettes et hirondelles) tombent dans les filets
fabriqués avec des fils électriques prélevés sur les
poteaux d'éclairage et qu'ils tendent lui et ses copains,
quand les soirs d'été et de printemps derrière les
bosquets s'embrasent brusquement et affolent les
oiseaux somnambuliques et végétant dans les soleils
couchants balisés de sang et de glaise. Les enfants vont
les vendre aux Français qui à cette heure-là arrosent
leurs jardins. Il n'est pas une seule personne dans le
bidonville qui mettrait en effet le moindre sou dans
l'achat de telles futilités : tout le monde en élève
et on ne sait plus qu'en faire. Les Français eux en achè-
tent parce qu'ils ne savent pas les entretenir. C'étaient
les seuls moments où ils pouvaient, lui et ses petits amis,
s'approcher de leurs maisons, et aussi les seuls moments
où ils sentaient en eux une certaine tendresse et une
certaine humanité. En outre ils pouvaient gagner quelques sous, sans trop de peine, et en passant des heures
délicieuses à guetter les impardonnables merles et autres
sansonnets éblouis par le miroir qu'il était le seul à
détenir et à savoir manier avec une dextérité qui avait
fait sa réputation dans tous les bidonvilles et dans tous
les quartiers misérables de Bône. On venait – il s'en
souvenait chaque fois qu'il passait près du marché aux
fleurs, situé sur les quais, durant le parcours qui
l'amenait de la prison de Fresnes au Palais de Justice –
le consulter sur son art de manier le petit miroir qu'il
polissait avec beaucoup de soin et d'attention. Il n'avait

aucune explication toute faite à proposer, mais il était toujours prêt à descendre vers le fleuve, portant sa nacelle en fil de fer électrique et son miroir pour donner des cours pratiques et faire des démonstrations sur place. Il avait toujours été habile de ses doigts et n'avait fini dans la plomberie que, lorsque une fois son brevet obtenu, il avait été écarté du lycée et dirigé vers un centre d'apprentissage professionnel où il devint très vite un excellent artisan. Vocation précoce et prédestination vers d'autres destins où le plomb (sa mère ne l'avait-elle pas initié à lire l'avenir sur les arêtes triturées des structures de plomb fondu et plongé dans l'eau, se stratifiant, squelette argenté aux mille sinuosités et implications ouvrant le monde occulte et le mettant à portée de tout le monde?) allait jouer un grand rôle. Aussi bien dans la vie que dans sa mort prévisible, bien que l'oracle, acculé par sa mère et harcelé de questions, n'ait pas voulu répondre très clairement à ce sujet. A huit ans passés, il eut la preuve que les Français n'avaient pas dans la tête quelque ressort diabolique qui leur permettait d'être les plus forts, les plus intelligents et les plus riches. Il comprit, lors de cette période fabuleuse de l'enfance où il allait leur vendre des moineaux, les rouges-gorges et les canaris, qu'ils étaient simplement d'un côté du couteau et lui et les siens de l'autre. Confusément, il saisissait qu'ils étaient les plus forts parce qu'ils s'étaient forgé les armes dont ils disposaient actuellement, alors que les siens se cantonnaient dans un passéisme qui l'agaça pour la première fois, à quatorze ans, lorsqu'un vieillard fit devant lui l'inventaire de tout ce que les Arabes avaient apporté à l'humanité. Il y fourra même la boussole qu'il savait chinoise. L'enfant se permit d'apostropher le vénérable adulte disant : « Mais ce n'est pas pour autant que nous fabriquons des bombes atomiques. Eux si. » Il se souvenait de cet âge dit ingrat où il fut tout simplement

171

infect avec tout le monde. Il décida de ne plus vendre d'oiseaux aux étrangers, de ne plus même en chasser pour son plaisir, d'être le premier en français et en mathématiques en classe de quatrième et de garder ses distances, tant vis-à-vis des bonimenteurs de l'âge d'or que des défaitistes de tout poil. Il poussa la provocation jusqu'à séduire la fille du directeur et à passer en conseil de discipline pour outrage aux bonnes manières scolaires. Il révisait ses leçons dans les trois mètres de verdure que soignait sa mère et restait là lorsque le soleil juxtapose des ombres portées à tout ce qui fait de l'ombre aux épouvantails squelettiques du jardin, c'est-à-dire : les lattes de la vieille palissade vermoulue, cabossée, moussue, effilochée, les fragments de clôtures que sa mère en guerre pacifique et rusée avec les voisins déplaçait chaque nuit pour essayer de gagner quelques centimètres; les cannes criblées d'espaces et ajourées, à claire-voie, à ciel ouvert; les cordages massifs en forme d'échelle se perdant dans les nuages du ciel; les accumulations d'objets hétéroclites à demi rongés par la rouille de la mer; les cuirs friables comme des tamis noircis de moisissures; les tuiles savonnées par la mousse humide de la misère; les seaux à lait en bois, rafistolés tant de fois par Messaouda qui s'en servait pour traire sa vache et qu'elle finissait par jeter dans l'ortie du jardin, etc. C'est à cette époque qu'il s'était mis à avoir du goût pour le football.

... Football traître finalement, car alors que les buts toulousains ne paraissaient pas menacés, Sabroglia sur-prend tout le monde en récupérant un ballon presque aimanté au pied gauche de Di Loretto, avec une facilité déconcertante due certainement à un relâchement dans les rangs du Football Club de Toulouse qui menait

jusqu'alors par quatre buts à un, est trop confiant, alors que le jeu reste ouvert. Sabroglia se déchaîne donc, soustrayant la balle à Di Loretto qui reste médusé sur place, comme choqué par tant de désinvolture et de morgue de la part du capitaine d'une équipe écrasée littéralement à tous les niveaux de jeu et par l'avalanche des buts. Sabroglia lance Schindler qui lui remet le ballon. L'arrière central du S.C.O. Angers fait une feinte de corps, attire vers lui l'arrière toulousain Boucher et lui laisse le ballon. L'arrière droit emporté par son élan frappe sèchement la balle qu'il voulait dégager et marque contre son propre camp alors que Roussel, le goal des blanc et bleu, n'a pas esquissé le moindre geste croyant que Boucher était bien placé pour lui donner la balle par une petite passe précise, ou carrément dégager ses dix-huit mètres, ou mettre tout bonnement en corner ou en touche. Donc Angers marque un deuxième but, grâce à l'amabilité de Boucher, mais en fait Sabroglia a bien calculé son coup et acculé ce même Boucher à faire une grosse erreur impardonnable.

F.C. TOULOUSE : 4 – S.C.O. ANGERS : 2

Ce but a été marqué exactement à la 83ᵉ minute, contre le cours du jeu, par l'arrière toulousain contre son propre camp. La différence maintenant n'est plus que de deux buts. Ainsi l'écart se resserre. Ce mauvais coup du sort peut être le déclencheur d'un renversement brutal de la vapeur... Le Toulouse Football Club ne méritait pas ça, et Jules Bigot gesticule là-bas d'énervement. Il y a de quoi. Attention au laisser-aller. 84ᵉ minute de jeu. Le Toulouse Football Club part à l'attaque rageusement. Il y a de l'électricité dans l'air et le jeu est très beau. Très belle combinaison là-bas entre Brahimi et Dereudre. Bouchouk met dans le vent tous les adversaires qui

173

essayent de le contrer ou de lui enlever le ballon. Il s'arrête brusquement. Sabroglia fonce sur lui, mais trop tard. Bouchouk démarre vertigineusement. Il laisse Sabroglia sur place. En fait de même avec Pasquini. C'est le tour de Kowalski. Cela va très vite et ça chauffe pour les buts d'Angers. On voit Fragassi s'affoler là-bas. Le Gall avait raison tout à l'heure de dire qu'il voyait un signe favorable dans le fait que le curé de Colombes était originaire d'Angers. On ne sait jamais. Il faut croire aux miracles quand on joue au football. Les augures y ont été pour quelque chose dans ce but de Boucher contre son camp. Un vrai but miraculeux. Mais les Angevins n'ont pas l'air de savoir en profiter. C'est plutôt Toulouse qui attaque de partout et de tous fers. Cela sent le but et la pluie. Il y a des nuages qui commencent à apparaître dans le ciel jusque-là immuablement bleu. Le ballon est toulousain pour le moment. On a l'impression que les poulains de Walter Presch courent derrière des ombres insaisissables. Dereudre a le ballon, passe en arrière et sans regarder à Bocchi qui a marqué le quatrième but pour Toulouse, très gracieusement. Quelle souplesse ce garçon et quelle détente. Le voilà qui lance la balle d'un coup de tête puissant. Elle échoue dans les pieds de Rytkonen le grand Finlandais démarqué qui abat discrètement beaucoup de besogne. Passe de Rytkonen à Bouchouk qui dribble Bourrigault, le demi de terrain adverse et tire à ras du sol, sèchement. Fragassi est à la parade mais il a du mal à attraper le ballon. Va-t-il y parvenir? La défense du S.C.O. Angers se regroupe. Attention. Fragassi bloque mal la balle. Elle lui échappe. Il essaye de la rattraper mais elle est déjà entre les pieds du numéro 9 du F.C. Toulouse, l'Argentin Di Loretto...

Le juge d'instruction veut savoir exactement quand

Staline a tiré à travers le tissu de sa poche l'unique balle qui allait tuer le Bachagha. L'inculpé a l'air de ne pas comprendre qu'au bout de plus de trois semaines d'enquête, on en soit encore là. Il n'en sait d'ailleurs rien. A une minute près, les choses sont difficiles à décrire avec une telle précision. Le juge insiste en reposant sa question qui tourne depuis quelques jours à l'obsession. Quand avez-vous tiré? A la 89ᵉ minute, lorsque votre compatriote a marqué le sixième but, ou une minute plus tard, c'est-à-dire au moment où, à la 90ᵉ minute, l'arbitre avait sifflé la fin de la partie, ne jugeant pas utile de faire jouer une minute et trente secondes de temps perdu, ce qui avait scandalisé les supporters de l'équipe d'Angers, alors que ceux de l'équipe gagnante, en l'occurrence Toulouse, hurlaient leur joie et envahissaient le terrain? Auriez-vous tiré à ce moment-là, donc à la 90ᵉ minute, en profitant de ce grossissement incroyable du brouhaha? Il était incapable de répondre car pour lui entre le moment où il vit Brahimi marquer le but et le moment où il tira, il n'y eut pas d'écoulement important du temps. Quelques secondes ou une éternité. Il ne pouvait pas le préciser. Et lui assis en face du juge, avec à sa droite son avocat, se disait : « Mais qu'est-ce que ça va changer dans l'affaire, cette minute de différence. 89ᵉ minute ou 90ᵉ minute? C'est la même chose. L'essentiel, c'est que j'aie tiré. L'essentiel aussi, c'est que je ne l'aie pas raté. J'ai eu peur quelques minutes avant, car pour la deuxième fois il avait quitté la tribune, c'est-à-dire juste après le cinquième but de Toulouse à la 85ᵉ minute et le troisième but d'Angers à la 88ᵉ minute. Il s'était absenté donc durant trois minutes. Je n'avais pas besoin de raconter des histoires. Là, j'ai eu réellement peur. Mais quand j'ai tiré, à une minute près, je ne le saurai jamais... » Puis s'adressant directement au magistrat : « Dites-moi, monsieur le Juge, quelle différence cela fait-il si on est guillotiné à 5 h 33 ou 5 h 34, pour celui qui est allongé sur l'horrible machine? Pensez-vous qu'il y a vraiment une différence? » L'autre ne s'attendait pas à une telle sortie. Il en bleuit. Bafouille. Regarde l'avocat sollicitant son secours, mais le défenseur de Staline refusait toute aide. Il ne tenait pas à se compromettre avec un juge aussi maniaque. Le magistrat finit par dire : « Mais vous n'êtes pas encore condamné. Nous ne pouvons préjuger du verdict du jury qui est souverain. Lui seul décide. J'essaye de mener l'enquête le plus rigoureusement et le plus méticuleusement, dans votre intérêt. Vous devriez lui expliquer, Maître, que chaque détail a son importance... Le témoignage de la vieille dame qui a vendu la carte postale à votre client n'était pas défavorable... Bien au contraire... » Et lui, se parlant à lui-même, soliloquant, reconnaissant qu'il avait été injuste avec elle. Il ne s'attendait pas à ce qu'elle prît sa défense. « Un monsieur très distingué et très poli. Et en plus, il a du goût monsieur le Juge! On n'en voit pas beaucoup des gens comme lui, et qui se comportent aussi bien dans ce stade. Des voyous, des excités, des sportifs de gradin. Quoi! Non, vraiment. J'ai été étonnée par cette politesse. J'ai tout de suite vu qu'il avait de la classe. J'étais sûre qu'il choisirait la reproduction d'art étrusque. Personne ne l'achète. Ils préfèrent acheter la reproduction du stade. Ou celle des équipes, ou celle des joueurs les plus célèbres. Et surtout des gradins... Là où ils étaient assis. Pour aller raconter, dans les cafés, une fois qu'ils sont rentrés... » Et lui : « Sympathique la vieille. Mais toujours bougonne. Elle en sait quelque chose. Quand elle a raconté que son fils avait mon âge au moment où il a été décapité par les Allemands, l'autre n'en menait plus... Me Stibbe, lui, avait l'air soudain ahuri, non, pas exactement, comblé, extasié... Et le voilà maintenant qui recommence avec son histoire de minute. 89ᵉ? 90ᵉ? Disons entre les deux. Non, il n'est pas plus satisfait là non plus. Il n'y a plus qu'à le laisser parler. Jusqu'à ce qu'il se fatigue. Je pourrais demander à rentrer à la prison. Je n'ai plus rien à dire. Inutile de le vexer, il est trop susceptible et peu sûr de lui... Je n'ai qu'à dire à la 89ᵉ minute. Au moment où – oui c'est cela – il va être content. » Soudain il lève le doigt, comme pour demander la parole. Du coup, il se trouve idiot. Se rappelle Mlle Peretti et la guerre du béret. Puis leur réconciliation. Puis l'élimination du béret. Il l'avait planté sur l'un des épouvantails de sa mère qui avaient l'air franchement ridicules à garder à peine trois mètres de persil, de coriandre, d'herbes fines et de menthe. Il se souvenait qu'il s'était rasé le crâne pour lui exprimer son amour muet. Evidemment qu'il était amoureux d'elle. Tous les autres d'ailleurs. Elle était fluette et avait les yeux violets quand elle se mettait en colère. Il regarde le juge. Ce dernier a l'air tout étonné de le voir lever le doigt. Moment de confusion. Mᵉ Stibbe intervient énergiquement. « Monsieur le Juge, mon client veut parler. » Le magistrat plonge le nez dans l'épais dossier comme s'il craignait une nouvelle sortie de Staline, puis dit du fond d'un monde fait en papier : « Je vous en prie. Je vous écoute. » Et l'autre de murmurer : « Je crois bien que c'est à la 89ᵉ minute, monsieur le Juge. » Le magistrat lève les yeux, à la fois reconnaissant et triomphaliste : « A la bonne heure, mon garçon... Voilà qui est précis. » Mais il est tout de suite repris par ses doutes : « Vous êtes sûr, au moins? » Là, les yeux de son interlocuteur jettent une flamme qui crépite dans ses pupilles. L'autre comprend qu'il a tout gâché. Inutile de continuer. Il décide que l'entretien est terminé et, à sa façon, bat en retraite. Staline se lève le premier.

Puis le voilà arrivé au terme du mirage. Il a envie de galettes de là-bas avec du beurre rance et de la graisse séchée. Il a envie de l'odeur du chèvrefeuille que sa mère a planté dans un crâne de chat. Il a envie des oiseaux de son enfance qui vont plus vite que les nuages lorsque la lagune est brouillée par la brume du matin, quand l'été éclate et que se multiplient les mariages dans le bidonville. Il avait tout dit mais rien cédé. 89 ou 90. Quelle différence. Il était venu à bout des mirages mais eux s'y enlisaient. Demain sera bleu ou violet comme les yeux de Mlle Peretti. L'essentiel, c'est que même lui parti, le matin sera là, dans le jardin de sa mère qui en faisait toute une histoire de ce carré chétif où pousse l'herbe de la démesure. Messaouda en avait une personnalité! Mais les oiseaux se moquaient bien de ses épouvantails plus faciles à supporter que l'insecticide des colons déversé sur les champs, du haut des petits avions jaunes réquisitionnés à l'heure qu'il est pour parachuter des objets piégés et des colis trompeurs dans les maquis de tout le pays embrasé et que personne ne pouvait vaincre. En rentrant à Fresnes et en passant devant la Conciergerie, il se rendit compte qu'un employé municipal avait remis l'horloge à l'heure. Bon signe, se dit-il. La guillotine tranchera proprement. L'histoire ne sera pas en retard. Il pensait déjà à son cercueil et se rappela l'anecdote que lui racontait Jo dit l'Ingénieur, lorsque le cercueil contenant le corps de son frère resta suspendu en l'air parce que la grue était tombée en panne. Il eut le fou rire. Ses gardiens se regardèrent. Ils crurent qu'il était devenu subitement fou. Mais il riait tellement bien qu'ils finirent par l'imiter et le pressèrent de leur raconter l'histoire. Il refusa. On ne raconte pas d'histoires comme ça à quelqu'un qui s'enchaîne à vous et garde les clefs dans sa poche. Immoral. Il riait de plus belle, se souvenant tout à coup des tics de chacun du groupe. Bazoka passait son temps, lorsqu'il guettait sa proie, à se renifler les aisselles qu'il se lavait plusieurs fois par jour! L'Archevêque avait le don de ponctuer ses phrases par des « Tu m'as bien saisi ». Voulant dire : « Tu m'as bien compris. » Zapata était mythomane. Il racontait qu'il était riche et qu'après la guerre, il donnerait toutes les terres de la famille à la Révolution triomphante. En fait, il était comme lui et n'avait pas de père. Yucatan, quand il réfléchissait à quelque chose, se mettait à poser la main droite sur le côté droit de son front, puis la main gauche sur le côté gauche de son front et ainsi successivement et mécaniquement. Vespa passait sa vie à pétarader avec sa bouche. Il lui arrivait souvent d'embrayer alors qu'il marchait à pied. Il s'arrêtait alors et s'excusait. Jo n'avait aucun tic mais il parlait beaucoup de cette panne de la grue qui portait le cercueil de son frère. Il se disait : « Pourvu que la guillotine ne tombe pas en panne. Que ce soit propre au moins, leur barbarie! » Il redoublait d'effort pour arrêter ce processus mécanique mais le souvenir de l'homme de soie le fit carrément s'écrouler sur la banquette. Ses gardiens n'en menaient pas large. Ils avaient l'air idiot. Et quand il se calma et qu'il reprit ses esprits, il le leur dit. Sans aucune rancune. Il les méprisait trop. Ils le savaient et l'admiraient pour ça. Arrivé dans les parages de la prison, il se disait qu'avec la tombée du soir les hautes murailles perdaient de leur hargne habituelle et il sentait les mains des gardiens devenir très molles. Leurs yeux baignaient dans une ambiguïté végétale, sans aucune turbulence ni aucune insomnie. Lui laissait faire, à travers une flaccidité orange, l'effet de l'anesthésie qu'il s'appliquait à faire durer, jusqu'au jour de son exécution. Il laissait faire et naviguait en haute mer. Lui avait de la mer plein les poches, avec les clés de son petit tiroir où il rangeait quelques livres. Il avait de la mer plein la tête, clapotant dans les armoires de sa mémoire où il avait déjà tout rangé en attendant sa mort. Moment béni parmi tous quand il traversait la petite cour attenant à sa cellule, au retour du Palais de Justice et sentait dans l'air crépusculaire l'odeur de sa mère. Elle était analphabète mais dictait de merveilleuses lettres au petit-cousin appliqué. Car elle en savait des choses : répertoires fabuleux de proverbes comme des raccourcis grésillants de sa propre peau fendillée de vieille femme aux doigts craquelés par les travaux de jardinage et la lessive des voisins. Le matin, elle se réveillait très tôt et avait toujours les yeux frileux, été comme hiver. Malgré les peines et le chagrin, elle safranait le monde alentour avec le pollen de son rire. Quand elle pétrissait la pâte avec ses doigts à claire-voie, sa voix s'apaisait et le tatouage qu'elle portait au milieu de la figure s'enroulait laineusement autour de son front laiteux. Il mettait du temps et traînait les pieds pour arriver jusqu'à la porte de sa cellule isolée et étanche. Il se souvenait d'elle. Elle n'aimait pas dire un mot inutile mais harcelait le temps de peur qu'il n'aille plus vite que son cœur. Une fois dans la cellule, il sentit comme une biffure qui gommait jusqu'à ses gestes à elle. Le temps de retrouver ses murs et, à nouveau, il se souvenait de soirs de juin de là-bas, lorsque les fenêtres deviennent couleur d'aubergine et que les marchands qui vendent le poisson à la criée, ont des voix à l'envers. Une vie se dit-il. Toute une vie et il sent comme une pluie qui continue à creuser ses sillons sous le verre des vertèbres. L'opacité s'épaissit et vient à bout de la large muraille encerclée de fil de fer. Le tain de toute une vie, et son haleine se plaque sur le miroir de son être. Vastes réseaux d'interférences multiples. Tout s'enchevêtre à travers ce labyrinthe de fin de journée. Il pleut dehors. C'est une ondée. Il le sait aux voix des gardiens qui deviennent moins rocailleuses. Tout s'enchevêtre. Là-bas. Ici. Il se souvient d'automnes faramineux où les murs moussent comme le savon à barbe du petit matin, où le pourtour des êtres abrités sous les parapluies en soie s'effrite sous l'effet du déluge automnal et où ses petits pieds clapotent dans une flaque d'encre verte lorsqu'il pense à sa passion pour Mlle Peretti. Il entend presque les rues du centre-ville de Bône s'ébrouer. Il voit presque un chat qui les traverse en crânant, entre bateaux de port et dentelle de ville quasi interdite à ses promenades d'enfant arabe et quand il revient dans son quartier après l'orage, il voit des nageoires qui brassent l'éternité avec les hélices du ventilateur planté au beau milieu du salon de coiffure tenu par un agitateur politique notoire et marié à une belle juive de Bou Saada. Il fut tué tout de suite, dès le début de l'insurrection et sa femme devint l'infirmière d'un maquis voisin. Elle avait abandonné ses enfants à sa belle-famille qui ne l'avait jamais acceptée. Dehors, devant la prison, une sentinelle en hèle une autre. Il est question de cigarette. L'air printanier de la journée est maintenant humide, aussi perçoit-il ces voix lointaines. Il ne dîne pas mais dit au gardien qui lui apporte son plateau : « Dis donc Albert, qui est le prisonnier ici? C'est moi ou toi? » L'autre reste interloqué. Il le regarde stupidement. Puis, il lui tourne le dos et remporte le plateau tel qu'il l'a apporté : intact. Puis, avant de tirer le verrou, il dit en appuyant sa bouche contre le judas : « Au juste, je ne sais pas trop! »

9

Toulouse : 5 – Angers : 2

... 85ᵉ minute de jeu donc et Fragassi ne peut bloquer correctement le ballon que lui adresse Bouchouk. Di Loretto est là au moment opportun, il reprend la balle et marque tranquillement alors que toute la défense d'Angers est « de sortie » et que le gardien des buts du S.C.O. est par terre, ses bois absolument vides. C'est le cinquième but du Football Club de Toulouse qui s'est repris deux minutes après ce mauvais coup du sort amenant l'arrière droit toulousain à marquer contre son camp à la 83ᵉ minute. La revanche des hommes menés par Pleimelding ne s'est pas fait attendre longtemps, juste deux minutes durant lesquelles les avants de pointe tels que Dereudre, Rytkonen, Brahimi, Bouchouk et Di Loretto ont fait des prouesses et un ou deux miracles. Avant ce cinquième but de Toulouse, tous les attaquants de l'équipe ont mobilisé la balle, multiplié les passes, les changements d'aile, les permutations, les tirs secs et répétés dans toutes les positions et les situations. On avait l'impression que l'équipe de Toulouse jouait avec plus de onze équipiers tant ces derniers savent se dédoubler, se démarquer, aller s'il le faut vers le ballon, feinter, dribbler et tirer au but. Depuis deux minutes nous avons assisté à la pulvérisation du S.C.O. Angers dont le moral est très atteint

*après ce cinquième but. Alors qu'il ne reste plus que cinq
minutes à jouer. Donc :*

TOULOUSE F.C. : 5 – S.C.O. ANGERS : 2

*Ce handicap de trois buts est lourd à rattraper. Il faut
maintenant qu'Angers marque quatre buts s'il veut l'emporter... en l'espace de quelques petites minutes. Autant
dire que c'est arithmétiquement parlant une impossibilité.
Le Gall doit en vouloir au curé de Colombes : il n'a pas
bien fait son travail de magicien. Il est vrai que quand on
a en face de soi des djinns tels ce Brahimi et ce
Bouchouk, les Dieux du football sont insondables. N'a
pas la baraka qui veut... Les deux Nord-Africains doivent
porter à leur cou des talismans efficaces et des amulettes
infaillibles. Le Gall aurait dû leur demander la recette au
lieu de compter sur les prévisions et la bénédiction du
curé de Colombes, bien qu'originaire du pays. Mais trêve
de plaisanterie. Si Toulouse mène, Angers – par contre –
n'en mène pas large! C'est le cas de le dire. C'est
Pleimelding qui doit être content. Il va pouvoir tenir la
promesse qu'il a faite à sa maman de gagner la coupe
pour la lui offrir symboliquement comme un cadeau pour
la Fête des mères. Pendant que je vous racontais ces
petites anecdotes dont nous autres journalistes sommes
friands et qui donnent au football son côté humain,
touchant et pathétique, les Angevins ont déjà effectué la
remise en jeu. Ce cinquième but ne semble pas trop les
démoraliser. Ils ont l'air d'en vouloir et repartent à
l'attaque comme si de rien n'était. Le jeu est très ouvert.
Balle croisée de Bourrigault sur Schindler qui recroise sur
Loncle avancé presque à l'intérieur des buts toulousains
mais attention : Tison est en position de hors jeu!
M. Clough siffle. Et je vois le juge de touche lever son*

186

drapeau. C'est indiscutable! Tison n'a pas l'air content. Il
proteste gentiment d'ailleurs, pour la forme... En effet, il
est convaincu qu'il a tort. C'est de bonne guerre quand
même! Dégagement de but de Roussel sur Pleimelding
qui donne de la tête une balle aérienne à Bocchi... Bocchi
qui a créé une petite sensation tout à l'heure, à la
61ᵉ minute exactement, lorsqu'il a quitté son poste de
demi pour aller marquer le quatrième but de Toulouse, en
décontracté. Mine de rien. Comme ça. Gentil garçon ce
Bocchi... Donc le ballon est toujours en l'air. Bocchi se
détend et d'un coup de tête imparable dévie la balle sur
Rytkonen qui court le long de la touche et...

Certains jours, il fallait faire des descentes dans les
hôtels, les réveiller, les obliger à écouter, les menacer,
les exhorter, les supplier, les insulter, leur lire les
dernières directives, exiger d'eux qu'ils payent sur-
le-champ les cotisations en retard, les sortir de leurs lits,
hagards et hirsutes, se grattant continuellement les
flancs et le dos, somnambuliques, presque insouciants à
cause – certainement – de la pression du sommeil, leur
distribuer des tâches, leur donner des consignes, faire
appel à la religion pour les séduire, les récupérer avant
que l'on soit obligé d'utiliser les grands moyens, en
abattre un ou deux pour l'exemple, quand, à bout de
patience, à bout d'arguments et à bout de forces, on
entend l'un d'entre eux, certainement une grande gueule
qui veut en imposer aux autres et à lui-même, baragoui-
ner un refus ou une justification, ou tenter de gagner du
temps en disant : « On envoie tout l'argent à la famille.
Comment voulez-vous qu'on fasse? » Lui sait pertinemment que c'est vrai. Mais ce n'est pas avec les mandats
qu'il envoie que sa famille va échapper au massacre.
Peut-être qu'à l'heure où il essaie de faire le malin, il n'a

187

déjà plus de famille, emportée par la bourrasque de la guerre impitoyable qui se déroule au pays ratissé, mis entre parenthèses, bombardé, écrasé dans le sang, entouré de fils de fer barbelé, en voie d'extermination totale et de disparition. Comment lui expliquer qu'il se fait des illusions? Qu'il n'y a pas de famille qui tienne! Que lui aussi a une mère. Que l'Archevêque dit la conclusion a perdu sa femme et ses enfants sous les bombardements au napalm? Mais il n'y avait pas que lui qui se trompait. Au début ils avaient tous très peur et ne croyaient pas que l'Organisation était capable de se battre avec l'ennemi dans son propre pays, de porter la guerre jusqu'au centre de ses grandes villes. La plupart étaient sceptiques ou franchement hostiles. Non, il n'était pas le seul à ne pas vouloir voir les choses en face. Les débuts du groupe de choc qu'il dirigeait avaient été difficiles. Très difficiles. Il avait fallu en déblayer des préjugés, des peurs, des méfiances et pour cela, il avait fallu utiliser les exécutions, les menaces, les mutilations du nez ou des lèvres et surtout il avait fallu balafrer les plus indécis, ceux qu'on était sûr de pouvoir récupérer un jour, et éliminer tout simplement toute une frange de petits voyous, de hauts proxénètes, de minables trafiquants de drogue, d'éminents racketteurs et d'autres parasites qui avaient mis cette pauvre communauté en coupe réglée. Non bien sûr, il n'y avait pas que lui qui tombait dans le traquenard de la compromission. D'autres étaient tombés – autrement – dans un grand cri, d'échafaudages très hauts, les yeux cernés par l'horreur du vide, frileux avant la chute, tout visqueux après, dans une explosion de lumière alors qu'il pleut, qu'il pleut sur les villes, sur les passants, sur les chantiers, sur les madriers, sur les supports aériens et sveltes, sur les ballots de fil de fer, sur la terre glaise, sur les engins lugubres. Mais il pleut toujours et la violence primitive

188

cède à la langueur, mêlant peu à peu l'eau et le sang qui
gicle du crâne disloqué, affligeant les yeux d'une cécité
prémonitoire et clignotante. Ils étaient raides et endor-
mis, comme chus de quelque galaxie en béton, déplacés
à l'avant du vide et du vertige, agiles et agités, toujours
au bord du gouffre, de la catastrophe et de la mort que
le contremaître désigne avec un doigt autoritaire, vidés
à l'heure qu'il est de leur sang, de leur chyle et de leur
salive, essayant – en vain – d'esquiver la misère, la
décomposition et la mouise, cardant le temps comme
on carde une laine trop molle et inconsistante, chus de
centaines de mètres à travers câbles et structures, empêtrés dans la pâte douteuse de la vie qu'on veut leur
imposer et mourant dans le désespoir le plus total pour
échapper aux chambres fétides dans l'aube glacée, aux
cuisines faméliques des marchands ambulants de soupe
froide, aux chambres d'hôpital où on les abandonnerait
à la merci de la tuberculose, de la silicose, de la
psychose et de l'artériosclérose. L'autre bredouillait
qu'ils n'avaient pas d'argent, envoyé dans son intégra-
lité à la famille, s'en lavait un peu les mains de
l'Organisation, de la lutte entamée et qu'on n'allait pas
abandonner après tant de morts, de blessés, de fous,
d'exilés, de déportés, de guillotinés, de prisonniers. Eux
se lavaient les mains à la fin du travail, avec une
patience qui faisait rire leurs compagnons de peine et de
chagrin comme une sorte d'ablution dont le souvenir
n'était qu'un atavisme camouflé, une sorte de mécanique de l'habitude, tournant à vide, désespérément. Une
habitude qui n'avait plus sa raison d'être. Mais ils
continuaient à préparer leurs repas sous les lits, en
cachette des propriétaires (tels que ce Bill, assez malin
pour s'être reconverti dans la politique, jouant sur les
deux bords mais avec l'autorisation de l'Organisation le
tenant à l'œil quand même et qui après, certainement,
rentrera au pays pour jouer au héros et ne manquera

pas d'ouvrir un grand restaurant de luxe), sur de minuscules fourneaux de fortune, dans des marmites cabossées ou des poêles rouillées ou des casseroles fendues, et rescapés – tous ces ustensiles de fortune – du dernier déluge, du dernier déménagement, ou du dernier chamboulement. Malgré la guerre, ils continuaient à aller de chantier en chantier comme attirés par la sveltesse des grues, leurs couleurs vives et leurs techniques sophistiquées. Ils toussaient leurs poumons dans le papier crayeux des sacs de ciment. Ils allaient et venaient sans idée préconçue ni précise. Et d'autres – il y en avait toujours un pour jouer les durs – bredouillant des prétextes familiaux, pensant certainement que l'Organisation ignorait les problèmes ou que les gens qui y luttaient n'avaient aucun sens de la famille. Il fallait alors les faire taire à coups de gifles, tant la rage de les voir hésitants, froussards et égoïstes le rendait fou car il savait qu'après de telles réactions violentes de sa part, il aurait des remords, des insomnies et un sentiment désastreux de culpabilité tenace et pernicieuse. Tâches ingrates certes et rances et nauséabondes mais qu'il se devait d'accomplir pour mieux creuser le lit de l'Organisation dans leur propre misère et leur propre ignorance. Il leur expliquait alors comment d'autres y avaient laissé leurs yeux, leurs jambes, leurs testicules et leurs cervelles, et comment ils avaient fini dans les asiles, les prisons, les corsets métalliques, les camisoles de force et les prothèses en plastique. Il leur répétait que d'autres encore y avaient perdu leurs peaux bouillies par l'acide corrosif et détergent, ou avaient brûlé dans les fours à gaz, à charbon, à mazout, à pétrole, à chaux, à huiles lourdes, à airs incandescents ou à induction. Puis d'autres encore qui avaient été malmenés, écrasés, assassinés, déportés, emmenés de force à la guerre, ravalés, renvoyés, méprisés, haïs, brimés, exécutés, exacerbés, noyés, mutilés...

Le magistrat lui sortant des tracts, presque en cati-mini, appelant à la violence et disant : « Vous ne pouvez pas nous dire qui a rédigé ce texte... C'est une incitation au meurtre... C'est grave vous savez! » Et lui ne répondant pas, utilisant le dialogue intérieur et en abusant peut-être, se disant : « Mais il est con ce type. Je revendique l'exécution – pas le meurtre, attention! Il y a une nuance fondamentale et essentielle, c'est-à-dire il y a tout ce réseau abstrait, philosophique, voire métaphysique qui sépare l'acte criminel de l'acte politi-que, le délit crapuleux de droit commun de la revendi-cation lucide et consciente d'une position... Mais c'est pas la peine de lui expliquer tout ça... J'ai tellement perdu de salive avec les autres, mes propres frères et ce n'était déjà pas facile à leur faire rentrer dans la tête les thèses politiques de l'Organisation... Alors avec lui, ce n'est même pas nécessaire... Il a son arsenal de lois... – Je revendique d'avoir tué le Bachagha et il parle d'un tract incitant au meurtre..., » Et le juge d'instruction s'adressant cette fois-ci à l'avocat : « Mais pourquoi ce surnom de Staline, Maître? Il ne veut pas l'expliquer. Il dit qu'il l'a trouvé dans le bottin ou l'annuaire télépho-nique ou l'Encyclopédie universelle... Il se contredit tout le temps... Ce surnom cache certainement une obédience politique... Votre client a-t-il déjà adhéré à un parti communiste? Là-bas ou ici? » Et lui se disant : « Il ne veut quand même pas que je lui parle de l'oncle Boucherit... Non, quand même. Il me croira même pas. De toute façon, il n'en est pas question. C'est trop intime. Les bains de pieds. Le monde qu'il a traversé pour la Compagnie des chemins de fer. Sa passion pour la bouteille... Ses tracts de même format que celui que le juge vient de sortir comme si c'était une arme de

191

guerre, après un mois d'instruction... Non il va pas me rendre fou. L'oncle les sortait de sa sacoche. Tandis que moi j'en faisais l'ânonnement... Son sourire qui éclairait son visage... son poing levé... son " Vive Staline "... Et quand il était bien soûl, il rentrait très tard en hurlant *L'Internationale,* malicieux qu'il était, rien que pour provoquer le muezzin qui l'avait depuis longtemps désigné à la vindicte populaire... Et l'autre qui veut savoir l'origine de ce surnom... Strictement intime. Zone de mon cœur interdite aux fouilles, aux insinuations et aux indiscrétions... » L'avocat le regarde. Rien. Regarde le juge. Dit : « Je pense, monsieur le Juge, que c'est un surnom pris au hasard... Ça ne recouvre strictement rien. » Le juge, bougon : « Vous savez, votre client n'a pas l'air de faire beaucoup de choses au hasard. C'est une tête organisée. Il ne nous dit pas la vérité. C'est regrettable. Le procureur de la République n'aura pas beaucoup de difficultés à convaincre le jury que cet homme est dangereux. Tant pis... » Et lui toujours monologuant intérieurement : « Il ne s'arrête qu'aux détails. Heureusement. Cela me permet de faire oublier l'Organisation... 89e ou 90e minute. Ce tract banal à phraséologie commune et stéréotypée de tous les révolutionnaires du monde. Mon surnom. Voilà tout ce qui le préoccupe alors que, pendant qu'il radote, l'Organisation continue à opérer. Le coup d'hier est signé Bazoka. C'est sûr. Il a sa méthode propre, ce type. Un style bien à lui. Je le connais bien... ou plutôt pas du tout. »

Cela n'avait pas été facile de mettre de l'ordre dans toute cette humanité exploitée et anarchique, soumise et déracinée... Il fallait beaucoup de patience. Noyauter les mansardes sordides et les hôtels non moins sordides dans lesquels ils vivaient parqués comme du bétail. Ne pas se laisser surprendre par les contrôles policiers incessants. Repérer tout de suite les mouchards irrécupérables et les égorger dans les terrains vagues. (Pas assez de munitions parfois pour leur offrir le luxe d'une balle dans la tête...) Ils n'avaient pas l'habitude. Il n'y avait pas de traditions. C'était nouveau. Une vraie bourrasque ce novembre 1954 qui arrivait comme ça sur le pays et dont les ondes de choc s'étaient propagées jusque de l'autre côté de la mer. Au début, ils ne voulaient pas comprendre. Ensuite ils n'y comprenaient rien. Mais au bout d'un an de travail intensif, ils avaient tous compris, assimilé, digéré. Il fallait, après, les retenir. Ils voulaient trop en faire. Il fallait calmer leur zèle et leur demander de s'organiser entre eux, de s'entraider, de cotiser régulièrement et d'aider l'Organisation chaque fois qu'elle en avait besoin. Forcément, au début, ils n'en voulaient pas de cette organisation. Normal. A vivre dans des bidonvilles avec leur tôle ondulée fissurée et dégoulinante de pluie ininterrompue comme si elle faisait exprès de tomber beaucoup plus abondamment et beaucoup plus violemment qu'ailleurs, comme si elle faisait exprès de mouiller plus le parpaing des pauvres que les quartiers chics, par exemple, ou la banlieue résidentielle coincée entre bois et étang, mirage effleurant flou et tremblé leur imagination; avec leurs bicoques recouvertes de papier goudronné transformé en papier à cigarettes au bout de quelques heures de pluie diluvienne ou de quelques jours de crachin interminable; avec leurs toits toujours en train de se décoller et qu'il faut amarrer à l'aide de grosses pierres afin qu'ils tiennent une nuit, le temps d'épuiser les cauchemars et de se remettre au travail; avec leurs portes et leurs fenêtres attachées avec des bouts de ficelle, des fils de fer, des épingles à linge, du papier collant, etc.; avec leurs maisons toutes de guingois, comme récalcitrantes, faisant la nique au monde entier mais ouvertes au vent, aux tempêtes et aux cyclones; avec leurs cordes à linge, usé jusqu'à la trame et séchant pour la frime alors qu'il pleut des hallebardes grosses comme des pièces détachées d'une usine quelconque où le rêve se coince irrémédiablement pour treize heures de temps; avec leurs enfants atteints de rachitisme et se traînant dans la gadoue noire; avec leurs égouts verdâtres à ciel ouvert zigzaguant à travers les bicoques rouillées, humides et gluantes où les petits pêchent à l'aide de boîtes de sardines quelque gourmandise arrivée des quartiers des autres; avec leurs encombrements, leur surnombre et leur surcharge où les mansardes exiguës abritent dans une ou deux pièces des dizaines de personnes percluses de rhumatismes l'hiver, brûlant – l'été – au feu des radiations solaires qui arrivent par ondes vrillantes non pas du ciel mais des autres toits recouverts de papiers bitumeux, de lattes caoutchoutées et de morceaux de mica, etc., qui attisent l'incendie dès qu'il y a un rayon de soleil en plus aveuglant les yeux, disposant des papules en travers des paupières corrodées par l'infrarouge alors qu'à l'extérieur les rues tortueuses se soumettent à l'électrochoc des ondulations grises, des vibrations métalliques et des harcèlements cuivrés qui dessèchent les narines des invalides béatement cloués à leurs bancs, faisant prendre le soleil à leurs plantes, cultivées subrepticement dans les bidons en zinc (menthe, basilic, coriandre, haschisch, etc.) avec leurs cohortes de fantômes calamiteux, grincheux et mal réveillés de 4 heures du matin, marchant à la queue leu leu avec des précautions de Sioux allant pointer à l'usine située à l'autre bout du monde; avec leur toux explosant dans leurs bouches écarlates, rouge garance clinquant à cause des zébrures faisant des cratères dans les poumons rafistolés tous les ans par des infirmières inattentives à la détresse fulgurante des galetas encrassés dans la mémoire brisée et rêche à l'heure qu'il est; avec leurs odeurs de thé frelaté, de houblon acide et d'entrecuisse nauséabond se mêlant au milieu des carrefours en plaques solides et douloureuses; avec leurs gosses scrofuleux fourvoyant leur malice dans les dédales de la mythologie assimilationniste; avec leurs charlatans aux testicules moites dès que le temps est plus tiède que d'habitude; avec leurs tireurs de cartes et de tarots taraudant de leurs insanités les masses nostalgiques d'un retour hypothétique; avec leurs ventriloques embusqués à l'affût de quelques proies crédules pour les délester de leurs fantasmes et de leurs sous amassés patiemment dans la fumée pestilentielle des aubes blafardes; avec leurs dompteurs impavides apprivoisant les tortues, les pigeons, les libellules, les punaises, etc., en leur faisant sauter des murs de la mort... en papier glacé; avec leurs haridelles baguenaudées et peintes au musc et au henné, traumatisées par la topographie scabreuse déchaînant des espaces insoupçonnables et hirsutes s'embobinant autour des segments, des droites, des ellipses, des arcs de cercle, des diagonales et des perpendiculaires pénétrantes; avec leurs marchands de 404 d'occasion au moteur coulé mais à la carrosserie nickelée, rutilante et lisse dans les tons agressifs rouge étal de boucherie ou jaune fauve ou vert emphatique, atout majeur et signe de suprême prospérité aux yeux de ceux qui utilisent leurs congés payés pour capturer, grâce aux rayons de leurs pare-chocs astiqués, quelque vierge bônoise prise de berlue; avec leurs faussaires bedonnants fabriquant de fausses cartes d'identité, de faux passeports et de faux permis de séjour qui ne servent à rien et que n'importe quel contremaître reconnaît avant même qu'ils soient exhibés; avec leurs muezzins à l'abri derrière leurs bouteilles de rouge, en rupture de Dieu et en rupture des hommes, engoncés dans des soliloques pacifiques cuisant leurs viscères au

195

feu du remords; avec leurs prophètes annonçant d'ultimes apocalypses, de fausses couches et de mauvais présages; avec leurs écrivains publics en profitant pour écrire des romans-fleuves puisqu'ils sont payés à la ligne; avec... Et eux, ses copains à lui, continuant à lui en vouloir d'être parti pour faire de la politique, continuant à améliorer leurs tours de passe-passe, répétant dans leur langue forgée de toutes pièces à la lueur des quinquets crachotant une fumée épaisse : il ne pourra jamais rien comprendre de sa vie mais il n'entreprendra jamais ce voyage, ah! l'idiot, s'il pense qu'il va pouvoir y aller comme ça, impunément, sans dégâts, sans trépanation, sans amnésie, il se trompe lourdement. Non, mais! quel idiot et il croit qu'il va jouer aux terroristes alors que nous jouons aux dominos ou aux dames, il ne sait pas qu'avant son départ nous faisions exprès de perdre pour ne pas le vexer, ne pas lui laisser faire la tête et l'empêcher de boycotter l'antre, car nous tenions à lui en cette mauvaise période où les visiteurs se faisaient rares et que s'il s'en était allé nous n'aurions plus eu d'adepte aussi fidèle faisant la navette entre les usines Durafour et la boutique, délaissant son insupportable mère et sa ribambelle d'oiseaux braillards, odieux et voraces, pour nous assiéger, profiter de nos connaissances ultra-scientifiques et de notre stratégie infaillible aux dominos. Mais qu'est-ce qu'il croit? Il n'a jamais entendu parler des bidonvilles pour les gens de son espèce, éternels naïfs. Non, mais! Au fond, c'est un faible, il vient se réfugier auprès de nous mais il n'apprend rien. Quel âne bâté! et nous aussi, avec lui, à perdre notre temps au lieu de faire la chasse aux tarots forant profondément les plaques de graisse vermoulues et moisies parce qu'elles n'ont pas été tournées plein sud depuis longtemps. A perdre notre temps au lieu de. Et eux, dépités, s'en retournaient vite à leurs occupations préférées : refaire le monde parmi l'arôme des épices, l'effervescence des perruches et autres colombes auxquelles ils tenaient un autre langage de leur invention, sorte de morse, tout en nuances, en délicatesses et en quarts de ton, recevoir leurs visiteurs dont le signe de ralliement est un poème tarabiscoté composé collectivement par les trois (ou quatre) – personne n'a jamais su, si le marchand d'épices était un complice déguisé sous des dehors mercantiles ou un commerçant confiant dans les méthodes publicitaires les plus en pointe et les utilisant comme rabatteurs de clients-lascars – se garer de l'optimisme ambiant en inculquant à leurs transfuges des cours de lucidité tranchante et sans bavure, ravaler leur anxiété ouverte sur l'avenir du pays comme une plaie vive s'entêtant à ne pas se refermer, à s'agrandir même.

Les voisins de Messaouda faisaient entendre leurs plaintes trop près de ses oreilles chaque fois qu'ils la surprenaient sous le néflier. Ils voulaient qu'elle parte servir de témoin au crépuscule de ce nœud extrême de l'imagination du juge d'instruction qui n'ayant plus rien à dire, s'éteignait maintenant, à la fin de chaque entretien entre un curieux mutisme et l'insinuante accusation concernant les dons machiavéliques, prophétiques, visionnaires et ironiques de son inculpé. Par contre la mort du Bachagha occupait dans la fiction extravagante des habitants du bidonville bônois la même terrible étendue que le désert vitrifié du Hoggar. Ils mirent bien des jours avant d'en être convaincus, à l'exception de la vieille mère qui pressentait déjà un tel événement avant même qu'elle n'ouvrît sa porte intime pour expulser son fils dans la continuité des jours, et qui allait l'amener à un tel acte d'héroïsme. Au fond, bien que fiers de la prouesse de leur voisin, ils mirent bien du temps avant de laisser mourir – dans leur esprit – le traître abattu au stade de Colombes. Ainsi l'homme avait mis bien des jours à mourir dans sa mort même, à se teindre de la couleur verte de la tranquillité, bien après son décès. Cette bizarrerie ne pouvait s'exprimer que pour la simple raison que personne parmi eux ne pouvait imaginer le Bachagha baignant dans une mare de son propre sang et cela parce que les journaux qui en parlaient ne publiaient que des photos de lui le représentant bien vivant et souriant, sur le pied de guerre où à cheval, bardé de toutes ses décorations françaises. C'est pourquoi personne n'arrivait à voir cet homme qui en imposait et dont le regard farouche les effrayait jusque dans leur sommeil, sous forme de cadavre, totalement envahi par la végétation laineuse de la mort, qui avait arrêté la circulation de sa moelle à l'intérieur des os. Le Bachagha continuait quand même à graviter à l'intérieur de leurs esprits, parmi les immenses dynasties familiales de la vieille féodalité qui s'était accrochée à l'envahisseur et n'avait jamais contracté que des alliances maritales avec d'autres chefs de tribus, aussi vendus les uns que les autres et qui, lorsqu'ils avaient choisi la carrière militaire, revenaient souvent avec des galons complaisamment octroyés et des blondes alsaciennes, fades et boursouflées qui ne parlaient même pas français et finissaient, grâce à leur persévérance, à les convertir au christianisme et à les baptiser à l'âge où d'habitude, les mécréants recevaient plutôt l'extrême-onction. Mais Messaouda ne se tracassa pas tant pour le transbordement de la vie à la mort de celui qui allait être la cause de l'exécution de son fils. Elle disait quand la douleur la clouait à son lit : « Dieu n'aurait pas dû me faire ça. Je n'en ai pas d'autres. » Cela vexait les voisines accourues à son chevet dès qu'elle s'enroulait dans les draps usés de la lassitude parce qu'elles étaient prolifiques et avaient des ribambelles d'enfants dont elles ne savaient que faire dès qu'elles les avaient sevrés et ne leur donnaient plus leur lait. Quand Messaouda eu fini d'exhaler une rancœur qui atteignait son paroxysme au fur et à mesure que le verdict approchait et que la sentence allait tomber, d'un moment à l'autre, elle se forçait alors à dire ses regrets en constatant qu'elle avait accablé ces pauvres femmes de moqueries et d'insinuations plus ou moins perfides. L'atmosphère de susceptibilité qui tissait comme un brouillard dans l'immense bidonville, mit en évidence chaque acte, chaque mot, chaque geste et chaque mouvement esquissé, dit, chuchoté ou clamé publiquement. Ces informations sur la situation qui prévalait dans le quartier et particulièrement dans l'entourage de sa mère, le remplissaient d'abord d'une sorte d'étonnement et de surprise, ensuite d'une forme de mélancolie qui occupait la quasi-totalité des après-midi qu'il avait passés dans le box des accusés tout au long de son interminable procès qui ne dura pourtant qu'une petite semaine. Cette nouvelle donnée qui l'amenait forcément à penser que le caractère de sa mère se gâtait, introduisait entre lui et les choses et les circonstances de son procès des distances qu'il lui était impossible de combler, fût-ce en s'intéressant de temps à autre au déroulement de ce grand bavardage où vinrent témoigner en sa faveur un grand philosophe dont le strabisme l'avait désagréablement surpris, la vieille gérante du kiosque à journaux qui l'avait amusé parce qu'elle n'avait pas cessé de tricoter durant toute la durée de son intervention comme si elle avait posé comme condition essentielle à sa présence le droit de continuer à tricoter pendant sa déposition, et un jeune homme français et timide qui avait agacé le président du tribunal en déclarant qu'il se sentait le frère de cet homme qu'il avait vaguement rencontré dans un jamboree scout autour du lac de Constance. D'autres personnes plus nombreuses crachèrent leur témoignage contre lui. Le Russe blanc de chauffeur de taxi qui l'avait conduit au stade de Colombes, en faisait naturellement partie! Il réprima un fou rire parce qu'ils gesticulaient plus que les ventilateurs des canicules bônoises et racontaient des balivernes, à contre-courant de l'histoire. Quand on amena les victimes de l'attentat du *Milk Bar* commis à Alger, qu'on faisait rouler sur des petites chaises, il eut envie de raconter comment la troupe décapitait les enfants qui portaient des cages de canaris, certes irrévérencieux, mais somme toute pacifiques, malgré l'égouttement jaune de leur eau mêlée à leur urine. Mais il se ravisa et ferma les yeux pour ne pas penser à d'autres cauchemars. Il ne se pardonnait pas l'idée que le caractère rieur de sa mère avait tourné à l'aigre par sa faute, comme il s'amusa bien quand le procureur public qui demandait sa tête s'emmêla les pieds au moment où il en vint à parler du fameux Slimane, personnage fictif et qui n'avait jamais existé. Le bourreau dut être déçu en apprenant par la radio que le responsable de l'attentat de Colombes avait été condamné à la réclusion perpétuelle. Une moitié de la salle applaudit. Une autre siffla. Son avocat lui sauta au cou mais lui fut presque déçu. Il avait pu tenir dans sa cellule pendant cinq semaines et s'organiser une vie tranquille et sereine, mais maintenant qu'il allait végéter pendant des années, il se demandait s'il tiendrait le coup. Il fut content pour Messaouda et se dit qu'après tout elle allait, peut-être, retrouver sa bonne humeur et son caractère enjoué.

Le second dimanche se passa pour le nouveau condamné comme un dimanche de potache consigné pour avoir trop chahuté au dortoir. Il se déroula comme une boucle sinueuse épousant les méandres d'un ennui mis sous vide à l'intérieur de la cloche en verre qu'était devenu son corps. Il fit très chaud. Juillet plombait les toits avec les scellés de ses rayons infrarouges. Il fit la sieste et sentit tout en dormant d'étranges canaris soyeux se poser sur le rebord de son sommeil diurne. Il se réveilla, le front imbibé de sueur et pensa à l'urine des oiseaux qu'il avait chassés et lâchement vendus aux étrangers qui habitaient dans des maisons opulentes de l'autre côté de la Seybouse. Un nouveau gardien antillais à l'aspect paterne ouvrit la porte de sa cellule à 16 heures pour la promenade de l'après-midi. Il lui dit qu'il était heureux de faire sa connaissance, qu'il était fier de lui serrer la main et prêt à lui rendre tous les services sauf celui qui consistait à l'aider à s'évader, à cause de la nombreuse famille qu'il avait laissée de l'autre côté de l'océan Atlantique. Il crut réentendre les explications des ouvriers qui, au début de l'implantation de l'Organisation, rechignaient à payer leurs cotisations et gémissaient des prétextes qui ne tenaient pas debout. Pour bien se payer sa tête, il lui dit qu'il était prêt à lui signer un autographe pour son fils le plus âgé, resté là-bas. Mais au fond de lui-même, le nouveau condamné éprouva de l'orgueil à voir son nom et son action passer de la gloriole d'un pays à celle d'un continent un peu trop vaste pour sa modestie. Mais il décida de travailler le nouveau surveillant antillais sur le problème de l'indépendance de ses îles Caraïbes. En même temps, il resta sur ses gardes, se demandant s'il n'était pas un mouchard introduit par l'administration pour obtenir de lui ce que ni les policiers de Colombes ni le magistrat du Palais de Justice ni même son pauvre avocat n'avaient pu lui arracher. Il tint bon jusqu'au dimanche suivant. Au fond, il avait l'impression que les jours du Seigneur assignés par la mythologie chrétienne, étaient doublement vides et se les imaginait sous la forme d'un réceptacle qui recueillait tout l'ennui de la semaine et dont le niveau atteignait son maximum dès l'aube de ces jours où l'immobilité des choses était plus absorbante que d'habitude comme une matière spongieuse qui n'en pouvait plus de boire ce qu'il considérait comme une liqueur visqueuse à la fois et épaisse, presque solide. C'est ce jour-là qu'il mit le gardien antillais à l'épreuve. Il lui demanda de lui acheter une cage en fer forgé de Tunisie et qu'on pouvait trouver dans certaines boutiques de Juifs sépharades qui ont pignon sur la rue des Rosiers. Le lendemain, il eut sa cage. Il l'accrocha à un barreau de la fenêtre et se mit à la regarder en patientant jusqu'au dimanche suivant. Il aurait certainement pu réduire l'intervalle des jours mais comme pour les cigarettes lorsqu'il était libre, il s'imposait là aussi une discipline qui, dans son esprit, servait au fond à raccourcir le temps. Le dimanche suivant, il exigea du camarade antillais l'achat de deux perruches, un mâle et l'autre femelle. Le lendemain, il fut surpris de voir les deux oiseaux voleter au-dessus de son plateau sur lequel était posé son infect dîner. Le gardien complice riait aux éclats et aux larmes. Il avait de quoi être fier. Les deux perruches avaient des couleurs qu'il n'avait jamais soupçonnées tant elles étaient le résultat d'une combinatoire de tons très éloignés les uns des autres. En plus, il avait été affolé par la distribution des teintes sur le corps de ces oiseaux qui, avec la reproduction de la statuette du vainqueur de coupe aux pieds ailés, allaient donner à son ravissement une causalité qui n'était plus à mettre en doute et dont l'ensemble de déterminismes qui la constituent, la tissent et l'ordonnent n'était pas de pure subjectivité. Il ne demanda pas à son ami – encore qu'il hésitait toujours à lui coller ce qualificatif lourd de sens et de conséquence – pourquoi il n'avait pas apporté de quoi nourrir les deux perruches atteintes d'une bavardise qui le mettait dans des états d'extase si longtemps refoulée. Il décida de patienter jusqu'au dimanche suivant et en attendant, il leur octroya toute sa portion de pain, à peine suffisante à leur faim colossale tant elles se donnaient à une virtuosité inimaginable qui ne cessait jamais parce qu'elles n'avaient plus le repère naturel du jour et de la nuit à cause de cette lumière rachitique et incolore qui pendait éternellement du plafond. Les deux perruches s'arrangeraient pour se relayer au moment du sommeil, c'est ainsi qu'il put vivre dans un parfait bonheur d'autant plus grand que le délai du dimanche suivant le rassurait, surtout que les jours grâce à cette astuce, se dévoraient, se télescopaient et se précipitaient à une vitesse incroyable. Le dimanche d'après, il fut déçu de voir l'Antillais lui passer à travers le judas deux sachets en plastique remplis de millet et rester derrière la lourde porte blindée pour attendre la réaction du prisonnier. « Salaud! » lui lança-t-il de l'intérieur, « tu me frustres d'un désir... Je n'ai plus rien à te demander. J'en ai pour un mois de nourriture. » A ce moment le gardien noir entra, hilare, sa casquette entre les mains : « Dis donc frérot, tu oublies que tu vas avoir besoin de médicaments pour tes oiseaux et d'un ou deux gobelets d'eau! Et quand tu auras épuisé tout ce qui est nécessaire pour élever tes perruches, tu auras toujours le moyen de défaire la cage et d'en refaire une autre encore plus belle et plus chantante. » Il fut fou de joie et pour la première fois tomba dans les bras de son gardien. Ils se congratulèrent. Le pacte fut signé. Il ne lui restait plus alors qu'à avoir peur du jour où l'Antillais serait remplacé par un Corse ou un Français catarrheux et bilieux. Les deux perruches occasionnaient des désastres et renversaient le temps qu'il leur consacrait. Il les libérait pendant de longues heures et quand elles chahutaient de trop, il les remettait dans leur cage tunisienne. Mais cela ne se passait pas sans poursuites affolantes qui l'occupaient de longues heures et permettaient à l'Antillais d'en profiter pour entrer dans sa cellule et s'y enfermer, jusqu'à ce que, inondés de sueur, rendus fous furieux et morts de fatigue, ils s'assissent tous les deux sur la paillasse et fumassent la même cigarette. C'est à ce moment-là, une fois les deux espiègles perruches sous les verrous et jactant leur désapprobation que l'Algérien disait à l'Antillais : « Dis donc, Narcisse, quand est-ce que tu vas faire comme moi et venir me remplacer ! » L'autre en avait les yeux révulsés et le regardait avec accablement. De honte, il se taisait de longues minutes. Staline en profitait pour lui décocher une autre méchanceté : « Ne me raconte surtout pas que tu as une nombreuse famille, parce que moi je suis fils unique ! Mais réponds-moi, est-ce que tu as déjà entendu parler d'une grande île à la floraison caoutchoutée, à la luxuriance sucrée, aux entrailles nickelées, larguée au large des Caraïbes, et à ce qu'y font un grand nombre de barbus ? »

10

Toulouse : 5 – Angers : 3

Un jour, alors qu'il était en train de défaire la cage aux perruches, Narcisse vint lui annoncer l'arrivée dans le quartier de haute surveillance, d'un révolutionnaire algérien répondant au surnom de Slimane l'Assaut. Il n'en avait jamais entendu parler, mais il se dit que le juge d'instruction spécialisé dans les affaires des militants algériens devait se frotter les mains puisqu'il avait enfin localisé le fameux Slimane qui n'avait jamais été retrouvé pour la simple raison qu'il l'avait inventé! Il lui écrivit sur-le-champ une missive qu'il confia au gardien antillais dans lequel il avait maintenant une confiance totale. Son surnom l'intriguait par sa clarté et son obscurité et il l'eut aussitôt en haute estime. Le courrier fonctionna bien mais Slimane l'Assaut eut moins de chance. Il fut vite jugé, condamné à mort et exécuté dans la petite cour spécialement aménagée pour de telles besognes. Narcisse passa le jour de l'exécution dans la cellule de Staline. Il avait perdu sa noirceur. Vomi toutes ses tripes. Pleuré. Staline essaya de le raisonner. Il craignait que l'autre ne quittât son emploi et ne le laissât en proie à la zizanie des perruches et au triomphalisme de l'athlète étrusque. A eux deux ils décrétèrent un deuil et mirent un voile noir sur la cage des oiseaux. Narcisse dès le lendemain, partit aux nouvelles. Slimane l'Assaut était mort courageusement. Staline en disant qu'il n'y avait pas d'autre choix choqua l'Antillais qui, pour la première fois, se mit en colère : « C'est trop dur ce que tu dis là... La peur est une chose naturelle, toi, tu m'agaces avec ton orgueil. » Il le laissa parler, se calmer et lui dit : « Tu dois comprendre ça... Avec ta peau et ton uniforme de gardien de prison français... Tu te rends compte, que tu es ridicule! C'est pas une affaire d'orgueil mais de dignité... C'est lui qui a pris sa revanche sur eux et non le contraire... Qui est-ce qui se cache derrière sa cagoule dans ces cas-là... Réfléchis, Narcisse! » L'autre ne voulait pas. Il répétait. « Tu es trop dur. » Il s'en alla. Le laissa seul. Cette nuit-là, il eut peur de mêler au goût de l'aliment le condiment du sang et ne dîna évidemment pas, et ne ferma pas l'œil non plus. Dans son insomnie et le silence des perruches enfermées dans le noir, il lia aux perceptions de son corps devenu plus réceptif et plus susceptible le souvenir de la vingt-septième nuit du Ramadan au cours de laquelle sa mère sacrifiait un coq de son étroite basse-cour en lui tranchant la tête d'un coup de coutelas bien aiguisé, alors qu'il maintenait le volatile et l'empêchait de trop bouger. Au cours de cette veillée funèbre, il lui arriva de somnoler légèrement et c'est dans cette confusion entre l'état de veille et l'état cataleptique qu'il s'avouait à lui-même, en gémissant et en se retournant sur sa couche, qu'il avait une moitié du corps en chair et l'autre moitié en bronze identique à celui dans lequel avait été coulée la statuette étrusque. Il ne cessait d'accumuler les tensions, et cette ambiguïté qui émanait de son propre corps, le faisait terriblement souffrir. Il savait que Slimane l'Assaut, à travers leur correspondance clandestine encouragée par l'homme noir qui veillait au grain, comme une sorte de sorcier africain déguisé avec les oripeaux de la civilisation des Blancs, n'avait pas de mère et qu'il avait une conception suicidaire du terrorisme qui lui valut son surnom. Mais l'accumulation de cette tension lui donnait l'impression d'être parcouru d'ondes sonores électrisées, comme si les traces liées au sang que dégorgeait cette horrible enceinte s'imprimaient dans ses entrailles, les ciselaient, les vitrifiaient du sel cristallisé qu'on utilisait chez les barbares, non pour relever le goût des aliments mais pour saupoudrer les blessures des martyrs. Il se trouvait dans l'obligation de ne céder ni à la surprise que peut provoquer en lui une exécution capitale même s'il l'attendait inéluctablement ni à l'affliction dont il n'aurait pas voulu lui-même, au cas où il aurait été condamné à mort, car il avait le sentiment trouble et diffus que cela aurait mis Slimane l'Assaut dans toute sa fureur. Le bruit du sang, en se mêlant à ces bribes de sommeil et de coma, semblait se résorber ou se dissoudre dans la gloire des corps fracturés, décapités, exacerbés et virilisés par la simple lâcheté de ceux qui tiraient les ficelles politiques à l'intérieur de leurs bureaux capitonnés, avec le coton, la limaille et l'ouate de l'entêtement capricieux et aveuglant leur perspicacité où se situe quelque part une horrible faille, avec leur système de gouverner et de réprimer des continents colonisés pourvoyeurs d'épices, d'agrumes, de minéraux et de chair humaine, alors que le rouleau compresseur de l'histoire qui avait déjà commencé à bitumer leur mémoire, à la napper et à la tasser, si pour autant il avait un jour cessé de fonctionner, se fissurait sérieusement. Il retrouvait alors la sensation d'un mélange de goûts et d'odeurs et de touchers, à cause de la proximité, et malgré son isolement, de la promiscuité de tous ces corps livrés à la nuit et qui n'arrivaient pas à trouver refuge dans leurs propres grottes suintantes de peinture rouge et de moisissure latrinale perçues dans la rumeur qui avait dû circuler dans toute la prison, à

l'annonce de l'exécution de Slimane dont il avait pressenti l'existence non par un hasard fragile et douteux
mais par l'acuité de sa propre peur qui avait toujours
logé en lui, mais qu'il avait toujours su canaliser,
discipliner et enfouir dans le labyrinthe éperdu et
insaisissable. C'était une sorte de translucidité qui
n'avait rien de surnaturel et qu'il ressentait à travers
une espèce de palpation non pas tactile mais quasi
visuelle ou – plus précisément – visualisée. Il refusait
d'appeler cela la peur parce que, confusément, il la
rattachait à une infinie sexualité, sous-jacente et latente,
suscitée par la mémoire d'un contact amoureux, lorsque
Céline/Aline lui ouvrait la caverne de l'enfance qu'elle
avait dissimulée entre ses jambes et dont il avait
pressenti l'existence à travers les odeurs des femmes
européennes à qui il vendait ses plus beaux canaris de
l'autre côté de la Seybouse ou dans l'appartement de
Mlle Peretti, le jour où il osa sonner chez elle, le béret
arrogant, les roses éclatantes et le cœur en soie.
Mémoire aussi d'un toucher impossible et qu'il sentait
se reconstituer à l'aveuglette, à travers les corps contu-
sionnés, dans l'espace rumoreux et fantasmatique voire
fantomatique (le Bachagha n'avait jamais cessé de le
harceler de ses reproches timides) qui filtre à travers les
murs vétustes de toutes les prisons du monde où on a
pu poser impunément une guillotine qui n'arrête pas de
fonctionner. Il avait besoin de s'enfoncer dans les
ténèbres ripolinées de l'insomnie et de plonger dans les
piscines du doute et de la confusion, de laisser sur leurs
bords sa clairvoyance, sa lucidité et sa conscience claire
de tous les phénomènes qui organisaient leurs éléments
autour de lui. Il se trouvait obligé ainsi; de rentrer dans
le jeu sisyphéen de la répétition susceptible d'être
tronçonnée par le bornage des jours de deuil, le repère
des jours silencieux et vains qui aveuglent les perruches
sous le crêpe de Chine du chagrin, les segments de

l'attente stérile non pas de sa libération mais des aubes ouvertes à la manipulation des bourreaux consciencieux, précis et tranchants. L'expectative indéterminée, la simple présence des rares objets de sa cellule (son carton à habits, la cage aux perruches et la reproduction de l'athlète vainqueur de coupe aux pieds ailés) étaient subies comme une trahison intolérable, obscène et grossière, parce qu'elles étaient les jalons indissécables et indéfrisables de cette chance pourrie qu'il avait eue en sauvant sa tête, alors que tant d'autres s'y étaient terriblement employés et n'y étaient désespérément pas arrivés. Ce n'était certainement pas le cas de Slimane l'Assaut, mais il savait que quelque-uns de ses compagnons de combat avaient cédé à l'ultime peur, hurlé, bavé, uriné dans leur pantalon au moment où les sbires les amenaient vers l'étincelante machine adossée à un muret mousseux de campagne paisible : car, ironie morbide, c'est dans ce genre de cours que pousse l'herbe la plus drue, entre les pavés. A la vue de ses pauvres objets personnels, il avait envie d'aboyer comme un loup dressé et domestiqué. Il avait mal à l'intérieur de son corps comme si on avait retiré les aiguilles métalliques qu'il avait crochetées ou tricotées (image insistante de la vieille tricoteuse du kiosque à journaux du stade de Colombes) maille à maille, pour en faire comme une plaque autonettoyante ou comme un essuie-glace en acier armé qui ne cesse d'osciller métronomiquement et d'effacer larme, sang et fange qui ne cessent – malgré lui – de s'accumuler sur la vitre de son être, devenue nauséabonde par l'amoncellement de tant d'ordures, de salissures et de pourritures dont se nourrit l'histoire pour aller – paradoxalement – vers son accomplissement idéal. Le matin, il eut l'impression qu'il traversait en rampant toute la cosmographie humaine pour aboutir dans la pénombre liquoreuse et rumoreuse des lieux de son enfance déglutie par la vertu

211

dilatante du sommeil et du matelas en kapok sur lequel il était étendu.

Après le but de Di Loretto sur passe de Bouchouk qui pulvérisa la cage de Fragassi (dans son délire de prisonnier encouragé par la verve imaginaire de l'Antillais, il avait pensé à reconstruire la prison des perruches sous forme de deux cages de football rassemblées et collées avec du sparadrap provenant de la pharmacie de la prison, qu'il pouvait obtenir à profusion, grâce à la complicité d'une fille de salle espagnole) à la 85e minute, il savait qu'il entamait la dernière distance du parcours, les cinq dernières minutes qui l'amèneraient fatalement à son acte ou à l'échec de son acte, ce qui le rendait plus nerveux au fil des minutes qui passaient, se disant : « Et si je tirais d'ici? Ce serait de la folie, je risquerais de tuer un pauvre spectateur, un sympathisant de la cause – peut-être même – ou un quelconque bonhomme sans importance... Non... Non... Il faut attendre que je puisse m'approcher de lui... peut-être à la sortie... Ils vont certainement s'en aller avant que la foule envahisse les grilles et ne bouche le passage au cortège officiel dont cet abruti fait partie. Il a même une escorte de plusieurs voitures discrètes et de plusieurs gardes du corps qui doivent le mépriser, se moquer de lui car au fond, personne n'a de la sympathie pour les traîtres... C'est inné, se disait-il naïvement ou lucidement... C'est inné, non! Eux aussi ont abattu leurs traîtres, coupé la tête de leurs collaborateurs, tondu leurs femmes qui étaient tombées dans les filets des beaux officiers aryens... » Il ne savait pas encore qu'il serait la cause de la colère d'un vieillard nazi en occupant sa cellule, le frustrant de son espace, devenu tellement familier qu'il aurait peut-être refusé de partir

212

si on l'avait amnistié un jour. Cinq minutes fastidieuses. La foule surexcitée, le terrain dévasté par la fureur violette (bleu et blanc) des Toulousains qui vont quand même se laisser attraper, une nouvelle fois, après le but de Boucher contre son propre camp à la 83ᵉ minute qui allait être vengé par la fougue de Bouchouk permettant à Di Loretto, l'Argentin, de marquer le cinquième but de Toulouse, à cinq minutes de la fin réglementaire du match. C'est-à-dire à la 85ᵉ minute de jeu. Et le commentateur dont la voix est sensiblement plus enrouée que tout à l'heure, s'excite de plus en plus à travers le transistor que son voisin de gauche a collé littéralement à son oreille gauche et droite – alternative-ment – parce qu'il veut ainsi reposer ses membres, alors que lui a son bras gauche qui s'ankylose de plus en plus, à en avoir mal, mais il ne perd pas la tribune officielle de vue et n'oublie pas non plus que ses deux voisins ont permuté leur place après la deuxième mi-temps. Il trouve ce glissement spatial douteux et surpre-nant, mais refuse de lui donner trop d'importance. Un œil braqué sur le terrain donc et l'autre sur la tribune, avec la voix du speaker emporté non seulement par le rythme endiablé de la rencontre mais aussi par sa propre hystérie... *Le jeu est très ouvert. Le Football Club de Toulouse a la balle et l'offensive. Rytkonen feinte Hnatow, mais ce dernier revient sur lui et le dessaisit de la balle. Attention à la contre-attaque! Hnatow n'en croit pas ses yeux. Il a des ailes et fonce vers le milieu du terrain. Renversement du jeu. Hnatow court toujours. Il a le chemin libre car même les défenseurs toulousains sont installés sur le terrain adverse et ils sont tous pris de court à l'exception de Nungesser resté en position de repli. Hnatow arrive dans les vingt mètres de Toulouse. Il est suivi par Bourrigault le demi gauche du S.C.O. Angers. Passe en arrière de Hnatow sur son coéquipier. Bourri-gault, des vingt mètres tire dans sa foulée, fusille Roussel mais non, le dos de Nungesser est un rempart solide. La balle rebondit donc sur le dos de l'arrière de Toulouse. Roussel ne peut l'arrêter... Mais non! Il est lobé, bêtement. En fait c'est Nungesser qui marque contre son camp. Nous sommes à la 88ᵉ minute. C'est vraiment extraordinaire. C'est vraiment la malchance qui poursuit Toulouse qui a peut-être le tort de pratiquer un jeu trop ouvert et d'être trop confiant. Alors but de Bourrigault et de Nungesser, si on peut dire! Car le tir du numéro 6 angevin était très puissant, mais sans l'aide, j'allais dire, la complicité involontaire de Nungesser, ce but aurait pu être facilement arrêté par Roussel qui était bien placé à la parade. Le Football Club de Toulouse a commis une grave erreur, par sa défense un peu trop perméable à mon avis, et se voit remonter alors qu'il ne reste à peine que deux minutes à jouer :*

F.C. TOULOUSE : 5 – S.C.O. ANGERS : 3

Il y a un moment de flottement dans l'équipe de Toulouse. Roussel proteste auprès de son capitaine et arrière central Pleimelding. Il a bien raison. La balle est au centre du terrain. Remise en jeu par Di Loretto remarquable, avec Brahimi et Bouchouk qui méritent tous les trois leur classement en tête des meilleurs joueurs de la saison. L'attaque de Toulouse est fulgurante. C'est un itinéraire clair et précis, et les poulains de Jules Bigot donnent l'impression qu'ils veulent se venger du sort qui ne leur a pas été très favorable il est vrai. Ils ont perdu deux buts marqués contre leur propre camp. Le premier à la 83ᵉ minute par la faute de Boucher et le deuxième à la 88ᵉ minute sur une erreur de Nungesser. La balle est déjà dans les dix-huit mètres d'Angers. Mais Sabroglia a dégagé de la tête. Très long dégagement aérien. Le ballon

214

est entre les pieds de Brahimi qui s'est replié à temps. Il
est au milieu du terrain et démarre avec une force et une
puissance extraordinaires. Il avance en solitaire. Va-t-il
accomplir un exploit alors qu'on joue la 89ᵉ minute? Il a
la revanche aux dents et court à une vitesse incroya-
ble...

Tréfilage des lignes au moment où il est à sa petite
table, en train d'écrire une lettre à sa mère après avoir
épongé son désespoir à l'annonce de l'exécution de
Slimane l'Assaut. Et l'encre, comme cette ombre ductile
qui se profile dans les ténèbres de ses circonvolutions
révulsées, calligraphie ses silences (il n'a même plus le
courage d'endoctriner son copain antillais) et, dans les
traces de l'écrit, il s'articule, désemparé. Il rédige une
longue lettre car il y a longtemps qu'il n'a pas eu
l'occasion ou le besoin de donner de ses nouvelles à sa
vieille maman (et l'autre, Le Pleimelding, osant parler
de la sienne, bêtifiant et tombant en enfance, disant aux
journalistes footballistiques qu'il voulait gagner cette
fameuse coupe pour l'offrir symboliquement à sa
maman, comme un cadeau pour la Fête des mères qui
tombait le même jour, c'est-à-dire le dimanche 26 mai,
ou qui est tombée la semaine d'avant ou qui tombera la
semaine d'après, selon ce qu'en décidera le comité des
commerçants ou quelque autre syndicat patronal),
occupé qu'il était par sa correspondance avec Slimane
l'Assaut qu'il imaginait en train d'organiser scientifi-
quement les opérations, réunissant les membres de son
groupe de choc, à la dernière minute, en un lieu
inconnu d'eux, comme l'exigent les consignes de la
clandestinité, dessinant des schémas explicatifs sur un
petit tableau noir ou plutôt à même le sol, avec un
morceau de craie blanche, traçant des traits, des flèches,

des segments, des vecteurs, etc., et matérialisant chacune des personnes déterminées, des lieux précis, des positions exactes, parce qu'il ne voulait rien laisser au hasard et qu'au moment où il donnait l'assaut, il mettait ainsi toutes les chances de son côté, parce que tout a été déjà planifié, organisé, étudié jusqu'au moindre détail qu'on pourrait croire, à première vue, tout à fait superficiel et inutile, voire trop précautionneux et de là, dangereux; rendant, de la sorte, toute possibilité d'échec complètement impossible, ou plutôt improbable, évitant toute improvisation et toute forme de précipitation, allant jusqu'à figurer les déplacements des personnes visées ou qui vont nécessairement se trouver sur les lieux de l'attentat ou de l'opération ou de l'enlèvement ou du braquage de banque, etc., à tel point que ses hommes qui étaient en train de l'écouter avaient l'unanime et identique impression qu'ils étaient en train de vivre réellement la scène théâtralisée à l'extrême, à cause de cette accumulation de détails et de cette manie de la précision et en même temps résumée au minimum, métamorphosée jusqu'à l'excès et réduite algébriquement pour pouvoir éviter ce qu'on appelle le bruitage en mathématiques ou les parasites en physique ou les pertes en statistiques. Mais Slimane l'Assaut y mettait tellement de force, de passion et de détermination mystique qu'il donnait l'impression qu'il avait déjà vécu telle ou telle opération paramnésiquement, dans un autre monde ou un autre lieu, tellement il s'impliquait lui-même dans l'affaire qui apparaissait à ce moment-là, dans son enchaînement et sa concentricité d'une évidence indiscutable, ce qui permettait de l'exécuter – l'opération – avec la rapidité de l'éclair, la concision de l'algébriste et la propreté chirurgicale nécessaire à ce genre d'actions qui ne pourraient supporter la moindre bévue ou la moindre erreur. Il revoyait toute cette machinerie en marche, selon les lettres de Slimane qui transitaient par les chaussures de l'Antillais qui les y cachait, infernalement et broyant aussi bien ses propres exécutants que ses victimes visées et atteintes à chaque fois, jusqu'au jour où il fut pris, alors qu'il s'occupait d'une question mineure. Ainsi se déroulait le film des actions imprimées sur la gélatine de son cerveau devenu trop perceptif au point d'en être susceptible. Slimane l'Assaut avait raconté la veille du verdict qui allait l'envoyer à l'échafaud, comment il avait vécu un attentat qu'il avait organisé dans un hôtel de luxe, un de ces palaces qui ont toujours le don de ressembler à des bateaux en déroute, érigés en plein centre de la ville, hôtel où était descendu l'un des activistes notoires qui militait par la violence contre l'indépendance du pays. Les détails de cette action pleuvaient maintenant sur sa tête mais il n'osait pas les raconter à Messaouda qui avait fini par quitter le néflier sur son injonction et avait repris la culture de ses trois mètres de jardin, l'élevage de ses quatre poules hargneuses et les soins donnés aux canaris que lui avaient offerts ses voisins à l'annonce du verdict qui épargnait la tête de son fils unique. Détails précis. Lamelles fines. Incrustations profondes. Et pendant qu'il se décidait à relire les textes que lui envoyait régulièrement Slimane l'Assaut, l'autre, arrivait, les yeux irrémédiablement embués et qu'il fallait à nouveau consoler. Dès qu'il était parti, il reprenait sa lecture. Son correspondant dessinait pour cette affaire l'architecture de l'hôtel avec une précision étonnante, traçait toutes ses portes et ses fenêtres et ses sorties de secours, disposait toutes les personnes qui étaient à l'intérieur depuis le portier, avec son uniforme marron, la forme de sa casquette, la finesse de ses traits, etc. Décrivait son air intrigué au moment où il s'avance vers lui, le néglige d'une manière très décontractée, et se glisse à l'intérieur de la porte à tambour, s'enfermant prestement à l'intérieur d'une de ses cases, ou cellules,

217

ou parties, ou subdivisions, dont le haut est vitré, et tournant autour d'un axe invisible et coffré en vieux bois luxueux et massif, sorte de poutre en acier et à spirales recouvertes de couches de graisse, permettant aux différents éléments composant le tourniquet de glisser furtivement et silencieusement, voyant avec quelque appréhension le reflet de son buste se dessiner sur les carreaux peints en jaune, rouge, marron foncé, tous dans les tons chauds, et détournant les yeux pour ne pas voir ce double de lui, presque son fantôme, car avec ce genre de vie qu'il mène depuis qu'il a rejoint l'Organisation, il ne sait plus démêler sérieusement le vécu de l'imaginaire; débouchant brusquement dans le hall du « Palace » où il est pris sous les feux innombrables de l'énorme lustre aux grosses arêtes en écailles aveuglantes, suspendu au plafond, et dont la chaleur diffusée le surprend et l'étonne; pendant moins d'une seconde il panique quelque peu, croyant qu'il est tombé dans un piège dans lequel la police a dirigé sur lui d'énormes projecteurs, mais il se reprend très vite et entre dans un tunnel d'ombre qui va le faire déboucher sur l'énorme réception de l'hôtel, portant entre ses mains un gigantesque bouquet de roses de Baccarat avec lequel il s'avance vers le préposé, debout derrière son comptoir, souriant de toutes ses dents en le voyant arriver avec ces fleurs magnifiques, alors que lui a l'oreille collée contre le papier glacé dans lequel les roses sont enveloppées et à l'intérieur duquel l'horrible et minuscule mécanisme d'horlogerie fait un petit concert de tic-tac de la mort inévitable, devenant – le concert – tout à fait baroque lorsque les pulsations de son cœur viennent se mixer sur le bruit infernal du système enrobé dans les pétales de roses les plus chères du monde, sentant brusquement le comique de la situation l'envahir et ébranler en lui la mécanique du rire comme une plaque triturée par le sens du tragique, de l'absurde et du burlesque qui gît au fond de l'humain, bandant ses muscles et toute sa volonté pour réprimer le fou rire hystérique qui s'est emparé de son corps parti dans des soubresauts invisibles parce qu'il a gardé sur sa face le masque de l'obséquiosité que tout commissionnaire arabe doit avoir plaqué constamment sur son visage, surtout lorsqu'il entre dans un hôtel au luxe tapageur; mais toutes ces péripéties ne lui prennent que quelques dixièmes de seconde car aussitôt, il se retrouve face au réceptionniste qui a déjà les bras tendus vers lui pour prendre le bouquet, un œil déjà fixé sur l'intérieur du paquet, à la recherche de l'enveloppe contenant, dans ce cas précis, le nom du destinataire et à l'intérieur, un mot amoureux ou affectueux ou amical ou tout simplement courtois ou encore plus simplement circonstanciel; et lui, écrivant comment à ce moment précis, une fillette dont il n'avait pas entendu les pas, s'était littéralement jetée dans ses jambes qu'elle enlaçait avec toute la force de son petit corps et criait à l'intérieur d'un rire épanoui : « Des roses! des roses! » et comment il était resté là, le bouquet de baccarats encore entre les mains, complètement décontenancé par cette apparition, resté là, le bouquet de roses encore entre les mains, complètement déconnecté par cette apparition, se disant : « Non, ce n'est pas possible... Je ne peux pas faire ça... Non, une petite fille... Elle est innocente, c'est elle qui va écoper la première... J'aurais dû y penser... »; prêt à se récuser, à changer d'avis sous n'importe quel prétexte, puis se ravisant; il éloigne affectueusement la petite fille et tend le bouquet avec l'énergie du désespoir au simiesque larbin gominé qui le prend; puis il s'en va, retraverse le même espace qui lui semble beaucoup plus vaste, et court dehors, se disant : « Ils l'ont bien voulu! Ils l'ont bien cherché! Mais quand même, la petite fi... »

219

Il n'a pas pu écrire la lettre. Il sait pourtant que Messaouda attend le facteur avec impatience. Il l'imagine dans la cour de la bicoque rêvassant tout en cardant la laine, à l'ombre, alors que le soleil d'août ponce les dalles en ciment et que le chat qui traverse cet espace brûlant et embrasé par le bombardement solaire de l'été en arrive à humer sa propre ombre tellement il a chaud. Il fait le va-et-vient et boite tant qu'il peut et se déhanche plus que de mesure à l'intérieur d'un carré exigu qu'il a délimité depuis belle lurette avec la fauve ammoniaque de son urine et qui va vite se transformer en un cercle vicieux dont il ne sait pas se dépêtrer malgré la violence de son désir mêlé qui ne peut le faire aboutir que dans les tunnels d'une mélancolie qu'il essaye d'éviter alors que l'ombre se dissout progressivement jusqu'à éliminer les rebords de son propre cadastre, mais qui devançant la catastrophe, finit par abandonner son territoire sexuel pour se réfugier entre les pieds de Messaouda, assise à même le sol, les jambes écartées en forme de triangle bourré de laine fraîchement lavée mais déjà sèche. Messaouda qui était en train de penser à son fils s'offusque de voir le félin se frotter à elle et l'écarte avec juste ce qu'il faut de brutalité pour qu'il ne se vexe pas et ne se mette pas à bouder pendant des jours entiers. Il n'y a plus à ce moment-là qu'à raser les murs crépis par la chaux bleue de l'été qui les fait briller comme le sel qui crible les salines cristallisées où les couleurs s'effilochent et laissent place à un condensé brillant et métallique comme une plaque glabre qu'on a fabriquée, par inadvertance, avec beaucoup d'improvisation. Mais le chat se rend compte aussitôt qu'il ne faut pas aller trop près des murs sillonnés de mille fêlures torturant la matière quasi invisible. D'instinct et par expérience, il sait qu'à

cette heure de la journée, il n'a plus qu'un seul recours :
entrer dans une des deux chambres exiguës et battre en
retraite, après avoir été contraint de laisser tomber son
territoire empuanti par ses eaux naturelles mêlées à
l'odeur de menthe séchée, de viande salée et de tomate
pourrissant dans des baquets en bois où flamboie le
soleil comme s'il était tombé dans une mare de sang
augmentant la violence de la canicule, pleuvant des
cordes verticales comme un feu roulant, à la fois et
rampant. Messaouda, elle, trône dans le seul espace
épargné par l'incendie grêlant et grenu, et lorsqu'elle
lève le nez de sa laine et de ses souvenirs reliés tous à
ses trois hommes, elle éclate de rire devant les mimiques
paniquées du chat, le tançant, se moquant de lui,
l'accablant « Quel chat peureux tu fais... Tu as peur de
ta propre ombre et tu ne supportes même pas cette
bonne chaleur du Bon Dieu! Va, entre dans ma chambre et cache-toi sous mon lit. Mais au crépuscule,
tiens-toi tranquille et ne va pas déranger les canaris... Je
les garde pour Mohammed quand il sortira de prison...
Quel chat peureux tu fais... Je n'ai jamais vu ça... Tu
entends... les canaris ne sont pas faits pour être mangés
par les matous de ton espèce... Non! Non! Ils sont faits
pour chanter, pour faire de la belle musique... C'est
tout... Et lui qui dit qu'il élève deux perruches... C'est
certainement pour me faire plaisir... Gentil garçon... Il
m'a pas écrit depuis trois semaines... Pourvu qu'il ne
soit pas malade... J'ai peur que les Français l'ensorcel-
lent... Quel chat peureux tu fais! C'est vrai n'empêche,
qu'il ne m'écrit plus... ».

La solitude qui entourait le prisonnier algérien et son
geôlier antillais était restée intacte depuis l'exécution de
Slimane l'Assaut. Leurs voix s'étaient vidées, et le

silence creusait entre eux des digues et des couloirs qui débouchaient sur la glaciation de leurs rapports. Assis sur un banc, dans un isolement qui devenait épais et gênant, Narcisse avait le visage qui s'allongeait à force d'évidence, et comme il ne pouvait plus parler avec son ami, il restait là à observer ses gestes, ses silences, les intensités de son regard qui n'avaient plus besoin de mots pour filer vers le large des idées et des rêves. Avec le temps qui passait, les perruches qui déclinaient, le vainqueur de coupe aux pieds ailés qui jaunissait sur le mur, le gardien de prison avait l'impression que l'autre était seulement occupé à méditer ou à restaurer l'image intérieure qu'il se faisait de lui-même et qui avait été entachée d'irrégularités depuis la défection de Slimane qu'il mettait, secrètement et honteusement, un peu en parallèle avec celle de Jo dit l'Ingénieur. Il se rappelait à ce moment, ce sentiment du chagrin qu'il avait éprouvé très intensément pour la première fois depuis qu'il avait intégré l'Organisation et avait dirigé ce groupe de choc auquel il consacrait tout son temps libre et stockait des armes dans les caves de la mosquée où il était tenu à l'œil par l'horrible Recteur qui collaborait tant et plus avec les autorités répressives, depuis qu'il rêvait de le tuer un jour, au détour du *Mihrab*... Mais ce rêve ne se réaliserait jamais car l'Organisation en avait décidé autrement pour des raisons qu'il se devait d'ignorer. C'est ce que lui avait murmuré un jour l'homme de soie qui mâchouillait toujours ses mots de la même façon, marchait avec la même démarche et ne parvenait jamais à s'arracher à son vieux costume aussi gris que son visage. Narcisse ne bougeait pas puisqu'il était censé le garder. Mais au lieu de le faire du dehors, il préférait s'en acquitter du dedans. L'autre n'arrivait plus à écrire à Messaouda. Il rédigeait quelques lignes et aussitôt les raturait. Mais il excellait à cacher son ennui à son ami qui, chaque fois qu'il le regardait avec ses yeux inexpressifs tant il ne savait plus quelle attitude prendre, recevait en échange un sourire cultivé qu'il avait hérité de sa pauvre mère en arrivant, avec l'installation des grosses chaleurs, à ne plus pouvoir fluidifier le dense sommeil des canaris qui avaient tari leurs sources et leurs babils tant ils avaient anticipé sur le répertoire de l'avenir. C'était pur hasard et il n'y avait aucun rapport entre cette baisse de forme des oiseaux jaunes qui lui avaient été offerts par les voisins lorsque son fils sauva sa tête et le deuil décrété par le diktat du pensionnaire sur le bavardage des perruches. Ils en devenaient – paradoxalement – tous les deux emphatiques à force de silence et de fixité, tant les symboles qui circulaient entre eux étaient transparents. Au fond, ils entendaient tous les deux la même musique modulée sur le cliquetis des os de leurs morts respectifs. Mais ni l'un ni l'autre n'oubliait que l'Afrique blanche avait longtemps mis à sac, esclavagisé les pays du Soudan comme disaient les historiens arabes en parlant de l'Afrique noire. L'équilibre était rompu mais personne n'osait ouvrir les hostilités. L'exécution de Slimane l'Assaut n'avait fait qu'exacerber ce qui existait en eux mais qui était profondément enfoui, parce que issus de la même tribu, ils étaient l'un l'envers de l'autre et l'autre son endroit et *vice versa*. Mais tous les deux étaient mal placés pour se faire des harangues ou prétexter des querelles pour reconstituer l'histoire – rapine, viol et massacre – de la tribu commune qui allait éclater en deux et ne sortait d'un chaos que pour tomber dans un autre plus difficile à supporter. Staline voulait au fond l'accuser, lui Narcisse, d'être complice des meurtres commis froidement par une collectivité dont il était partie prenante et même l'instrument contondant. Mais il savait que c'était faux. Pour lever cette équivoque, il avait envie parfois d'enlever le crêpe de Chine noir qui recouvrait la cage tunisienne devenue le territoire oiseux d'abord puis silencieux, du couple de perruches. Mais il trouvait un tel comportement trop facile. Il voulait d'abord un véritable affrontement verbal avec son geôlier pour lui dire carrément que tous les deux étaient responsables de ce pourrissement politique de l'histoire. Mais Slimane l'Assaut était bel et bien mort et ses os envoyés au pays dans un cercueil plombé... Valait mieux éviter toute surenchère et attendre que le deuil prît fin de lui-même. Il n'eut pas longtemps à attendre. L'homme noir fut relevé de ses fonctions pour faute professionnelle. Comme il n'avait plus personne à regarder, il essuya la poussière de la reproduction du bronze étrusque du Vᵉ siècle avant Jésus-Christ avec son athlète dont le visage était aussi énigmatique que le corps était expressif et franchement triomphal. Le même jour, il ramena le drapeau endeuillé et le colla au mur après avoir brodé en calligrammes épais le surnom inévitable : SLIMANE L'ASSAUT. Du coup, les perruches retrouvèrent l'habitude du chahut et orchestrèrent un tel tintamarre pour ces retrouvailles que la rumeur se répandit dans la prison qu'on l'empêchait de faire la grève de la faim qu'il avait décidée et qu'on le faisait manger par la force. Le directeur de la prison en appela à son autorité pour calmer l'effervescence qui s'était emparée de tous les détenus, quel que soit le type de délit dont ils étaient accusés. Il refusa d'obtempérer et se mit effectivement à faire le jeûne. C'était le début du mois de Ramadan. L'administration proféra des menaces et autres insanités à caractère historique et à prétention légaliste. Il réduisit toute cette redondance aux péripéties d'un grand guignol peint aux couleurs fragiles et diaphanes de la déliquescence qui marque les décadences et les fins d'empire. Au bout d'un mois, à l'apparition du croissant qui était le critère absolu du nouveau mois lunaire, il arrêta son jeûne au moment où l'administration pénitentiaire s'y attendait le moins. Le couple de perruches ne résista pas à une telle épreuve de force et si le mâle mourut le matin, la femelle attendit le soir diaphane pour lever l'ancre. Ne lui restait que son vainqueur de coupe qu'il astiquait tous les matins avec le revers de sa main. Il se remit à la rédaction de lettres pour sa mère car il était incapable de se défaire de ses souvenirs. Il en avait d'ailleurs trop peu pour se payer le luxe de les gaspiller. Par l'intermédiaire de la faconde de Messaouda et de la précision calligraphique de son jeune cousin, il se passionna à nouveau pour l'histoire de son quartier et, au-delà, pour celle de sa ville, de son pays et du monde tout entier qu'il percevait dans sa globalité mais qu'il était incapable de cerner réellement de près tant il lui semblait à la fois étrange et lointain, lui parvenant à travers ses odeurs carcérales, ses relents intimes et ses macérations corporelles dont il savait que la prison était le milieu idéal où interfèrent les histoires les plus sordides et les destins les plus fulgurants. Si son vieil oncle de cheminot, mort au maquis, ne quittait plus sa cellule et ne faisait que l'aider à porter ce lourd surnom de Staline, le vieux Bachagha avait installé sa tente de grand seigneur féodal dans ses rêves quotidiens. Il oublia vite son ami Narcisse puisqu'il était rentré à Pointe-à-Pitre et militait dans la clandestinité. Il n'avait donc plus de soucis à se faire pour lui. Quant à sa mère, elle avait récupéré le béret de son enfance qui avait servi tant d'années à couvrir la tête des épouvantails et qu'il avait accroché là, pour attirer l'attention de Mlle Peretti. Elle n'essaya pas de le recoudre, mais elle en fit une relique que tous les gens du bidonville venaient toucher chaque fois que le malheur leur tombait dessus.

11

Toulouse : 6 – Angers : 3

Bleu mascara. Vert Nil. Bleu Turquie. Ocre Sienne. Pastilles rouges. Points noirs. Espaces comme maladroits. Tronçonnés. Désarticulés. Rose de larme. Jaune d'Ispahan. Lapis-lazuli d'Andalousie. Noir du Rimmel. Azulejos de Grenade et de Cordoue. Vert bouteille de Fès et de Damas. Patios des mosquées visitées. Prétérition du voyage. Amalgames sensoriels. Horaires chronométrés. 89e minute. Puis se concentrant, la tête entre les deux mains, la gauche ankylosée ayant déjà quitté la poche du veston d'alpaga, ayant cessé de serrer le petit revolver de poupée comme s'il voulait la broyer – sa tête –, en extraire la solution qui lui permettrait d'organiser son action, de réorganiser l'espace d'une manière efficace et rapide mais avec des lambeaux de souvenir, ces accumulations impressionnantes (timbres-poste oblitérés de Mascate, de Manama, d'Aden, du Hijaz, de Port-Soudan (où son père avait fait escale avant de se retrouver dans les tranchées visqueuses des Ardennes tapissées de limaces et de sangsues froides et glissantes) de. Affiches publicitaires aux dessins érotiques, suggestifs, lascifs, obscènes, langoureux, ralentis, sophistiqués, peinturlurés, fendillés, tatoués, incisés, imprimés, impressionnés. Grains de peau satinée d'Aline/Céline, comme grossis avec une loupe, grenus, serrés, résilleux, formant un tissu de cercles concentriques et rigides qu'on aurait dit un tégument dont la rugosité des points s'éparpille dans le sens de la largeur pour disparaître complètement sous la cuisse et réapparaître au niveau du genou et du mollet en chair de poule piquetant la surface mordorée aux poils rasés ou épilés ou duvetés, en sous-entendus affolants et lisses et glabres, l'inondant de sueur au moment où l'évocation devient intolérable et que l'espace tend à se rétrécir, les couleurs à déborder, les mots à se prendre dans la gorge, les grains de chapelet à s'éparpiller dans les poumons, les pastilles de soleil à se diaphragmer avec la même constance (20,22), les pépites de lumière à virevolter à travers les paupières, les lamelles du son à tinter dans les tempes, les échardes à crisser sous la peau. 89ᵉ minute. Griffes dehors. Muscles bandés. Doigts crispés. Prêts à tirer. Mais... comment? Puis entendant les voix s'arrêter, les bruits cesser, le tintamarre tomber, rebondir et retomber définitivement comme une balle de tennis gommeuse et nappée de caoutchouc épais, c'est-à-dire comme s'il pouvait entendre le silence sortir de ces millions de gorges et de sa propre gorge avant même que les voix n'aient totalement cessé, comme si tout en continuant à vociférer des encouragements, la foule prenait conscience de l'inutilité, de l'inanité, voire de l'insanité à vouloir encore crier ou même balbutier, chuchoter des mots devenus impudents par rapport à ce qui se passait sur le terrain où il a l'impression qu'aucun joueur ne bouge, que rien ne tremble ou ne s'agite, excepté – peut-être – la faible palpitation des linges rouges battant dans le vent aux quatre coins du terrain, tendus sur des piquets noirs. Rien ne bougeait plus sauf ces chiffons qui ont l'air pris de frénésie soudaine, et ce 7 aux significations multiples, occultes et magiques, depuis tant de millénaires et tant de civilisations, étalé en traits gras sur le dos de Brahimi qui, comme si son

230

propre corps à lui avait été frappé par cette stupéfaction, cet état de stupeur, voire de putréfaction l'enfonçant lentement dans la vase où son père s'était figé définitivement, pour l'éternité, ne laissant même pas les traces de ses os sur lesquelles elle (Messaouda) aurait pu pleurer, qu'elle aurait pu déposer au fond d'un trou, élever par-dessus une tombe et avoir ainsi l'impression qu'elle est une veuve réelle et non pas supposée, parce qu'elle n'avait jamais eu les preuves concrètes de la mort de son époux, et lui, étonné, surpris, englué dans ce silence soudain, inattendu, inouï, constituant en soi un réseau ou plutôt une résille, comme une frénétique accumulation de signes vides, de sonorités dépourvues de bruits, de vertiges incompréhensibles et muets d'un langage inaudible tissant sa propre trame dans les marécages gelés, verglacés et congelés de la mort.

... Donc les vingt et un joueurs ont l'air cloués sur place. 89e minute. Seul le numéro 7 de Toulouse, Brahimi dit le Stratège ou le Pacha, fuse à travers les différents obstacles qu'on aurait dits pétrifiés comme s'ils étaient incapables d'esquisser le moindre geste ou le moindre mouvement. Parti du centre du terrain l'inter droit toulousain slalome à travers une forêt de statues, il crochète Kowalski, dribble Pasquini accouru de la gauche, feinte Hnatow et continue à avancer balle au pied, décidé à accomplir un exploit solitaire, alors qu'il reste moins d'une minute de jeu à mon chronomètre. Brahimi s'infiltre profondément dans le terrain adverse. Il ne regarde personne. C'est vraiment la solitude du coureur de fond. Il avance toujours, déborde tout le monde, reste en tête à tête avec le goal du Sporting Club olympique d'Angers. Le silence est total. Il est tombé comme une chape sur le stade. Tout le monde retient son souffle.

231

Fragassi s'avance. Ferme les buts avec ses deux bras immenses. Brahimi imperturbable le feinte vers la droite et s'en va vers la gauche. Il entre dans la cage alors que Fragassi est par terre. Brahimi, comme au ralenti, ne tire même pas : il dépose plutôt le ballon au fond des filets... C'est hallucinant! C'est le sixième but! La foule explose après s'être complètement stratifiée. Tout le monde est médusé. L'arbitre a l'air lui aussi de ne pas comprendre mais son coup de sifflet a déjà avalisé l'irrémédiable.

F.C. TOULOUSE : 6 – S.C.O. ANGERS : 3

C'est fini pour Angers. Alea jacta est! Les dés sont jetés. Ce n'est pas une fin de match mais un coup de grâce, un hallali, une mise à mort. Le public est debout. Une fois qu'il a expectoré sa joie, il a l'air quelque peu gêné. Presque attristé. Même les plus fanatiques supporters du Toulouse Football Club ont du chagrin. Seul. Superbe. Arrogant. Là-bas, Brahimi trottine tranquillement et va reprendre sa place. 90ᵉ minute à mon chronomètre. C'est la remise en jeu. Juste pour la forme. Les Angevins n'ont plus le courage. Ils ne veulent même pas faire semblant. Tison met carrément en touche. Touche pour Toulouse effectuée par. L'arbitre siffle la fin de la rencontre. La coupe ne sera pas angevine. Malgré les prières du curé de Colombes, elle est bel et bien toulousaine! Quel match! Une avalanche de buts... Neuf buts marqués, dont quatre au cours des six dernières minutes. Quelle fin de match! Cela faisait longtemps que l'on n'avait pas assisté à une telle finale de la coupe de France. Donc, avec le sixième but marqué par Brahimi, sur exploit personnel, donnant ainsi le coup de grâce à l'équipe de Walter Presch, le match est terminé et le score est de six buts à trois en faveur, bien entendu, du Football Club de Toulouse...

Lui, même pas stimulé par cet exploit de son compatriote, profite du vacarme, pour se glisser du côté de la tribune officielle. Il n'a pas beaucoup de peine car tout le monde est debout et un grand nombre de spectateurs commencent déjà à quitter les gradins. Le chiffre 91 bat dans sa tête. 9 et 1. La fin et le début du décompte, du compte à rebours, des règlements de comptes. Bouillonnement au-dedans. Calme placide au-dehors. Il sent monter en lui, tout en se dirigeant vers le muret qui sépare la tribune d'honneur des gradins, une rumeur imperceptible, inaudible mais extrêmement impérieuse, comme un grésillement, un chuintement, un frottement ou même un raclement, certainement un mélange de toutes ces sonorités différentes les unes des autres, émanant habituellement de ces choses chimiques imprécises ou du contact entre plusieurs corps ou solutions capables de fermenter, de lever, de pourrir, de se diluer, de corroder la matière, etc. Mais ce n'est qu'une rumeur intime, qu'une impression collée sur ses intestins et ses entrailles, donc très profondément enfouie sous des couches de peau, de chair, de muscles, de graisse, de matières composites ou liquides minéralisées. Au moment où il arrive devant le muret, il se rend compte que la tribune s'est à moitié vidée et que le Bachagha a disparu. Il ressent tout à coup la fatigue de deux années de surmenage lui tomber sur les épaules. Il aurait donc raté son coup. Il quitte les gradins et se dirige vers la sortie. Là, il remarque que le service d'ordre empêche la foule de sortir. Les grilles sont fermées. Il comprend que c'est le président de la République qui s'en va, là-bas dans la luxueuse limousine noire dont il entrevoit l'arrière se glisser somptueusement à travers la grande grille principale du stade. Il a raté son coup. Il n'est pas

furieux tellement il est décidé à exécuter cette condamnation à mort émise à l'encontre du traître par l'Organisation. Il se dit qu'il y aura d'autres occasions, que ce
n'est que partie remise. A ce moment, il voit le
Bachagha venir vers lui comme un destin démantibulé
et dérisoire qui le submerge et l'accule. Il n'y croit pas.
C'est une hallucination. Mais elle est vraie. Elle bouge.
Elle marche. Elle parade dans son burnous de laine
écrue. Elle est flanquée de plusieurs gardes du corps et
lui, reconnaît même le préfet de police dont la photo
s'étale dans tous les journaux... Il n'arrive pas à se
rappeler son nom... Se dit simplement qu'il a un nom
qui rappelle le bruit d'un klaxon. Lequel? Ce n'est pas
son problème. Le Bachagha vient à lui. Avance. Marche de l'inexorable. Les choses s'accélèrent comme dans
un film pris de panique. Ralentissent brusquement.
Quand le Bachagha tombe dans une mare de sang, il
n'a pas l'impression que c'est lui qui a tiré mais un
autre, embusqué en lui, derrière lui. Il n'a pas tort car
quelques dixièmes de seconde avant qu'il ne tire à
travers la poche de son veston d'alpaga, l'autre, le
deuxième – l'homme de soie – surgit du néant, c'est-
à-dire dans ce cas, de la foule et lui fait un signe de tête.
C'est à ce moment-là qu'il a tiré. Exactement à la 91ᵉ
minute, si on prend comme paramètre la durée du
match de football qui avait opposé le Football Club de
Toulouse au Sporting Club olympique d'Angers. Le
reste dérapa trop vite dans sa tête. Même pas un
cauchemar. Plutôt un mauvais film burlesque. La foule
ne s'était même pas rendu compte qu'un homme venait
d'être abattu. Les policiers entourent le cadavre et les
inspecteurs en civil tombent sur lui au moment où il
voit le dos de l'homme de soie s'estomper, à l'horizon,
au niveau de la grille. Plaqué par terre, avec sur le dos
tellement de flics zélés qu'il ne reçoit aucun des coups
qui lui sont destinés. C'est à cet instant qu'il entend

klaxonner la voix du préfet de police : « Ne le touchez pas! Je le veux vivant! Je le veux vivant! Je le veux vivant! » Mais cela n'arrête pas la frénésie des tueurs patentés et autorisés : ils continuent à s'agiter car l'injonction n'avait pas eu le temps de circuler. Vivant. L'autre mort. Devenu fantôme familier et dépourvu de toute agressivité. Répétant toujours la même chose, ressassant qu'il a froid. Radotant qu'il a besoin qu'on lui apporte son burnous d'hiver à poils de chameau, parce qu'il gèle dans les cimetières français. Gisant alors à côté de lui dans le noir, sous l'amoncellement des corps stratifiés, posés les uns au-dessus des autres, essayant de le frapper, de le ceinturer, de lui passer les menottes, l'entendant rendre son dernier soupir, voyant la masse de son corps enveloppé de plusieurs couches de laine blanche se soulever et s'abaisser, l'air entrant et sortant comme dans un soufflet de la vieille histoire, peut-être même de la préhistoire, comme ces objets qu'il voyait sortir de terre quand, enfant, il allait se promener avec une bande de camarades au-dessus des décombres engloutis d'Hypône où une équipe de spécialistes dirigeait des fouilles archéologiques d'une façon permanente et systématique : statuettes aux visages effrités et poreux lorsqu'elles sont en poterie, comme effacés, fêlés quand elles sont en bronze, avec leurs yeux vides comme creusés dans la matière, leurs nez inexistants ou réduits à un trait hachuré. Le Bachagha lui, se figeait dans la mort immobile l'absorbant, se répandant à travers ses canalisations compliquées, ses boyaux putrescents, se ramifiant à travers toutes les particules de son corps, se télescopant, s'entrecroisant, s'enchevêtrant, lorsque la chair vaincue, le souffle coupé, l'air arrêté net, les réactions biochimiques continuaient quand même à se faire, s'obstinaient avec acharnement et voracité à poursuivre leur cycle naturel, ne voulaient s'arrêter qu'après plusieurs heures, lorsque la victime terrassée devient cadavre blafard et froid et que s'éteignent les cloaques gazéfiés, boursouflés et caséeux du sang figé au moment où ils arrivent à la surface de la mort. Enfermés tous les deux sous une sorte de voûte formée par les corps de la flicaille gesticulante et surexcitée qui s'essaye à l'aplatir, à le lyncher, à l'anéantir. Mais lui, sans anicroche, sans souci, sans la moindre égratignure, se laisse couler dans le sépia de l'indifférence et de l'ironie jusqu'à ce qu'à nouveau, l'autre – le préfet de police – klaxonne à nouveau : « Je le veux vivant ! » A ce moment, ils s'arrêtent pour de bon, le ramènent à la surface libre, à l'air crémeux de la nuit tombante et le séparent – de la sorte – du mort, coupant le cordon tissulaire et organique qui, de tout temps, a lié le mort à celui qui l'a tué, jusqu'à la disparition du tueur ou de l'assassin ou de l'exécutant selon la manière de désigner le coupable, c'est-à-dire selon les circonstances, les motifs, les buts recherchés, les circonstances atténuantes ou pas, les causes accidentelles ou non, les raisons politiques, etc. D'ailleurs, Staline allait vite s'en rendre compte puisque dès l'écrou signé et une fois enfermé dans la cellule de la prison de Fresnes où il va dormir pendant quarante-huit heures, il rêvera tout de suite du Bachagha entrant sardoniquement dans sa cellule et lui disant : « Tu aurais dû quand même me rater, je t'aurais payé très cher ta complicité, et l'Organisation n'y aurait vu que du feu... » Et l'autre lui répondant : « Sacré Bachagha... Tu n'as rien compris à toute cette mélasse de l'histoire mais je t'aime bien, va ! Tu ressembles à mon vieil oncle le cheminot, tu sais, celui qui criait : Vive Staline ! D'où mon surnom. » Et l'autre, quelque peu rassuré, quelque peu amadoué, perdant l'acidité dont il avait peint son visage avec une mine quelque peu lippue, paternaliste, quelque peu chiffonnée, paterne. « Quelle drôle d'idée d'avoir choisi un surnom pareil... Ça ne te va pas... Un si gentil

236

garçon... Tu n'aurais pas dû, non vraiment. » Et l'autre à la fois intimidé, catastrophé et touché, voire ému, marmonnant, dans son rêve et ne s'adressant qu'à lui-même : « Vraiment le vieux, il a rien compris à l'histoire... Qu'est-ce qu'il est venu y faire avec ses magnifiques bottes rouges et sahariennes, ciselées dans le cuir avec le fil de l'entêtement et de l'extravagance? »

La nuit était devenue noire, encrée, impénétrable quand on l'avait amené, menottes aux poignets, à la prison de Fresnes. Il allait devenir un numéro, un matricule : 1122. Sa cellule n'était pas un lieu pour l'administration, mais un chiffre : 63. Il ne voulait pas y voir de coïncidence avec le match, pas plus que de symbole, ni dans l'un ni dans l'autre. Quand il sut plus tard (par qui exactement? certainement par Narcisse...) qu'il occupait les lieux hantés par les cauchemars de Pierrot le Fou et par les rêves angéliques du vieux nazi qui traversait l'amertume historique, à tâtons, avec les doigts fins d'un collectionneur de papillons rares, il n'en avait tiré aucune fierté, ni aucun orgueil, mais il avait plutôt ressenti un soulagement à l'idée que l'histoire était aussi une forme perfectionnée de l'ironie. Il avait gardé inoubliable, le souvenir de cette arrivée à la prison dont il avait deviné le branle-bas, le déménagement et la rumeur enflée. Installation frappante non seulement pour les membres de l'Organisation, mais aussi pour tous les autres prisonniers, particulièrement pour ces êtres qui ont commis des meurtres pas très reluisants et qui allaient inconsciemment faire l'amalgame entre son acte et le leur, se rehaussant ainsi au niveau d'une certaine transcendance non pas métaphysique ou existentielle, mais politique. Ainsi, ils réduisaient les conséquences de leurs actions, limaient quelque peu la masse compacte du remords qui les travaillait de l'intérieur, se sentaient en quelque sorte soulagés à l'idée que, dans chaque crime, il devait y avoir quelque part un fragment de nonchalance et de désintéressement. Il n'était pas révolté par cette vue des choses relatées à coup sûr par Narcisse car il était heureux à la simple idée qu'il apportait en entrant dans cette lugubre maison quelque réconfort aux condamnés à mort qui attendaient une grâce, ou carrément la désignation du jour de leur exécution. Il devait être 10 heures du soir quand il traversa la minuscule cour qui allait être sa seule ouverture sur le monde et la nature, jusqu'à ce que Narcisse lui apportât les deux perruches sur le plateau de son petit déjeuner (ou dîner?). Tout de suite, il s'était accroché au seul arbre qui agrémentait le petit espace triste et pavé de vieilles pierres moyenâgeuses. C'était un acacia éclairé abondamment par les projecteurs du quartier de haute surveillance. Malgré cette impression de surréalisme aigu qui se dégageait de cette lumière blanche, braquée sur l'arbre vigoureux et bien vivant, il avait trouvé l'ensemble plutôt intimiste. C'était l'unique fois qu'il l'avait remarqué éclairé sous cette forme, sinon, il ne le voyait que dans la journée pendant la demi-heure du matin et la demi-heure de l'après-midi, décharné l'hiver, branchu l'été, complètement fou le printemps, maladif en automne, avec ses plaques rousses et ses plaques jaunâtres qui annonçaient la période de la glaciation et de l'hibernation. Les feuilles ovales, quand il avait traversé la courette pour la première fois vers 10 heures du soir, le lundi 27 mai 1957, lui étaient apparues comme détachées de leurs branches, comme peintes d'un vert blanc et cru, puis se fonçant de plus en plus du côté du mur qui projetait dessus son ombre épaisse et cassait la lumière du projecteur qui ne pouvait pas l'atteindre, au niveau de

238

cette région moins éclairée ou pas du tout éclairée, se brouillant dans une confusion hachée à cause de la propagation de l'ombre portée ainsi jusqu'à un point culminant, rompue – brusquement – par l'acuité des rayons provenant du projecteur. Pendant toute la période de sa détention, il avait vécu avec le souvenir de ce contrepoint à la fois végétal et mélodieux, à cause peut-être d'une vague rumeur qu'il avait perçue en passant à côté de l'ombre, comme une sorte de palpitation se propageant de proche en proche sous l'effet du vent très léger, pour s'arrêter progressivement et se terminer dans une immobilité totale, lorsque les feuilles venaient s'écraser contre le mur massif et moussu à la fois, pelé et verdoyant, par taches superposées, et dont la concentricité lui permettait de passer de longues minutes de véritable extase, s'enroulant à travers la pelote du dédale infinitésimal qu'il empruntait mentalement pour s'enfoncer dans les délices sensuelles et quasiment charnues de la contemplation, où chaque point converge vers un autre, imaginaire et infini auquel tout aboutit, se rejoint, se confond jusqu'au délire, de telle façon qu'il s'empressait de ramasser les journaux qu'il prenait avec lui, pour les lire au soleil, tout en marchant de long en large et en comptant machinalement le nombre de pas qu'il faisait au bout d'une demi-heure de temps, brusquement arrêté ou bloqué par le sifflet d'un des gardiens qui tenait à faire réglementairement les choses. Et en regagnant sa cellule totalement isolée, les journaux sous le bras, il pensait toujours à ce quotidien à sensation daté du 27 mai 1957 et dont le titre s'étalait sur toute la surface de la première page...

ENCORE UN NOUVEL AMI DE LA FRANCE ASSAS-
SINÉ. LE BACHAGHA MOHAMMED CHEKKAL A
ÉTÉ ABATTU PAR UN TERRORISTE AU STADE DE

COLOMBES OÙ SE DÉROULAIT LA FINALE DE LA COUPE DE FRANCE.

(Voir p. 6-7-8-9, les articles de notre rédaction sportive.)

... se disant que, tout à l'heure, il y aura un autre ami de la France qui sera exécuté, ici ou là-bas, au pays, au-delà de la mare comme les Romains appelaient la mer Méditerranée et qu'il y aurait d'autres titres de ce genre ou bien moins importants, glissés furtivement à l'intérieur des pages, pensant au cours de ce premier moment qu'il passait sur son matelas avant de tomber dans un sommeil semi-comateux de quarante-huit heures, avec cette demi-obscurité blafarde qui descendait du plafond ou cette demi-luminosité malingre, à toute l'encre qui allait être utilisée pendant toutes les années que s'éterniserait la guerre de libération et dont il ne pouvait décemment et clairement indiquer la durée exacte, pour imprimer le papier des journaux, des revues, des livres, des rapports de police et des rapports des médecins légistes... Autant que les torrents de sang qui allaient continuer à être déversés pour en arriver en fin de compte, à un règlement, tel que l'avait déterminé, défini, délimité et proposé l'Organisation, dans sa première proclamation du 1er novembre 1954, qui avait tant fait rire les colons et les autorités militaires, incapables d'imaginer, de concevoir ou même de penser, ne serait-ce qu'une seconde, qu'un peuple de pouilleux allait leur donner du fil à retordre.

Et lui se réveillant après deux jours de décompression totale, se sentant reposé, soulagé et léger, bien dans son corps et dans sa tête, tâtant ses muscles et constatant qu'il était en pleine forme malgré l'écho morcelé du stade qui envahissait ses nouveaux lieux étroits, sur le mode crescendo et decrescendo selon la qualité du jeu, ne pensant pas du tout au match, mais plutôt au pauvre Bachagha broyé par les pales de l'histoire, avec sa silhouette posée immobile sur les débris de ses souvenirs laineux de l'avant-veille, neutre, l'air hagard de quelqu'un qui attend poliment – obséquieusement plutôt – à distance, sans trop s'approcher (comme font les garçons qu'on aurait dits découpés dans le marbre de ce même palace où Slimane l'Assaut avait déposé un bouquet de fleurs très chères, des roses de Baccarat ou de Chiraz, à l'intérieur duquel il avait glissé une petite bombe à retardement dont l'explosion allait ravager complètement l'hôtel, information qu'il avait lue lui-même dans les journaux de là-bas, en 1955, avant qu'il ne parte vers la mégalopolis :

LE PALACE COMPLÈTEMENT DÉTRUIT PAR UNE BOMBE CRIMINELLE : ON DÉPLORE UNE CENTAINE DE VICTIMES ET DE BLESSÉS TRÈS GRAVES.

... se tenant à distance, les garçons compliqués et retors, obséquieux et malicieux, comme s'ils avaient peur de trop s'approcher de ces vieux messieurs obèses, goutteux et acariâtres, ou de ces vieilles haridelles à chapeaux en forme de bateau volant dont parlaient les livres de science-fiction, comme s'ils – les serveurs – avaient peur d'être contaminés par leurs maladies douteuses, sveltes, liquoreux et fragrants qu'ils étaient, gardant leurs distances avec ces représentants stupides, épais et terriblement nostalgiques de ces colons, eux-mêmes représentants précis et exacts et voraces de gros

241

intérêts financiers et d'infatués prestiges de ces nations civilisées mais barbouillées du sang déversé par leurs fils tant au cours des guerres qu'elles avaient faites entre elles, qu'au cours de celles, expéditionnaires, qu'elles menaient contre les peuples colonisés, mais capables maintenant non seulement de leur tenir tête, mais de les affaiblir, de les provoquer jusqu'au creux de leurs villes gigantesques, de les vider de leur sang et de les malmener jusqu'à ce qu'elles mettent un genou à terre, jetant l'éponge tel un boxeur prétentieux qui a tellement répété avant le match qu'il allait écrabouiller son adversaire dès le premier round, que le voyant résister et lui donner la réplique, il finit par se faire battre, non seulement parce que l'autre est plus fort ou plus malin que lui mais parce qu'il est victime de sa surprise, se transformant en désespoir, au fil des coups de gong, etc.), inanimé – le Bachagha –, démuni, dénudé, entouré de toute cette solitude amassée par sa propre tribu depuis de longs siècles de défaites, de canicules, de famines, d'épidémies et d'exploitation, déjà en train de se décomposer, de s'effriter, de se craqueler à une vitesse incroyable, comme si le froid dont il se plaignait pendant les cauchemars qu'il faisait, lui, le prisonnier n° 1122/63, et qui serait accumulé dans les cimetières français, ne pouvait rien contre la lèpre du temps, son argile, sa gale, ses sédiments, ses végétaux, ses minéraux, et sa vermine comme si sous la chape de marbre de sa tombe grise et polie par les intempéries et les larmes de sa veuve et de son fils unique présents au procès, la matière travaillait elle-même et s'acharnait à sa propre dégradation, à sa propre destruction, à sa propre distorsion, avec un tel grouillement qu'il ne restait plus rien de ces cadavres déposés avec les précautions d'usage, enroulés dans leur suaire de soie et d'absence définitive et fatale, au fond de la terre, sinon une enveloppe illusoire, un squelette allusif, une mince structure d'os transparents ou remplis de l'écume savonneuse du vide et de la mort et du vertige, une légère trace tenue, jusqu'au moment où le cadavre devenu trop floche, trop inconsistant et trop mince, se désagrégerait, s'effondrerait, se craquellerait, comme un bois vermoulu et taraudé par les punaises et autres tarets infatigables et incessants y faisant des fissures, des fentes, des échardes, des lézardes, menant jusqu'à son terme cet émiettement irrésistible... Il se disait donc qu'il y en aurait d'autres. Des amis de la France. Des mouchards misérables. Des traîtres à toutes les causes. Des colonels enguirlandés avec des « topazes » plein la bouche. Des généraux déjà défaits ailleurs mais têtus et sourds devant les grondements de l'histoire, la bouche pleine d'un tas de pierres précieuses dont ils baptisaient poétiquement et emphatiquement leurs massacres organisés, planifiés, mis sur fiches et sur cartes d'état-major au millième près, à l'échelle de l'enfer et de l'holocauste. Des politiciens bavards et bedonnants, comme ce fameux Berthy-les-trois-quarts-d'heure. Des tristes fripouilles jouant sur les deux bords. Des gens pleins de bonnes intentions, mais flanchant au moment crucial, tel le premier homme : Jo dit le Beau Gosse, dit l'Ingénieur, dit le Savant, dit le Polytechnicien. Des palaces éventrés avec sous les décombres des centaines de morts et de blessés, innocents pour la plupart, mais passés dans l'engrenage des mouvements révolutionnaires ou insurrectionnels, comme la petite fille qui s'était jetée dans les jambes de Slimane l'Assaut et dont il avait gravé le nom en lettres gigantesques sur le mur, en face du lit, à l'intérieur de sa cellule : ROSE, dont le souvenir le hantera plus que la guillotine qui allait le couper en deux parties ridiculement inégales. Des trains sautant sur des mines et crapahutant entre tunnels et falaises, sorte de chenilles concomitantes, décérébrées par surprise et se dégingandant atrocement dans l'air, telle une masse compacte de pâte molle et boursouflée par la levure du temps. Des autocars mitraillés et se disloquant dans une anarchie d'éléments, de pièces détachées, de membres humains arrachés. Des convois de troupes pris dans les tenailles d'une embuscade à la logique implacable... Il y en aura d'autres...

ENCORE UN AMI DE LA FRANCE ASSASSINÉ. LE BACHAGHA MOHAMMED CHEKKAL A ÉTÉ ABATTU PAR UN TUEUR AU STADE DE COLOMBES OÙ SE DÉROULAIT LA FINALE DE LA.

Puis revenant au bidonville dont il n'a plus une vision claire, c'est-à-dire visuelle, mais plutôt olfactive : la brise qui converge sur cet agglomérat de bâtisses sordides et rouillées arrive de deux points différents : la mer et le fleuve, aggrave et renforce les épais relents d'huile rance, d'égouts, de friture de petits poissons avariés, d'urine coulant le long du cadastre trituré et enchevêtré du sol fait d'un mélange de bitume concassé, de sable, de cailloux, de limaille de fer, de gadoue, de légumes pourris, de viscères de poulets vidés et jetés devant les maisons, de fruits surs et acidulés, de viande salée et desséchée par l'inéluctable travail du sel qui la ronge et l'empuantit, de détritus rejetés par la mer et que les enfants ramènent dans des boîtes en aluminium pour jouer avec, ou parfois pour manger, des vomis fétides et fortement alcoolisés sur lesquels on a jeté une poignée de son, juste devant l'unique bar du bidonville, d'eaux croupissantes et vaseuses, de déjections jaunâtres, de morue salée et tendue sur des fils qui couturent les ruelles, d'anchois faisandés et vinaigrés, de graisse rancie, de décombres sous lesquels pourrissent des chats dépiautés par un vieux sadique, ancien marin au teint

244

charbonneux et qui hante silencieusement les abords de
la Seybouse, d'odeurs de renfermé, de pauvreté, de
misère, de sueur, d'effluves cadavéreux, de...

LE PALACE COMPLÈTEMENT RAVAGÉ PAR UNE
BOMBE CRIMINELLE. ON DÉPLORE UNE CEN-
TAINE DE.

... du parfum ou plutôt de l'odeur de Messaouda sa
mère, aux joues lisses en albâtre lui rappelant la grande
cour ouvragée de la mosquée de Damas, avec ses dômes
multiples, de l'odeur donc de sa peau à elle, lui
écrivant : mon cher fils ne crois pas que je ne pense pas
à toi mais avec l'arrivée du mois d'octobre, ton cousin
est parti pour la capitale – Constantine dans sa tête – et
il ne revient plus qu'une fois par mois. Je n'ai confiance
qu'en lui. Il sait écouter ce petit et il est tellement
intelligent qu'il a été reçu au lycée franco-musulman, ce
qui n'est pas une mince affaire comme tu dois t'en
douter. Je ne sais pas s'il t'écrit tous les mots que je lui
dis de mettre dans la lettre mais il m'a l'air si concentré,
si sérieux que je n'ai aucune crainte de ce côté-là. Mais
surtout il est le seul capable de calligraphier toutes ces
histoires aussi bêtes les unes que les autres que je te
raconte. Il a été comme toi l'élève de Si Moussa qui est
mort juste après ton départ et qui a laissé un grand vide
dans le quartier car il n'y a plus personne pour écrire les
lettres, graver les talismans, dessiner les signes de la
fécondité et trouver des recettes pour rembourrer ainsi
ses fameuses amulettes dont même ton communiste
d'oncle ne pouvait se passer... C'est te dire. Bref. Ici
nous allons bien. La guerre continue mais on s'y est
habitué. Au moment où je dicte ces phrases à ton
petit-cousin, il pleut tièdement (et lui d'imaginer la
pluie tombant persistante et fine, accablante et insono-
risée, mouillant les petits ânes qui broutent sur la rive

245

de la Seybouse, mouillant les chemises des passants et faisant apparaître leurs corps plus maigres encore, creusant des ravines le long des rues, formant des mares croupissantes, trempant les canaris que les voisins lui avaient offerts comme par anticipation, un peu pour fêter sa survie, un peu pour égayer la pauvre vie de sa pauvre mère, peignant la ville européenne devenue comme une surface polie et étale se déployant humide dans une perspective habilement truquée, comme si elle était un décor de cinéma en carton-pâte, mais trop courte, trop anarchique et pas assez horizontale pour faire l'effet d'une vraie ville, gardant cet aspect de pacotille qu'il lui avait connu, quel que soit le temps et quelle que soit la saison, qu'il pleuve ou qu'il vente de ces siroccos locaux et bien particuliers à la ville elle-même, toujours monotone malgré la tentative des Européens qui l'avaient déguisée à l'origine, de la rendre pimpante, de la musicaliser avec ce kiosque à musique que l'on voit sur toutes les cartes postales comme s'il s'était agi d'un véritable chef-d'œuvre architectural, avec ses palmiers dont les troncs sont blanchis méticuleusement une fois par an, vers le mois de mai, avec ses terrasses de café folkloriques à cause – peut-être – de cette surabondance de l'odeur de l'anisette et des vols de mouches comme dans les mauvais films des auteurs du cinéma colonial de l'époque et des autres réalisateurs étrangers qui avaient fait de la ville et de sa région tout entière un simple décor permanent et douteux et avaient poussé le cynisme jusqu'à transformer le pays tout entier en studio naturel du mauvais cinéma exotique, à cause – peut-être – de cette luminosité dont on avait dit qu'elle était unique au monde, meilleure encore, techniquement parlant, que celle de Californie, contruite – la ville – sur un même plan, poussiéreuse, boursouflée et surtout prétentieuse et minable, où l'ennui se moud par quintaux malgré son port qu'on aurait dit dessiné au fusain par un peintre naïf ou folkloriste, avec ses bateaux immobiles et vieillots, à peine aptes à figurer dans un petit décor de marionnettes sans envergure ni projet; ville évidemment oblitérée, confite, flétrie, murée et encerclée par des dizaines de bidonvilles qui sont là en guise de remparts qui n'y ont jamais poussé!) et les poules vont avoir de l'asthme car la saison qui commence s'annonce très pluvieuse et très humide. Et dire qu'il a fallu que tu ailles dans ce stade pour devenir un héros... Le fils de la voisine est venu m'apporter des gâteaux hier et il s'est un peu plus attardé que d'habitude. Quand il est parti, j'ai compris qu'il allait t'imiter... Tu sais, il n'a que douze ans... Mais pour la première fois de ma vie, je n'ai pas plaint sa mère ni aucune autre... Avant de me quitter il m'a dit une phrase que je n'ai pas très bien saisie et que je voudrais que tu m'expliques dans ta prochaine lettre : « Après tout, c'est ton fils qui est le vrai vainqueur de coupe. »

DU MÊME AUTEUR

Aux Éditions Denoël

LA RÉPUDIATION

L'INSOLATION

TOPOGRAPHIE POUR UNE AGRESSION
  CARACTÉRISÉE

L'ESCARGOT ENTÊTÉ

LES 1001 ANNÉES DE NOSTALGIE

LE VAINQUEUR DE COUPE

LE DÉMANTÈLEMENT

GREFFE

LA MACÉRATION

Aux Éditions Hachette

JOURNAL PALESTINIEN

Aux Éditions Enal

POUR NE PLUS RÊVER

Impression Brodard et Taupin
à La Flèche (Sarthe),
le 12 avril 1989.
Dépôt légal : avril 1989.
Numéro d'imprimeur : 1440A-5.

ISBN 2-07-038137-4 / Imprimé en France.
(Précédemment publié aux Editions Denoël
ISBN 2-207-22730-8).